读客三个圈经典文库

经典就读三个圈　导读解读样样全

卡夫卡孤独三部曲
审判

[奥]弗兰兹·卡夫卡 著
魏静颖 译

读客三个圈经典文库

经典就读三个圈　导读解读样样全

江苏凤凰文艺出版社
JIANGSU PHOENIX LITERATURE AND
ART PUBLISHING

图书在版编目（CIP）数据

审判 /（奥）弗兰兹·卡夫卡著；魏静颖译. -- 南京：江苏凤凰文艺出版社，2024.5
（卡夫卡孤独三部曲）
ISBN 978-7-5594-8044-6

Ⅰ.①审… Ⅱ.①弗… ②魏… Ⅲ.①长篇小说－奥地利－现代 Ⅳ.① I521.45

中国国家版本馆 CIP 数据核字 (2023) 第 194155 号

审判

[奥] 弗兰兹·卡夫卡 著　　魏静颖 译

责任编辑	丁小卉
特约编辑	洪子茹　李晨茜
封面设计	汪　芳
责任印制	杨　丹
出版发行	江苏凤凰文艺出版社
	南京市中央路 165 号，邮编：210009
网　址	http://www.jswenyi.com
印　刷	河北中科印刷科技发展有限公司
开　本	880 毫米 ×1230 毫米　1/32
印　张	7.5
字　数	160 千字
版　次	2024 年 5 月第 1 版
印　次	2024 年 5 月第 1 次印刷
标准书号	ISBN 978-7-5594-8044-6
定　价	119.00 元（全 3 册）

江苏凤凰文艺版图书凡印刷、装订错误，可向出版社调换，联系电话：010-87681002。

目 录

逮捕	001
和格鲁巴赫太太谈话，然后和毕尔斯特娜小姐	016
初次调查	030
空荡荡的会议室—大学生—办事处	047
衙役	070
叔叔 & 莱尼	077
律师—工厂主—画家	098
商人布洛克—解聘律师	148
在大教堂里	179
结局	203

残篇 209

    毕尔斯特娜小姐的朋友 209

    检察官 218

    去找艾尔莎 224

    与副经理的对抗 226

    那所房子 230

    探望母亲 233

逮捕

一定是有人诬告了约瑟夫·K.。因为他并没做什么坏事，就在一天早上被捕了。

房东格鲁巴赫太太的厨娘总是每天八点左右给他端来早饭，今天却没有来。这种事还从没发生过。K.等了一小会儿，他从枕头上向外看，发现住在他对面的女士正用一种不同寻常的好奇眼光打量着他。他这时又诧异又饿，就摇响了铃。马上有人敲了门，一个他在这栋公寓里从没见过的男人走了进来。这是个精瘦的男人，穿着一套贴身的黑制服，看起来像一套上面有褶皱、口袋、环扣、纽扣还配着皮带的休闲西装。虽然不清楚上面这些东西的用途，但它看起来却很是实用。"您是谁？"K.立刻从床上坐起来问道。这个男人跳过这个问题直接问道："是您摇的铃？"似乎人们应该对他的出现习以为常。K.说："安娜应该给我送早饭了。"他说完就沉默了，聚精会神地思索这个男人到底是谁。然而这个男人却避开了他的打量，走到门口把门拉开了一条缝，对着一个站在门后的人说：

"他说，让安娜把他的早饭拿来。"隔壁房间紧跟着传出一阵不大的笑声，K.分不出这是一个人的还是几个人的。虽然这个陌生的男人也弄不清楚那笑声是怎么回事，却像早知道了似的，用通知的口吻对K.说："这不可能。""这对我来说挺新奇，"K.说道，他从床上跳下来，迅速地穿上了裤子，"我倒要看看，隔壁房间究竟有谁，格鲁巴赫太太得对我受到的打扰负责。"这时他突然意识到，他不必把这事说出来，这相当于变相承认了陌生人对自己的监管权，但现在这些也不重要了。"您难道不是更愿意待在这儿吗？""如果您不向我介绍一下自己，我既不想待在这儿，也不想听您说话。""我其实是好意。"陌生人说道，随后主动打开了门。K.走进了隔壁的房间，速度比他预想的慢点。他一眼看去，这房间和昨晚并无不同。这就是格鲁巴赫太太的客厅，这房间里摆满了家具、装饰品、瓷器和照片，也许它是比昨天多了少许空间，但和这房间里的主要变化比起来，无法第一眼看出来：房间里突然出现了一个男人，他正坐在敞开的窗户旁边看一本书。"您应该待在自己的房间里！弗兰兹没跟您说吗？""他说了，您找我到底有什么事？"K.问道。K.的目光从这个新认识的男人转到站在门框里的弗兰兹身上，又转了回来。他透过打开的窗户往外看，又看到了那个老妇人，她虽已高龄，却好奇心不减，现在正站在对面的窗户旁继续观察着一切。"我要找格鲁巴赫太太。"K.说。他移动了一下，似乎这样能使他摆脱面前的两个男人走回去。虽然他们其实站得离他挺远。"不行。"窗户旁边的男人说道。他把书扔到小桌子上，站了起来："您现在不能走,您被逮捕了。""看起来确实是这样。"K.说。"但究竟是为什么呢?"他接着问道。"我们没义务告诉您理由。现在请您回到自己的房间等着。法律程序已经启动了,您会在合适的时候收到消息。我这么好脾气地向您解释,已经超过我的工作范围了。但我希望除了弗兰兹,没人听到我刚说的话。弗兰兹自己也因为友善地对待您而违反了规定。如果您之后的事情也能像挑看守这么幸运的话,那您真可以安心了。"K.想坐下来,但现在他发现,整个房间除了窗边的那把椅子外,已经没地方可坐了。"您之后会发现我们说的都是真的。"弗兰兹边说着边和另外的那个男人同时朝他走来。那个男人比K.高不少,反复拍着K.的肩膀。他们两人查看了K.的睡衣后,告诉他现在得去换一件比这件睡衣质量差很多的上衣,但他们会帮他把这件睡衣和他的其他衣服保存起来。如果他的案子进展顺利,就归还给他。"您把东西给我们比放到仓库强多了。"他们说道,"因为在仓库里常发生侵吞财物的事;而且每过一段时间,那儿的人就会拍卖所有的东西,他们才不管您的案子结没结束呢。但最近这段时间,谁知道这种审判要拖多久呢!最后您倒是能从仓库拿到收益,但这收益肯定不太多,因为在卖的时候,决定价格的根本不是拍卖的竞价,而是贿赂金额的大小。其次,按经验来说,这收益年复一年地经过几次转手,更是被层层扒皮。"K.倒还不太在意这些话,什么自己可能还能拥有自己东西的支配权之类的,因为对他来说,更重要的是了解自己现在的处境。当着这两个人的面他不能静下心来好好思考,因为第二个看守的肚子总是顶着他——当然也只能是看守——这么做似乎体现了友善。他抬眼看过去，却只撞见一张和这肥胖身躯毫不相配的又干又瘦的脸，加上一个偏向一边的大鼻子。他正越过K.和另一个看守进行目光交流。这些人究竟是干吗的？他们在说些啥？是哪个单位派来的？K.总归生活在一个法治国家，处处宁静祥和，各种法律也都健全，谁敢在他自己的公寓里逮捕他？他一直倾向于把所有事尽可能轻描淡写地带过，除非最坏的事情发生在眼前他才肯相信。即使情况已然危急，他也绝不担心未来。现在他却觉得这种做法不一定正确，诚然他也可以把这一切看作玩笑、一场粗劣的恶作剧。这也许是他银行的同事搞出来的，他不知道原委，也许因为今天是他三十岁的生日？这种情况是有可能的，也许他只需要找个方式嘲讽他们一下，他们也就会一起笑了；也许这俩人就是街角的苦力，他们看起来也不是完全不像。但这一次，K.在看到看守弗兰兹的第一眼起，就决定不在他们面前暴露自己一丝一毫的优势。也许之后有人会说他毫无幽默感，K.也觉得这不算什么。他现在更在意一件事：他觉得自己并没有从以前的经验中吸取教训的习惯——在几件无关痛痒的小事中，他有意识地和朋友们表现得不同，而丝毫不考虑自己的轻率举动可能带来的后果以及因此会遭受的惩罚。这样的事可不该再发生了，至少这次不行。即使这就是场闹剧，他也得参与其中。

他还是自由的。"借过一下。"他边说边急忙穿过两个看守走回自己的房间。"他这么做是明智的。"他听到背后有人说道。他一回到房间就急忙拉开书桌的抽屉，那儿的一切还是井井有条，但他急需的身份证明却在慌乱中一时难以寻到。最后,他终于找到了自行车牌照,打算把它拿给看守;但他又一想,这张纸可能也用处不大,就继续寻找,终于找到了他的出生证明。正当他打算回到隔壁房间时,对面的门打开了,格鲁巴赫太太正要进去。但一眨眼的工夫,还不等K.认出她来,她就很尴尬地向K.道歉,然后消失在门后,还很谨慎地关上了门。"您请进来吧。"K.只来得及说这句话。现在他拿着文件站在房间中央,还看向门的方向,那门却紧锁着。直到坐在开着的窗边的看守们喊他,他才回过神来。K.现在才发现,他们正在吃属于他的那份早餐。"她怎么不进来呢?"K.问道。"她不被允许这么做,"那个高个子的看守说,"您被逮捕了。""我究竟是为什么被逮捕的?还是用这种方式?""您现在怎么又开始了?"那个看守边说边把一块黄油面包放进蜂蜜罐子里蘸了蘸,"这种问题我们可不回答。""您必须回答一下。"K.说,"这是我的身份证明,也请您现在出示一下您的证件,特别是逮捕令。""我的天!"一个看守说,"您还没搞清楚自己的状况,似乎还打算惹怒我们,要知道我们也许是您身边最亲近您的人了。""情况确实如此,您还是相信为好。"弗兰兹说道,他用手拿起咖啡杯子,却没有送到嘴边,而是久久地看着K.,目光意味深长,却又让人摸不着头脑。K.也加入和弗兰兹的目光交流中。但他还是拍了下手中的文件说:"这是我的身份证明。""这和我们有什么关系?"那个高个子的看守叫道,"您愤怒的表现连小孩子都不如,您到底要干什么?难道您认为和我们这些看守讨论身份证明和逮捕文件,就能让您这该死的诉讼迅速了结吗?我们只是底层职员,压根儿看不懂什么身份文件，在您这件案子上，我们也无非是拿着工资每天看守您十个小时罢了。这就是我们知道的一切了，但就我们任职的机构来说，我们能确定一点，他们在做出这种拘捕决定前，会很仔细地准备拘捕原因，了解被拘捕的人。这点不会错的。我们这个机构，就我的了解——当然我也只接触最低级的层面——是不会在人民中寻找罪行的；而是按照法律要求，在有罪行出现时就把我们这些看守派去处理。这就是法律。这怎么会弄错呢？""这种法律我可不知道。"K.说。"那这只会让您的情况更糟糕。"看守说。"这种法律只存在于您的脑子里。"K.说。他试图潜进这两个看守的脑子，以让他们能为他所用，或者让自己适应他们的想法。但这个看守只是生硬地拒绝："您日后会体会这些的。"弗兰兹加入进来说："维勒姆，你看吧，他已经承认他不懂这法律了，却同时声称自己无罪。""你说得对，真是没法儿理解他是怎么想的。"另一个说。K.不再回应了，他想，和这两个底层职员闲聊——他们自己也承认他们是最底层的——岂不是越聊越迷糊？他们说的东西，他们自己都理解不了，就是因为愚昧，他们才能自以为是吧。如果我能与和我智力相当的人说几句话，也许一切都能水落石出，好过同这两位喋喋不休。K.在这房间的空旷处来回走了几次，看到对面的老妇人搂着一个比她更老的老人，把他拖到窗边。K.觉得自己得结束这出戏了。"请您带我到您的上级那儿去。"他说。"除非他要求，提前可不行。"那个叫维勒姆的看守说。"现在我还劝您一句，"他补充道，"回到您的房间里，别有什么出格举动，安静等着对您的处理。我们也奉劝您，别有什么乱七八糟的想法，还是收收心。您还得面对大麻烦呢。您对我们可没像我们对您那么友好。也许您忘了，我们不管怎么说，和您比起来还是自由身，这可不是一星半点的优势。尽管如此，如果您现在有钱的话，我们还是愿意去对面的咖啡店给您买一份早饭回来。"

K.静默地站了一会儿，并没有回应他们的建议。如果他现在打开隔壁房间的门，或是通向客厅的门，也许这两个看守也不敢阻拦他。也许他索性豁出去了才是整件事情的解决方法。但也许他们会抓住他，一旦他处在下风，那么他如今在一些方面对他们保有的优势也都会化为乌有。所以他还是顾全大局，决定顺其自然，稳妥为上。于是他一言不发地走回了房间，看守们也没有再说话。

他从洗脸台上拿了一个诱人的苹果，一下子躺倒在床上。这是他昨天晚上准备好早饭时吃的，现在却成了他唯一的早饭；但一口咬下去，他就知道这无论如何都比从那脏兮兮的咖啡厅买来的早饭好吃，尤其是那早饭还得靠两位看守的恩典。他现在感觉舒坦了，也恢复了一些信心，虽然今天上午他是没办法去银行上班了，但对他这样高职位的人来说，也很容易解释过去。他应该把迟到的真实理由说出来吗？他想应该这样做，如果人们不相信他的话（当然在这种情况下也很好理解），他可以让格鲁巴赫太太做证，甚至让对面的两位老人做证，反正他们现在已经差不多移到正对着自己的窗前的地方了。K.觉得很诧异，特别是从看守的角度思考的话，他很惊诧他们能直接把他赶到一间小房间里，而不顾他很有可能在里面自杀。同时他又扪心自问，从自身的角度来看有什么理由自杀？难道只因为那两个看守坐在隔壁，抢走了他的早饭吗？为这样的理由自杀真是毫无意义，即使他想要自杀，因为这件事也未免太过不值。如果这两个看守的智商上限不是这么明显的话，他简直可以相信，即使是他们也觉得自杀毫无意义，所以在这么明显的状况下，也感觉不到让他独处的潜在危险。他们现在如果愿意，完全可以看到他如何走到酒柜前，拿出一瓶好酒，先喝上一小杯来代替早饭，再来第二杯，让自己有勇气去面对可能的小概率事件。

  隔壁房间传来的呼叫让他吓了一跳，牙齿都撞上了酒杯。有人说："监察官叫您！"这声吓了他一跳的叫喊，听起来短促、紧急，像军队命令一般，简直让他不敢相信这是看守弗兰兹发出的。"终于！"他也高喊回应了一下，把酒柜关起来，急忙走进旁边的房间。那儿站着的两个看守急忙又把他推回自己的房间，好像这是什么理所当然的事情一样。"您没注意到吗？"他们喊道，"您想就这么穿着衬衣去见监察官吗？他一定会狠狠责罚您的，就连我们也不能幸免。""见鬼了！别管我！"K.喊道，他已经被推搡到了衣柜前面，"如果你们把我推倒在床上，可没法儿指望我找到西装。""您说这些话没什么用。"两个看守说。在K.叫喊的时候，他们总是很平静，还似乎有些忧伤。这让K.很迷惑，或者说让他恢复了点神志。"这可笑的仪式"，他抱怨着，却已经顺从地从椅子上拿起一件袍子，还拿在两只手里停留了一会儿，好像在展开它，并等待这两个看守的意见。看守们摇了摇头。"最好是件黑外套。"他们告诉K.

K.紧接着把袍子扔在地上,说:"这还不是主要的审判呢。"他也不知道自己这么说是出于什么目的。两个看守笑了起来,但依然坚持说:"最好是一件高级的黑外套。""如果我能通过穿得好使得案件加速的话,那我也愿意。"K.说着自己打开了衣柜,在很多衣服里找了很久,选了他最好的黑色衣服:一件西装上衣,腰身裁剪得十分妥帖,在认识的人面前总是被赞不绝口。他又拿出一件衬衣,自己小心地穿戴起来。他暗暗想到,这两个看守居然忘了强迫他去洗个澡,这倒是能使整个过程加速一点。他观察着这俩人,看看他们会不会想起来洗澡这码事,他们果然没想到;然而维勒姆却不忘让弗兰兹去告诉监察官K.正在换衣服的消息。

他一穿好衣服,就被安排走在维勒姆前面,穿过旁边的空房间,走进了下一个房间,这个房间的两扇门已经开了。K.清楚地知道,不久之前,这个房间住进了一位毕尔斯特娜小姐,她是个打字员,每天很早就去上班,回家很晚,和K.除了简单问候外没有什么交集。现在她的床头柜已经被从床边移到了屋子中央,当成了审判桌。监察官坐在它后面,他交叉着两腿,把一只胳膊放在椅子背上。

房间的一角站着三个年轻人,正看着毕尔斯特娜小姐挂在墙上布景板上的照片。开着的窗子的把手上挂着一件白衬衣。对面的窗户那儿倚着那两个老人,围观的人越发多了,他们身后还站着一个比他们高出不少的男人,敞胸穿着一件衬衣,正用手指捋着自己的红色山羊胡子。"约瑟夫·K.?"那个监察官问道,也许他这么问只是为了让K.把注意力转移回自己身上。K.点点头。"您对今天早上的过程很惊讶吧？"监察官问道，用两只手移动着桌子上的几个小东西：蜡烛、火柴、一本书，还有一个插针包，好像他审讯用得到这些东西似的。"确实，"K.说，他感觉舒了口气，觉得自己终于能遇到一个理性的人，和他谈谈自己的情况了，"我的确很吃惊，但也不算完全出乎意料。""不完全出乎意料？"监察官问道，他把蜡烛放在了桌子中间，还把其他的东西堆在了它旁边。"也许您对我有点误解。"K.急忙说道。"我是说，"K.没有停顿接着说，"我虽然很吃惊，但是如果一个人已经在这世上活了三十年了，并且一直是自己披荆斩棘地活着，那也应该被锻炼得足够应对这种突发事件了。尤其是今天这样的情况，也不会太难接受。""为什么尤其是今天这种情况呢？""我并不想说整件事情对我来说如同玩笑，如果真是这样，那我为此做的所有准备也太费周章了，而且公寓里的所有人也都得参与其中，甚至包括你们几位在内，这玩笑就开过火了。所以我不会说，这是一场玩笑。""完全正确。"监察官说，他说着开始研究火柴盒里究竟有多少根火柴了。"从另一方面来看，"K.接着说，他这时转向所有人，还特别朝着照片旁边的三个人说，"从另一方面来看，这事好像也没多重要。我得出这个结论，是因为虽然我被告了，但是我却找不出一丁点自己可以被起诉的罪责。这倒还是次要的，主要的是谁起诉了我？哪个机构负责这个案子？您是执法人员吗？这儿没人穿着制服。"他这时转向弗兰兹："如果您身上这个勉强算作制服的话，但它充其量是个休闲西装。借这些问题我倒想问个清楚。我确信，如果你们把这些问题都解释清楚,那我们也许就可以亲切告别了。"监察官把火柴盒扔在了桌子上。"您犯了个大错误,"他说,"在这儿的这些先生,也包括我自己,对您的案子来说都无关紧要,我们对它知之甚少。我们也可以穿上最符合标准的制服,但您的案子也不会因此变得更糟糕。我完全不会说您被起诉了之类的话,也不知道您是不是被起诉的人。您被拘捕了,这是确凿的,其他的我不知道。也许看守们和您闲聊过什么,但那也仅仅是闲聊。我现在虽然不能回答您的问题,但我还是建议您少想我们,多想想那些您即将面对的事,多想想您自己的情况。您也别再到处抱怨您的无辜了,这么做只能败坏您营造的本来还不坏的形象。而且您也应该在言语上保守一点,像您之前说的所有话,即使只是其中几句,也能让人判断出您的态度,这对您来说可没什么好处。"

K. 紧盯着监察官。难道在这儿他倒是被一个也许更年轻的人上了一课?他的开诚布公倒是被斥责了?对于他被捕的缘由和下令逮捕他的人他都无法知道?他情绪有些激动,在屋子里来回走动,没有人妨碍他,他把袖口卷起来,摸着胸口,又把头发捋了捋。他走到那三个人旁边说:"这一切都毫无意义。"这三个人转过身来,殷勤而认真地盯着他。K. 走到监察官面前的桌子旁停住了:"地区检察官哈斯特尔是我的好朋友,我可以给他打电话吗?""当然,"监察官说,"但是我不知道,您这么做有什么意义?除非您要和他说您的私事。""什么意义?"K. 喊道,与其说是生气,倒不如说是震惊,"您到底是哪位?您问我打电话的意义,自己却在这儿做这些最没有意义的事？这难道不让我心碎震惊吗？这几位先生先闯入了我家，现在又在这儿恣意地或是坐或是站，还让我在你们面前演杂耍。我既然已经按你们的说法被捕了，还要问我给地区检察官打电话有什么意义？那好吧，这电话我不打了。""您还是打吧，"监察官说着，把手伸向前厅，那儿放着电话，"请吧，请您打电话吧。""不，我不想打了。"K.说着，走到窗户旁边。对面窗户那儿的几个人还在，K.走到窗边似乎打破了他们观看的宁静。那两个老人想站起来，但他们背后的男人却安抚他们，阻止了他们的行为。"那儿还有一些看热闹的呢！"K.大声朝着监察官喊道，用食指指着对面。"从那儿走开！"他朝对面喊道。那三个人马上向后退了几步，那两个老人甚至退到了那个男人身后，用他宽大的身躯遮住了自己。那个男人的嘴不停在动，K.推测他一定是说了些什么，但因为距离太远而不得而知。他们并未完全消失，而似乎是在等待时机，以便出其不意地回到窗边。"真是讨厌的、毫无廉耻的家伙！"K.说着退回了房间。K.向旁边看了一眼，发现那个监察官似乎也持类似的意见。但也有可能他根本没仔细听K.说的话，因为他把一只手压在桌子上，似乎在比较自己手指的长度。两个看守坐在一个盖着装饰毯的箱子上，用手摩擦着膝盖。三个年轻人把手叉在腰上，毫无目的地四处打量。四周十分安静，他们像置身于一间被遗忘的办公室中。"现在，我的先生们，"K.大声说道，对他来说似乎有那么一瞬间，他一力承担了所有的重担，"看你们的表情，似乎我的案子也快要结束了。按我的意见，也别再追溯你们的行为合不合法了。咱们握手言和，整件事就此揭过吧。如果你们也同意我的意见，那就请吧——"他朝着监察官所在的桌子迈出了一步，伸出了手。监察官抬了抬眼睛，咬了咬嘴唇，看着K.伸出的手。K.还以为他会握住自己的手。但监察官却站了起来，拿起放在毕尔斯特娜小姐床上的一顶硬挺的圆帽子，用两只手小心地把它戴在了头上，似乎在试一顶新帽子一样。"您把一切想得太轻巧了！"他对K.说，"您觉得我们应该给整件事情做个了结，对吗？不，不，这样可不行。当然从另一方面来说，我说这些话，不是想让您完全陷入绝望，您也不用绝望，为什么要绝望呢？您只是被捕了，也没什么其他的事。我是这么告知您的，也这么做了，并且也看到了您对这事的接受态度。这对今天来说也足够了，我们现在可以告别了，但这只是暂时的。您现在也许要去银行了吧？""去银行？"K.问道，"我觉得我已经被捕了。"K.的问话带着几分挑衅，虽然他之前握手言和的建议没有被接受，他却觉得自己和这些人毫无关系，特别是当监察官站起来以后。他只是在和他们玩一场游戏。按他的想法，如果他们就这样走了，那他就跟到大门口去，让他们逮捕自己。所以他又重复道："我该怎么去银行呢？我不是被捕了吗？""哦，原来您是这个意思。"已经走到门口的监察官说，"您误会我了。您是被逮捕了，这是确定的。但这不应该妨碍您去履行职务，也不应该妨碍您保持平时的生活方式。""那么被捕也不是很严重。"K.说，他走到了监察官身边。"我从来都没觉得这是坏事。"监察官说。"但是这么一来，好像通知我被捕这件事也不是很有必要嘛。"K.说，又走近了一点。其他人也聚拢过来，现在所有人都聚集在门前的空间里。"这是我的义务。"监察官说。"这真是一项愚蠢的义务。"K.针锋相对地回应。"可能吧，"监察官回应道，"但我们就别因为谈论这种事浪费时间了。我觉得您刚才想去银行来着。由于您很在意言语表达，那我再补充下：我没有强迫您去银行，我只是觉得您刚刚想这样做；而且为了能简化您去银行的流程，使您到银行后尽量不太引人注意，我还请来了这三位先生——您的同事，到这儿来帮忙。""怎么帮忙？"K.喊起来，他惊奇地看着那三个人。那是三个没什么个性、肤色苍白的年轻人，他甚至只能想起他们一块儿站在照片前的情景。他们确实在他的银行里工作，如果说是同事，未免有点言过其实，他们是比他职位低的银行工作人员。从这点上来看，监察官倒不是全知全能的了。K.怎么能忽视这一点？他怎么能完全被监察官和看守吸引而没看出来这三个人呢？拉本施泰纳看起来有些呆板，双手总是不停摆动；金发的库里希总是眼窝深凹；卡米内尔因为患有慢性肌肉劳损，嘴角总是挂着让人难以忍受的微笑。"早上好，先生们，"K.稍停了一下，然后向三个毕恭毕敬的年轻人伸出了手，"我刚才没认出你们来，现在我们一起去上班吧，行吗？"三个人笑着点头，表现得很殷勤，似乎他们之前就是为了等这个机会。当K.提起他的帽子还在房间里时，他们争先恐后地去帮他取帽子，这不免有几分尴尬。K.静静地站着，看着他们穿过两扇开着的门，走在最后的自然是没什么存在感的拉本施泰纳，他踏着优雅的小碎步走了进去。卡米内尔把帽子递了过来，K.不得不像在银行里经常做的那样提醒自己：卡米内尔的奇怪笑容并不是有意为之，他即使想笑，也不应该笑出来。格鲁巴赫太太在前厅给这些人打开了大门，她看起来没有丝毫愧疚。K.看到她的围裙带像往常一样毫无必要地勒进她壮硕的腰里。到楼下时，K.看了看表，决定叫一辆出租车，以避免拖得更久，毕竟他已经迟到半小时了。卡米内尔跑到街角找车，另外两个人正试图分散K.的注意力。这时库里希突然指向对面房子的大门：那个蓄着金色胡须的高个子男人站在那儿，他因为被别人看到了自己的整个身体，一瞬间似乎有点尴尬，于是退回墙那边，靠在了墙上。那两个老人也许还在下楼梯吧？K.感到恼火，觉得是库里希让他注意到了这个男人，他自己其实已经看到了，也预料到了。"您别再看那儿了！"K.直接喊了出来，丝毫没有注意到他对成年男人用这样的方式说话是多么引人注目；但似乎也不用解释些什么，因为这时车来了，他们就上车走了。这时K.才想起来，他甚至没注意到监察官和看守的离开，监察官掩护了这三个职员，让他没能认出他们。现在他们三个人又掩护了监察官。这说明他现在不够镇定，K.觉得自己得在这方面多加注意。他不情愿地转过来，从车子的后车厢向外看，想试试还能不能看到监察官和看守们。但他马上就转了回来，舒服地倚在车厢的一角，好像压根儿没有尝试找过谁。虽然没有任何迹象，但他现在却正需要一些赞许。然而这几位先生看起来筋疲力尽：拉本施泰纳向右看向车窗外，库里希看着左边车窗外。只有卡米内尔正带着他那狞笑的表情听候差遣。但出于人道主义，K.觉得不能拿他的脸开玩笑。

和格鲁巴赫太太谈话，然后和毕尔斯特娜小姐

今年的春天，K.喜欢用这样的方式度过他的夜晚：如果可能的话，下班后——他通常在办公室待到九点——独自或者和银行同事们一起走一小段路，再去啤酒馆，他们在那儿有一张常坐的桌子，他与一些大多比他年长的先生一起待到十一点。然而这种安排也会有例外，比如有时K.会被银行经理邀请去兜风，或者去他的别墅吃晚饭。经理十分珍视K.的工作能力，也很信任他。此外，K.每周还会去找一个叫艾尔莎的女孩一回，她从晚上到早上在一家酒馆里当服务员，白天接受探访时通常是在床上。

然而今天晚上——紧张地工作了一天，还收到了许多真诚友好的生日祝福，使得这一天过得很快——K.却想马上回家。在这一天工作的所有小间歇中，他都只想回家；他也不大知道自己到底是什么意思，对他来说，早上的事件似乎使格鲁巴赫太太的整个公寓出现了巨大的混乱，而他有必要让一切恢复秩序。如果能恢复秩序，今天这些事的所有痕迹也都会被抹去，

一切都能恢复成原来的样子。对这三个银行职员倒是没什么好担心的，他们已经消失在银行的众多职员中，在他们身上看不到明显的变化。K.多次把他们单个或者一起叫到他的办公室，没有什么其他目的，只是观察观察他们，他总是满意地让他们离开。

当他晚上九点半回到自己住的房子前时，在大门口遇到了一个年轻的小伙子，他岔开着腿站在那里，抽着一支烟斗。"您是谁？"K.马上问道，并把脸凑近那小伙子，但在半明半暗的走廊里也看不清什么。"我是看门人的儿子，亲爱的先生。"小伙子回答道，从嘴里拿出烟斗，走到一边。"看门人的儿子？"K.问道，并用手杖不耐烦地敲着地。"亲爱的先生，我能为您做什么吗？要不要我把父亲找来？""不用不用。"K.说，他的声音里流露出几丝宽容，好像这小伙子做了什么坏事，但他原谅了他。"这样就行了。"他说着，然后继续向前走，但在登上楼梯之前，他又一次转过身。

K.本可以直接回自己的房间，但因为他想和格鲁巴赫太太说说话，便直接敲了她的门。她坐在桌前，面前是一只编织袜子，桌上还放着一堆旧的长筒袜。K.心不在焉地对自己这么晚才来表示歉意，但格鲁巴赫太太十分友好，说自己根本不想听什么道歉，她什么时候都愿意和他聊天，说他应该很清楚，他是她最好的、最受欢迎的房客。K.环顾了一下房间，它已经完全恢复了以前的状态，之前放在窗边小桌上的早餐餐具也已经被拿走了。"女人的双手总是会默默地做很多事。"他想着。如果是他，可能会当场砸了那些餐具，而不会把它们拿出去。他带着感激的目光看向格鲁巴赫太太。"您为什么这么晚还在工作？"他问。他们俩现在都坐在桌前，K. 不时地把手放在那些长筒袜里。"还有很多事呢，"她说，"白天我属于房客们，如果我想把我的东西整理好，那就只剩下晚上的时间了。""我想我今天给您添了个不寻常的麻烦吧？""怎么说？"她问道，突然有些急切，把袜子放在了腿上。"我是说今天早上在这儿的那些男人。""哦，我明白了，"她说，又恢复了平静，"那没有给我添什么麻烦。"K. 默默地看着她重新开始编织袜子。他想：她似乎对我谈起这件事感到惊讶，似乎认为我说起这件事是不对的，那么我更应该这么做了，我也只能和一个老妇人说说它了。"哎呀，还是给您添麻烦了，"他接着说，"但这种事不会再发生了。""对，可不能再发生了。"她肯定地说，并且对K. 笑了笑，似乎有些忧郁。"您是认真的吗？"K. 问。"是的，"她小声说，"但最重要的是您不能把它看得太重。发生过的事情也并不是世界上的一切！您既然这么信任我，和我谈起这件事，那么K. 先生，我可以向您承认，我在门后听到了一点你们的谈话，那两个看守也告诉了我一些事情。这毕竟涉及您的幸福，我也很伤心，也许有些超出了我应该关心的范围，毕竟我只是您的房东。我确实听说了一些事情，但我不能说这是什么特别严重的事情。不是这样的。您虽然被捕了，但不是像小偷那样被逮捕。如果您像小偷那样被逮捕，那确实很糟糕了，但这次逮捕——倒让我觉得好像有些内幕。抱歉，这也许只是我的蠢话，我是觉得有些内幕，虽然我不太理解，但也许也没必要理解它。"

"格鲁巴赫太太，您说的这些话一点也不蠢，至少我也部分同意您的看法，只是我认为整件事比您判断的更严峻，我根本不认为这有什么内幕，这压根儿就是无中生有。我被打了个措手不及，就是这么回事罢了。如果我一醒来就起床，不让自己因安娜不在而耽搁，不考虑任何可能会妨碍我的人就直接去您那儿，那么我就有可能直接在厨房里吃早餐，让您直接把衣服从我的房间里拿出来。总之，如果我能理智地行事，后续的这些麻烦都不会发生了，所有的事情都会被扼杀在摇篮里。但人总无法准备万全，如果这事发生在银行，我就能有所准备，那么这样的事情就不可能发生在我身上，我在那儿有自己的助理，普通的电话和办公室内线电话都在我面前的桌子上，办公室里人来人往，也包括当事人和职员们。最重要的是，我总是能进入工作的状态，因而能保证精神高度集中，时刻在线。如果在那儿遇到这样的事情，我处理起来还能带着愉悦。现在一切都结束了，我其实不想再谈这件事了，只想听听您的判断，来自一位睿智女士的判断，我很高兴我们在这上面达成了一致。现在您和我握握手吧，达成了这么重要的一致，应该握手来确认一下。"

"她会向我伸出手吗？那个监察官就没有向我伸出手。"他这么想着，看这位女士的眼神也和以往不再相同，而是带有一些审视的意思。她站了起来，因为他也站了起来；她有点拘束，因为她没有完全懂K.所说的一切。然而，由于这种拘谨，她说了一些她压根儿不想说的、也不合时宜的话："K.先生，您也别把一切想得太严重了。"她说，声音带着哭腔，当然这也使她忘记了握手。"我倒是不知道我把这一切看得严重了。"K.说,他突然累了,意识到这个女人的所有赞同可能都没什么意义。

走到门口,他问道:"毕尔斯特娜小姐在家吗?""不在,"格鲁巴赫太太说道,她带着微笑干巴巴地回答,带着一种迟到而理智的关切,"她在剧院里。您找她做什么呢?需要我给她带个话吗?""噢,我只是想和她说几句话。""可惜我不知道她什么时候回来,如果她去剧院的话,通常回来得很晚。""这倒是无所谓,"K.说,他低着头转向门口,打算离开,"我只想为今天占用她的房间的事向她道个歉。""那倒不必,K.先生,您真是太周到了,这位小姐什么都不知道呢。她从今天清晨起就不在家,现在一切也都恢复正常了,您自己瞧吧。"她打开了毕尔斯特娜小姐房间的门。"谢谢,我当然相信您。"K.说,但他随后走到打开的门前。月光静静地照进黑暗的房间。就可以看到的一切来说,所有的东西真的都物归原处了,甚至连衬衣都不再挂在窗户把手上了。床上的软垫有一部分沐浴在月光中,很显眼。"这位小姐经常很晚才回家。"K.说,看着格鲁巴赫太太,仿佛她应为此负责。"年轻人就是这样!"格鲁巴赫太太抱歉地说道。"当然,当然,"K.说,"不过这也许会出什么问题。""确实有可能,"格鲁巴赫太太说,"您说得很对,K.先生,也许这位小姐也会捅出什么娄子来。我当然不是诽谤毕尔斯特娜小姐,她是一个又善良又可爱的女孩,友善、整洁、守时、勤奋,我非常欣赏这一切,但有一点是真的,她应该更矜持、更注意边界些。这个月里我已经在偏僻的街上见过她两次了,每次都是和不同的先生在一起。这搞得我十分尴尬。上帝做证,K.先生,我真的只告诉了您这件事。但现在看来无法视而不见了,我还得和这位小姐本人谈谈这事。而且让我对她产生怀疑的,也不止这一件事。""您完全理解错了,"K.愤怒地说,他几乎掩饰不住自己的愤怒,"您明显误解了我对这位小姐的评价,我完全不是这个意思。我甚至得真诚地提醒您,不要对这位小姐说什么。您完全搞错了,我非常了解这位小姐,您说的没有一件是真的。顺便说一句,我也许管得太多了,我不想妨碍您,您大可以告诉她您想说的。晚安。""K.先生,"格鲁巴赫太太恳切地说,紧跟在K.后面一直走到他的门前,他已经打开了门,"我还压根儿不打算和那位小姐谈这事呢,当然我会进一步观察她,我只是信任您,向您吐露了我知道的情况。毕竟,努力保持寄宿家庭的纯洁性也符合每个租户的利益,我的努力也仅限于此。""纯洁性!"K.透过门缝喊道,"如果您想保持这座公寓的纯洁性,您得先把我赶出去。"随后他关上了门,对那微弱的敲门声置若罔闻了。

然而,由于他现在根本不想睡觉,所以他决定再保持会儿清醒,也借这个机会来搞明白毕尔斯特娜小姐到底什么时候回来。也许那时就有可能和她说上几句话,尽管这么做有些不太合适。当他躺在窗边,按压着疲惫的双眼时,他甚至有那么一瞬间想要惩罚格鲁巴赫太太,并劝说毕尔斯特娜小姐和他一起离开这公寓。然而,他立刻意识到这么做实在过于夸张,他甚至对自己产生了怀疑,认为自己是因为早上发生的事情而想换个地方住罢了。没有什么会比这更无意义，最重要的是，他觉得这一切徒劳无益，十分可鄙。

当他看厌了空荡荡的街道时，他躺在沙发[1]上，把通向前厅的门打开了一点，以便能从沙发上一眼看到每个进入公寓的人。他静静地躺在沙发上，抽着雪茄，直到大约十一点。然后他没有再待在那里，而是走了几步进入了前厅，似乎这样就能加快毕尔斯特娜小姐的到来。他其实也没有特别想见她，甚至不记得她到底长什么样子，但现在他想和她谈谈。让他恼火的是，她的迟归给这一天的结束带来了焦躁和混乱。他今天没有吃晚饭，还取消了原本打算去拜访艾尔莎的计划，这得怪她。不过，他现在还可以通过去艾尔莎工作的酒馆来弥补这两件事。他打算等到晚点和毕尔斯特娜女士谈话后，再这样做。

刚过十一点半，K.就听到了楼梯间有人回来的声音。他当时正沉浸在自己的思考中，把前厅当成了自己的房间，正大声地在前厅里走来走去，听到声响他迅速地躲到了自己房间的门后。来的是毕尔斯特娜小姐，她关门时冷得发抖，哆哆嗦嗦地把一条真丝披肩裹在自己纤瘦的肩膀上。下一刻她就会进自己的房间了，K.肯定不能大半夜闯进她的房间；他现在就得跟她说几句话。但不幸的是，他错过了机会，因为他没能拧开自己房间里的灯。如果他突然从黑暗的房间里走出来，似乎像突然袭击，至少得把她吓一跳。但已经没有时间了，他只得无助地

---

1 此处卡夫卡使用了外来词Kanapee，是沙发的旧式说法，指带着软垫的可坐可躺的家具，至少可供两人使用。借用自18世纪法文中的canapé。拉丁文中canapeum指"有天盖的床，带有细网眼的蚊帐"。——译者注（如无特殊说明，本书注释均为译者注）

透过门缝低声说:"毕尔斯特娜小姐。"这声音与其说是呼唤,倒更像是请求。"有人在那儿吗?"毕尔斯特娜小姐问道,睁大了眼睛四处张望。"是我。"K. 说着走到了她前面。"哦,K. 先生!"毕尔斯特娜小姐微笑着说,"晚上好。"她向他伸出了手。"我想和您说几句话,现在可以吗?""现在?"毕尔斯特娜小姐问,"一定得现在吗?这可有点奇怪,不是吗?""我从九点开始就一直在等您了。""这样啊,我之前在剧院,不知道您等我的事。""我想和您说的事是今天才发生的。""那好吧,那我也没什么好反对的,只是也许我太累了,随时会跌倒。所以请到我的房间来待几分钟吧。我们在这儿是没法儿好好说话的,只会把所有人都吵醒,如果我们打扰了别人,这比别人打扰了我还让我尴尬。您在这儿稍等,等我把我房间里的灯打开,您再把这里的灯关掉吧。"K. 于是按她吩咐的做了,他一直等到毕尔斯特娜小姐再次从她的房间里轻声叫他,他才进去。"您请坐吧,"她指着沙发凳说,她自己虽然疲劳,还站在床脚,甚至没有摘下她那顶装饰着许多鲜花的帽子,"那么您究竟想要说什么呢?我真的很好奇。"她微微交叉着双腿。

"您也许会说,"K. 开始说,"这件事并不急于一时,不必非得现在讨论,但是——""咱们就略过这个开场白吧。"毕尔斯特娜小姐说。"这也减轻了我的负担了,"K. 说,"您的房间今天早上被弄得有点乱,从某种意义上说这是我的错,这是几个陌生人违背我的意愿做的,然而无论如何是我的错,为此我想向您请求原谅。""我的房间?"毕尔斯特娜小姐问道，目光从房间转回K.身上，探究地看着他。"是这样的，"K.说，现在他们俩的眼神才第一次相遇，"这件事是怎么发生的，并不值得一说。""那您说说真正有趣的事吧。"毕尔斯特娜小姐说。"不。"K.说。"好吧，"毕尔斯特娜小姐说，"我也不想探听秘密，您如果坚持认为这事很无趣的话，我也没什么好反对的。您请求原谅，我也很乐意原谅您，尤其是我没找到任何弄乱的地方。"她把手平放在腰上，在房间里转了一圈。然后在挂着照片的布景板前停了下来。"您来看！"她喊道，"我的照片真的被弄得乱七八糟，这太烦人了。看来确实有人未经允许就进入了我的房间。"K.点了点头，心里默默地骂那个叫卡米内尔的职员，他永远无法克服他无聊又无意义的动作，总是动这动那。"这真是不太寻常，"毕尔斯特娜小姐说，"我不得不禁止您做一些原本您自己就不该做的事：在我不在时请别进我的房间。""我已经向您解释过了，小姐，"K.说着，也走到了照片前，"并不是我动了您的照片；但即使您不相信我，我也不得不向您承认：'调查委员会'带来了三名银行职员，其中一个人可能动过这些照片，我正考虑找机会把这个人踢出银行呢。""是的，一个调查委员会来过这儿。"K.补充说道，因为他看到这位小姐正用疑惑的目光看着他。"因为您吗？"这位小姐问道。"是的。"K.回答说。"不可能！"这位小姐笑着喊道。"确实是这样，"K.说，"那么您相信我是无罪的吗？""说到无罪，"这位小姐说，"我不想马上说出一个也许有严重后果的结论，而且我也不怎么认识您；但得是行为恶劣的罪犯，才会马上派来调查委员会吧。既然您还是自由的——至少我从您的心平气和中能断定您没有越狱——那您就不可能犯下这样的罪行。""是的,"K.说,"但调查委员会也能弄清,我是无辜的,或者至少我不像他们认定的那样有罪。""当然,可能是这样。"毕尔斯特娜小姐非常认真地说。

"您看,"K.说,"您对法庭事务也没什么经验。""是的,我没有,"毕尔斯特娜小姐说,"这点常让我感到遗憾,因为我喜欢了解一切,尤其是与法庭相关的事让我非常感兴趣。法院有一种特殊的吸引力,不是吗?我会继续完善我在这方面的知识,因为下个月我就要去一家律师事务所当办事员了。""那真是太好了,"K.说,"这样您就能在我的案子中给我一点帮助了。""这倒是可能的,"毕尔斯特娜小姐说,"为什么不呢?我喜欢运用我的知识。""我也是认真的,"K.说,"或者至少有您说的一半认真。毕竟这件事太小了,要找一个辩护人有点得不偿失,但我正好需要一个顾问。""是的,但如果我要给您建议,我得知道这一切是怎么回事。"毕尔斯特娜小姐说。"这正是麻烦之处,"K.说,"我自己也弄不清楚。""那您就是拿我寻开心了。"毕尔斯特娜小姐极为失望地说,"选择这么晚的时间来开这个玩笑很是不必要。"她从他们站着的照片旁走开了,之前他们在照片前默契地站了好久。"并不是这样,小姐,"K.说,"我没有拿您寻开心。您为什么不相信我呢?我所知道的,都已经告诉您了。我说的甚至比我知道的还多,那并不是什么调查委员会,我这么叫是因为我不知道还能用什么别的名字。也压根儿没什么调查,我只是被捕了,被一个委员会逮捕了。"毕尔斯特娜小姐坐在沙发凳上,又笑了起来。"那究竟是怎么回事?"她问道。"太可怕了。"K.说,但他现在根本没在考虑这件事,而是完全被毕尔斯特娜小姐的目光吸引住了。她正用手撑着脸——手肘放在沙发凳的垫子上,另一只手慢慢地摩挲着腰部。"这也太笼统了。"毕尔斯特娜小姐说。"什么太笼统了?"K.问道。然后他回过神来继续问道:"我跟您说说整件事,怎么样?"他想活动一下,但又不想离开这间屋子。"我已经很累了。"毕尔斯特娜小姐说。"您回来得太晚了。"K.说。"结果现在倒是我的过错了,这也行吧,我就不应该让您进来。事实证明让您进来也没有什么必要。""这是必要的,您马上就会明白了,"K.说,"我可以把床头柜从您的床边挪过来吗?""您到底想到什么了?"毕尔斯特娜小姐说,"您当然不能这么做!""那我就不能给您展示整件事了。"K.激动地说,仿佛对方的话给他造成了不可估量的伤害。"好吧,如果您需要它来展示整件事,那您就把这小桌子轻轻地移过去吧。"毕尔斯特娜小姐说。过了一会儿她又用虚弱的声音补充道:"我太累了,您如果觉得需要,就随便坐吧。"K.把床头柜放在房间中间,又在它后面坐下:"您得先正确了解下当时人员的分布情况,这很有趣。我现在是监察官,那儿的箱子上坐着两个看守,照片旁站着三个年轻人。在窗户的把手上挂着一件白色的女式衬衣,当然这件事我只是顺便提一下。现在我要开始了。噢,我忘记了我自己。这里面最重要的人,也就是我,正站在这张床头柜前。监察官非常舒适地坐着,双腿交叉,手臂搭在椅背上，跟个流氓似的。现在整件事情真正开始了：监察官喊道，好像他必须从梦里叫醒我一样，他简直在号叫，如果我想让您能明白这事，我恐怕也得喊叫起来。顺便说一下，他只是大声喊我的名字。"毕尔斯特娜小姐笑呵呵地听着，她把食指放在嘴边，防止K.大喊大叫，但为时已晚。K.太投入了，他慢慢地喊着："约瑟夫·K.！"这一句其实没有像他被监察官警告的那么大声，但在他突然发出喊声后，这声音还是逐渐在房间里传播开来。

这时，隔壁房间的门被敲了几次，那声音有力又短促，还很有规律。毕尔斯特娜小姐脸色发白，用手捂着心口。K.更是惊慌失措，因为他这会儿正完全沉浸在早上的事件和面前这个正听他叙述的女孩中，完全没有能力去想其他任何事情。他还没整理好自己的情绪，就冲到毕尔斯特娜小姐身边，握住了她的手。"您不用怕，"他低声说，"我会把一切都搞定的。但是会是谁呢？这屋子隔壁只有那间客厅，也没人在那儿睡觉呀？""不，有的，"毕尔斯特娜小姐在K.的耳边低声说，"从昨天起，格鲁巴赫太太的一个侄子——一个上尉，就睡在那儿。因为现在没有其他空房间了。我也没想起来这事。您真不应该那样突然喊叫。我现在也被您搞得很尴尬。""这算什么事。"K.说。当这位小姐靠回沙发垫的时候，他吻了下她的额头。"走开，走开，"她说，急忙又挺直了身体，"您走吧，走吧，您到底想怎么样？他可在门口听着呢，什么都听得到。您怎么这么折磨我！""我不会离开的，"K.说，"除非您能稍微平静一点。您到房间的另一个角落去，在那儿他就听不到我们了。"她被K.拉着带到了那里。"您怎么不想想,"他说,"虽然这事给您带来了一些不便,但这绝不是危险。您也知道的,格鲁巴赫太太在这件事上有决定权,尤其这上尉还是她的侄子。恰好她非常崇拜我,而且绝对相信我说的每一句话。再说她还得靠我帮助呢,因为她跟我借了一大笔钱。关于我们现在在一起的解释,您如果有任何建议,我都接受,哪怕这解释有些牵强都行,我保证让格鲁巴赫太太相信这个解释,而且不仅是表面相信,还是真心实意地相信。在这点上,您不用体恤我,甚至您想说我冒犯了您,我也会说服格鲁巴赫太太让她相信的。她不会怀疑我,她对我就是这么依赖。"毕尔斯特娜小姐沉默不语,有点颓废地看着她面前的地板。"格鲁巴赫太太怎么不会相信是我冒犯了您呢?"K.补充说道。他看了看她的头发,那些头发正垂在她的面前:分成了两边,下面的头发是蓬起来的,那红色的头发被紧紧地束在一起。他以为她要把目光转向他,但她却姿势不变地说:"请原谅我,我被这突然的敲门声吓了一跳,倒不是因为上尉的出现可能带来的后果。您喊过之后太安静了,又有敲门声,所以我才会那么惊诧,我正好坐在门边,那敲门声几乎就在我身边。您的建议我很感谢,但我就不接受了。我可以对在我房间里发生的任何事情负责,无论面对的是谁。我感到很惊讶,您竟然没意识到您给我的建议是一种侮辱。当然,我承认您的好意,但您现在走吧,别管我了,我现在比之前更需要安静。您要求的几分钟现在已经变成了半小时甚至更多。"K.抓住了她的手,然后又抓住了她的手腕:"您没有生我的气吧?"她拂开他的手,回答道:"没有没有，我从来不对任何人生气。"他再次抓住她的手腕，她现在默许了，并把他送到了门口。他下定决心离开。但在门前，他又迟疑了，似乎没有想到会在这里遇到一扇门，毕尔斯特娜小姐趁机利用那一刻逃脱了，她打开门，溜进了前厅，并在那儿对K.轻声说："现在请您过来吧，请看——"她指着上尉的房门，门下有一束光亮透出来："他已经开了灯，正在说我们呢。""我马上来。"K.说。他跑上前去，抓住她，亲吻她的嘴唇，然后吻遍她的脸，就像饥渴的动物用舌头舔舐着它找了很久的甘泉。最后他吻了她的脖子，把双唇贴在她咽喉上，吻了很久。直到上尉的房间传来响动，他才抬起头。"现在我要走了。"他说。他想用毕尔斯特娜小姐受洗时的名字来称呼她，但又不知道是什么。她疲惫地点点头，已经半转了身，又把手伸给他，任由他亲吻，仿佛什么都不知道，然后低着头走回她自己的房间。K.躺在自己的床上，很快就睡着了。入睡前，他还回想了一下自己的行为，感到满意，但又诧异自己没有更满意一点。出于那个上尉的原因，他非常担心毕尔斯特娜小姐。

初次调查

K.接到电话通知，下周会针对他的案子进行一次简短的审讯。这使他注意到，这种调查可能会定期进行，即使不是每周都有，也会一次又一次地频繁发生。一方面来看，迅速了结审判符合大家的需求；另一方面来看，调查又应全面彻底，但由于牵涉的工作量太大，也绝不能时间太长。正是如此才选择了这种简短而密集的调查方法。选择周日调查正是考虑到了不会耽误K.的专业工作。他们估计K.会同意，如果他希望再约时间，也会尽可能满足他的要求。比如说，调查也可以在晚上进行，但那时K.可能不够清醒。总之K.要是不反对，就会定在周日。他肯定得到场，这点倒是不用再提醒他。他们也告知了他应该去的房子的门牌号，那栋楼位于郊区一条偏远的街道上，K.以前还没去过。

收到这个消息后，K.没有回复就挂断了电话。他立即决定周日去，这当然是必要的，审判正在进行中，他必须反对，使这第一次调查成为最后一次。K.正在电话旁若有所思地站着，就听到身后传来副经理的声音，他想打电话，但K.挡了他的路。"有什么坏消息吗？"副经理轻描淡写地问，他其实也不想了解具体是什么事，只是希望K.从电话旁边挪开。"不，不。"K.说，他退到一边，但并没走开。副经理拿起听筒，他在等电话接通时，突然移开听筒说："K.先生，我想问您一下，您周日早上想休息一下，参加我在帆船上的聚会吗？我们会弄一场大聚会，您的很多熟人也会来。其中也会有地区检察官哈斯特尔。您能来吗？来吧！"K.努力听副经理说的话，这对他来说并非不重要，因为他与副经理的关系一直不是很好，副经理的这个举动意味着他想缓和两个人的关系，这次邀请表明，K.在银行中似乎越来越重要，他的友谊，或至少他的公正性，甚至对银行的第二号人物来说也很宝贵。即使这邀请只是在打电话的间隙不经意提出的，副经理邀请的举动也颇为屈尊。但K.不得不再次驳了他的面子，他说："非常感谢您的邀请！但恐怕我周日没有时间，我得去履行一份义务。""太遗憾了。"副经理说着转回了他刚接通的电话。他打电话的时间并不短，但K.一直心不在焉地站在电话旁边。副经理挂电话时，K.被吓了一跳，急忙为自己刚才不知所谓的存在感道歉，他说："刚才有人打电话给我，通知我应该去一个地方，但他们忘了告诉我什么时间。""那您就再问一次呗？"副经理说。"这事也没什么大不了的。"K.说。这说法使他先前本就马虎的道歉显得更加破绽百出。副经理一边走一边说着其他事。K.也强迫自己敷衍着，但脑子里想的是：自己最好在周日上午九点就去，因为所有法院在工作日的这个时间都已经开始工作了。

周日的天气阴沉沉的。K.非常疲惫，因为前一天晚上一家酒店给常客举办了宴会，他在那儿待到很晚，差点就睡过头了。他匆匆忙忙地穿好衣服，没有吃早餐就赶去了指定的地点，甚至没时间再思考和梳理一下他过去一周制定的各种策略。神奇的是，就在他仓促地转头张望之际，还看到了与他案件相关的那三个银行职员：拉本施泰纳、库里希和卡米内尔。前两个人坐在电车上，车正驶过K.面前的路。卡米内尔坐在一家咖啡馆的露台上，在K.经过时，正好奇地在护栏上弯着腰往下看。这几个人都盯着他看，也许是奇怪他们的上司为什么如此匆忙地奔走——出于某种莫名的抗拒，K.没有乘车。在自己的这个案子上，他厌恶任何的、哪怕是最轻微的外部帮助；他也不想求助任何人，不想透露哪怕一丁点自己的信息；还有一点，他其实丝毫不想因为过于准时而在调查委员会面前自降身价。然而，现在他还是一路奔走，尽可能在九点钟到那儿，虽然他并没有被告知确切的时间。

他曾想过，他能从远处就认出这所房子，总会有一些标志，虽然他也不确定具体会是些什么；或者房子门口总会有一些热闹。但是等他到了尤利叶斯大街，K.站在街口，却发现街道两边的房子几乎都是一个模样：高高的、灰色的、租给穷人的出租房。即使在现在这样的周日早上，大部分窗户也被占用了，穿着衬衫的男人靠在那儿，要么抽着烟，要么在窗边轻柔又小心翼翼地抱着孩子。其他的窗户上高高地挂着床单被罩，在它们上方，一个女人蓬头垢面地闪现了一下。人们隔着街道互相喊话，一声呼喊正好在K.的头顶引发了爆笑。长长的街道两边有规律地分布着一些出售各种食物的小商店，它们比街道低一点，得下几级台阶才能到。女人们在那儿进进出出，或是站在台阶上聊天。一个卖水果的正向那些窗户兜售水果，他和K.一样没留神脚下，差点用小推车把K.撞倒。就在这时，一台从更好的街区被淘汰到这儿的旧留声机放出刺耳的音乐，简直要命。

K.向街道深处走去，他走得很慢，仿佛他现在又有了时间，或者说他已经知道预审法官会从某个窗口看到他，从而知道K.已经到了。这时是九点多一点。这座房子位于街道深处，占地大得不得了，大门尤其宽大。这显然是为了各个仓库的货物运输准备的，这些仓库围在院子四周，上面刻有公司的字样，K.在银行业务上与其中一些公司有过往来。虽然他没有像平时那样仔细地检查这些细节，K.还是在院子的入口处稍微站了一会儿。一个光脚的男人正坐在他旁边的一个箱子上看报纸。两个男孩在一辆手推车两头玩跷跷板。一个水泵前面站着一个身穿宽大睡衣的柔弱的年轻女孩，在等水流入水壶的时候，她望向了K.。院子的一个角落里，两扇窗户之间拉着一根绳子，上面已经挂上了准备晾晒的衣服。一个男人站在下面，大声地指挥着工作。

K.转身走向楼梯，准备去调查室，但又站住了，因为除了这些楼梯，他看到院子里还有三个不同的楼梯，而且院子尽头的一个小通道似乎还通向另一个院子。他有些恼火，因为没有人告诉他房间的具体位置；这种"待客方式"实在是十分疏忽，要么就意味着对他毫不关心。他打算之后在调查室大声明确地表达自己的不满。但最后,他还是爬上了楼梯,在脑海中回想着看守维勒姆说过的一句话:法庭总是被罪责吸引。按这句话来看,调查室想必就在K.随机选择的这个楼梯上方。

他上楼的时候,打扰了许多在楼梯上玩耍的孩子,当他路过他们的时候,这些孩子都生气地看着他。"如果我之后再来这里,"他自言自语道,"我要么带糖来让他们都喜欢我,要么拿棍子吓唬他们。"就在他快到一楼[1]之前,他不得不等待了一小会儿,直到一个玩具球从他面前滚过去;而这个时候,两个长着地痞一般老成狡猾面孔的小男孩抓住了他的裤腿。如果他甩开他们,可能会伤到他们,他怕他们会大声叫喊。

到了一楼,K.才真正开始寻找调查委员会。因为他不能大张旗鼓地打听调查委员会到底在哪儿,所以他编造了一个叫兰兹的木匠——他想到了这个名字,因为那是格鲁巴赫太太当上尉的侄子的名字。他现在正挨家挨户地问是否有一个叫兰兹的木匠住在这里,以便趁机往房间里瞅瞅。然而,事实证明这对大部分住户来说是不必要的,因为几乎所有的门都开着,孩子们正跑进跑出。一般来说,这里都是只有一扇窗户的小房间,做饭也在里面。一些妇女怀里抱着婴儿,空闲的手在炉子上忙东忙西。一些半大的、只穿着围裙的女孩正忙得来回穿梭。所有房间里的床都没空着:要么有病人躺在上面,要么还有人在睡觉,要么有人穿着睡衣平躺在上面。要是有公寓大门紧闭,K.就敲门询问是否有个叫兰兹的木匠住在这儿。通常是女人

---

[1] 德语国家的一楼叫底层,不算入楼层记数,此处一楼实际是中国楼层的二楼。

来开门，听了就转身去房间里再问一遍，里面的人才会起床。"这位先生问是否有个木匠兰兹住在这儿。""木匠兰兹？"里面的人在床上问道。"是的。"K.说，尽管他已经确认调查委员会不在这儿，而且敲门的任务已经完成了。许多人觉得找到木匠兰兹对K.来说关系重大，他们思考许久，或许会想起一个不叫兰兹的木匠，或者一个与兰兹相近的名字，又或者向邻居打听，抑或陪着K.到远一点的邻居家去：他们认为有这么一个人可能转租了这家的房子，或者有人能提供更详细的信息。最终导致K.几乎不用再自己开口，就跑遍了各个楼层。他很后悔自己想出了这么个计划，虽然起初他觉得这个计划很实用。到五楼[1]之前他决定放弃搜寻，就和一个想带他上楼寻找的友好的年轻工人告了别，然后走下楼去。但这次徒劳无益的搜寻又实在让他恼火，于是他又转回去，敲开了五楼第一户人家的门。这个小房间里首先映入他眼帘的是一个大挂钟，已经指向了十点。"有个木匠兰兹住在这儿吗？"他问。"请吧。"一个长着一双又黑又亮眼睛的年轻女士说，她正在一个盆里洗孩子的衣服，并用她湿乎乎的手指向隔壁房间打开的门。

K.感觉自己来到了一个集会。一群各式各样的人挤满了一个中等大小的、有两扇窗户的房间，谁也没注意到刚进来的人，在这个房间靠近天花板的位置有一圈回廊，回廊上也站满了人[2]，所以人们只能弯着腰站在上面，头和背都顶着天花

---

[1] 此处五楼实际是中国楼层的六楼。
[2] 关于此处大厅和回廊的描写，参看卡夫卡和友人的通信，灵感来自卡萨诺瓦关于逃出威尼斯监狱的描写。

板。空气对K.来说有些混浊，他便退了出来，对那个也许对他有所误解的年轻女人说："我想找一个木匠，一个叫兰兹的人。""是的，"那女人说，"您请进去吧。"如果不是那个女人走到他面前，抓住了门把手说："您进去以后我就得关上门，其他人不能再进去了。"K.可能也不会跟着她进去。"很有道理，"K.说，"现在里面已经站满人了。"随后他还是进去了。K.从两个紧靠门边交谈的人中间穿过：其中一个正伸开双手佯作数钱，另一个正犀利地盯着K.的眼睛。这时有一只手伸向了K.，是一个脸色红润的小男孩的手。"您快过来，快过来。"他说。K.被他带着走，这才发现在看似混乱的人群中，还有一条狭窄的路能供人穿过。这路似乎把人群分成了两派，也正因如此，在K.路过左右两派的头几排人时，几乎没人回头看他，他们都是背对着他，只朝着自己那一派的人说话、比手势。他们中的大多数人都穿黑衣，那又旧又长的传统黑袍子松垮垮的，还垂在地上。除了这种衣服很是让K.感到不安外，其他的倒是符合一个政治集会的场景。

K.被领到了大厅的另一端，在一个十分低矮又同样拥挤的小讲台上横摆着一张小桌子，桌子后边靠近讲台边的地方坐着一个气喘吁吁的矮胖男人，正和站在他身后的人说话——后者的手肘撑在椅子的扶手上，两腿交叉着，正边说边大笑。有时他把手臂举向空中，就像报纸上的讽刺漫画一样。带K.过来的男孩正努力想汇报K.的到来。他已经两次踮起了脚尖，试图和讲台上的人搭上话，但上面的人还是没注意到他。当讲台上的另一个人注意到男孩时，这个人才转过身，俯下身来听他小声地汇报。然后他抽出怀表来迅速看了K.一眼。"您应该在一小时零五分钟前就到了。"他说。K.想回答点什么,但他没能有时间开口,因为那人刚说了一句,大厅的右半边就喧哗了起来。"您应该在一小时零五分钟前就出现了。"那人又提高声音重复了一遍,随后也迅速向大厅内看去。那喧哗声先是越来越强,但由于那人没再说什么,便逐渐消失了。现在大厅里比K.进来时安静多了。只有回廊上的人还没停止交流。虽然光线半明半暗,还有混浊的空气和灰尘,但勉强分辨的话,他们似乎比下面的人穿得差一些。有些人带来了垫子,放在头和房顶的天花板之间,以免碰伤。

K.决定多看少说,因此也没再为自己所谓的迟到辩护,只是说:"我确实是迟到了,但我现在总归来了。"随后在大厅右侧响起一阵掌声。K.想,这些人可能比较容易争取,他现在只是有些担心大厅左半侧的沉默,那些人就在他身后,只有几声零星的掌声。他在思考说些什么能一次就赢得他们所有人的支持;或者如果这样不可能的话,至少也可以暂时赢得那些沉默的人的支持。

"的确如此,"那人说,"但我现在不再有义务继续审问您了。"大厅里又是一阵喧哗,但这次却是弄错了,因为那人挥手示意人们安静后继续说,"不过,我今天还是破例审问一下。但这样的迟到以后绝不能再发生了。现在请您到前面来!"有人从台子上跳了下来,为K.腾出了一个位置,K.随后站了上去。他紧贴着桌子站着,他身后的人挤得不得了,以至于他必须得用力撑住桌子,否则连预审法官的桌子,甚至也许预审法官本人也会被从台上挤下去。

然而,预审法官对此却并不在意,反而很舒服地坐在椅子上。在对他身后的人说了最后一句话后,他伸手拿起了一本小的笔记本,这是他桌子上唯一的东西。那笔记本看起来像学校的作业本,旧旧的,因为经常翻阅已经不成样子了。"那么,"预审法官翻开笔记本,以一种确凿的口吻对K.说,"您是刷墙的?""不是,"K.说,"我是一家大银行的总监[1]。"他回答之后,讲台下面右侧的那些人哄然大笑,这笑声十分畅快,以至于K.也不得不跟着笑几声。那些人用手撑着膝盖,摇晃着身子,就像突然咳嗽止不住似的。甚至回廊上也有个人在哈哈大笑。预审法官十分生气,他或许对大厅下面的人有些无能为力,只能向回廊上的人撒气,他跳了起来,威胁回廊上的人,本来并不起眼的眉毛也挑了起来,在眼睛上方蹙成一团,又黑又浓。

然而,大厅的左半边仍很安静,那儿的人站成排,把脸转向讲台,平静地听着讲台上人的交流,就像他们平静地听着另一派人的噪声一样;他们甚至容忍他们队伍中的个别人时不时地与另一群人一起起哄。左边的人数虽然比较少,但是实际上

---

[1] 为了便于理解,此译本把K.的职业头衔统一译为"总监"。关于K.的职业,此处直译应为"首席授权代表人","授权代表人"使用了德文"Prokurist"一词,是指当董事总经理不在时,授权的一个签字人,通过代理承担董事总经理的任务,以确保公司在任何时候都能保持正常运作。现在德国大公司还是有"Prokurist"(授权代表人),但一般不作为专门职位,而是由高管兼任,一家公司有很多个,一般需要两个授权代表人一起签字才能代表公司。由于Prokurist不属于学术头衔,只是一种职权,现代德语也不称呼"授权代理人先生"。按照卡夫卡文中的语境,这个职位低于副经理,又对副经理有威胁,所以译成"总监"。

他们和右边的人一样无足轻重,只是他们冷静的行为使他们看起来更重要。例如K.开始说话时,他确信自己是按照他们的意思来的。

"预审法官先生,您问我是不是一个油漆工——确切地说,您压根儿没问我,而是直接给我扣了这么一顶帽子——这倒是完全展示了针对我的这次审判的性质。您可以反对,说这根本不是审判;您说得很对,因为只有在我承认它是审判的情况下,它才能被称为审判。即使我暂时承认它,也只能说是出于怜悯。如果要人真的重视它,那除了同情我也想不出什么别的态度。我并不是说这是一次潦草的审判,但我想提一下这个词,您自己可以再想想情况是否如此。"

K.停止了说话,向大厅里看去。他说的话有些尖锐,甚至比他原本的意图还要尖锐几分,但也不能说这些话有错。也许这番话本来可以在一些地方赢得掌声,但此时大厅里还是一片沉默,人们显然都在焦急地等待着接下来的事情,也许这一切只是爆发前的沉默,随即这爆发就会终结一切。这时,大厅尽头的门突然被打开了,那个年轻的洗衣妇似乎完成了她手上的工作,也走了进来,尽管她很小心,但还是吸引了几道目光。预审法官的反应倒是让K.很高兴,他似乎一下子被这些话刺到了。他原本是想威胁回廊上的人,但由于K.的讲话让他吃了一惊,以至于他竟一直站着听完了。在现在这个小间歇里,他才慢慢地坐了下来,仿佛这样能不被注意到。也许是为了平复自己的心情,他又拿起了笔记本。

"这也无济于事,"K.继续说,"甚至您的笔记本,预审法官先生，也证实了我所说的。"对于在这个陌生的集会中只能听到自己平静的说话声，K.感到挺满意，他甚至有勇气把笔记本从预审法官手中抢过来，而且只用指尖，好似有几分畏惧一样，拈起了笔记本中间的一页，于是这一页两边那些写得密密麻麻、污迹斑斑又边角泛黄的书页都垂了下去。"这些就是预审法官的卷宗，"他说着又把笔记本丢在了桌子上，"您请继续看吧，预审法官先生；对您这本债务书，我是一点也不忌惮，虽然我无法读它，但那是因为我只愿意用两个手指拿它，而不是把它整本拿在手里。"这话算是对一个法官的极大羞辱，也许只能这样理解。因为预审法官正伸手去拿那本丢在桌子上的笔记本，欲盖弥彰地把它稍微整理了一下，又拿起来看。

前排人都一脸热切地看向K.，他也低头看了他们一会儿。他们都是上了年纪的人，其中有些人胡子都白了。他们也许是能够影响整场集会的人，因为即使预审法官被羞辱了，他们也没乱了阵脚，还是无动于衷，一副K.刚开始讲话的样子。"发生在我身上的事，"K.继续说，他的说话声比之前更小了，而且一再查看前几排的那些面孔，这使他的表述带了几分慌张，"发生在我身上的事，毕竟只是个人案例，因此并不很重要，我也并不把它当回事，但它是一种程序的象征，一种很多人都经历过的审判程序。我坚持站在这儿是为了这些人，而不是为了我自己。"

他不由自主地提高了说话的音量。在大厅的某个地方突然有人举手鼓掌，还喊道："好极了！怎么能不坚持呢？好样的！

这真是好样的！"前排的人都各自捋着胡子，没人因为这喝彩回头。K.也不觉得这话举足轻重，但还是有几分振奋；他现在认为根本不需要所有人鼓掌，只要在场的人普遍开始思考这个问题，他能再时不时地说服一两个人就够了。

"我不想要什么演说上的成功，"经过思考，K.这样说，"这也不是我能实现的。预审法官可能讲得比我更好，毕竟这是他的工作。我想要的只是能开诚布公地讨论一个公开的冤情。请听我说一下：大约十天前我被捕了，被捕之事我想起来仍觉得好笑，但现在谈这可笑之处未免有点不合时宜。清晨，我就在床上被袭击了；也许他们有上级的命令——从预审法官的话来看，也不能排除这些可能——他们可能得到了要逮捕一个和我一样无辜的刷墙工的通知，但他们选了我。两名粗暴的看守占据了我隔壁的房间。即使我是个危险的强盗，他们也不会有什么更好的预防措施了。这些看守都是些没什么节操的无赖，他们不停地对我说三道四，还想被贿赂；他们试图用虚假的借口从我这里骗走我的衣服和外套，还无耻地在我面前吃了我的早餐后，想问我要钱再去给我买早餐。这还不够。我被领到第三个房间，见到了监察官。这是一位我非常尊敬的女士的房间，但我不得不眼睁睁地看着这个房间因为我——虽然这不是我的过错——被守卫和监察官的出现弄得乱七八糟。那会儿要保持冷静并不容易。但我做到了，我十分平静地问看守为什么要逮捕我，如果他在这里，他倒是能证实这一点。那位看守是怎么回答的呢？我还记得他坐在我之前提到的女士的椅子上，还带着一副愚昧而傲慢的神情。先生们，他基本上什么都没回答；也许他真的什么都不知道，他已经逮捕了我并对此感到满意。他甚至还忙活了点其他的事，把我银行的三个低级职员也带进了那位女士的房间，他们翻着房间里的照片、那位女士的财物，把它们弄得一团糟。这些职员的出现当然还有另一个目的：就像我的女房东和她的女仆一样，他们还要把我被捕的消息传播出去，以损害我的公众声誉，特别是动摇我在银行的地位。现在这些都没有成功，甚至连我的房东，这个单纯质朴的人——我在这里提到她的名字是为了表示敬意，她叫格鲁巴赫太太——也能明智地看出来，这样的逮捕和巷子里那些教养不足的问题少年实施的阴谋毫无差别。我再说一遍，整件事现在只给我带来了不便和暂时的烦恼，但它难道不会导致些更坏的后果吗？"

K.说到这里就停住了，在他看向沉默的预审法官时，他似乎注意到，这位正用眼神向人群中的某个人示意。K.笑着说："现在，我旁边的预审法官刚给你们中的一个人传递了一个秘密信号。看来你们中间的一些人正听他的指示行事呢。我也不知道这个信号是要让人发嘘声还是鼓掌，但现在我已经提前揭露此事，也就不必再猜这信号究竟是什么意思了。我是完全无所谓，而且我在此公开授权预审法官先生指挥他站在下面的领薪职员的权利，也不用什么秘密的手势了，尽可以直接大声命令他们，法官先生可以先说：'现在发嘘声！'下次再命令：'现在鼓掌！'"

不知是出于尴尬还是不耐烦，预审法官在他的凳子上来回挪动。他身后的那个人，就是之前和他交谈的那个人，再次弯腰凑向他，不知是在说场面话鼓励他，还是在给他一些具体的建议。讲台下面人们正在低声交谈，气氛十分活跃。以前意见似乎截然相反的两派人马已经混杂在了一起，个别人还边说边用手指指着K.，另一些人则指向预审法官。房间里雾霾般混浊的空气让人格外难以忍受，甚至让人看不清站在远一点的人。这情况对回廊上的人来说一定更加糟糕，他们不得不一边不好意思地侧头盯着预审法官，一边悄悄地向其他的集会参与者提问，以便实时跟进。回答的人伸出手掩住嘴，小声地给他们更新情况。

"我马上就讲完了。"K.说，因为桌子上没有摇铃，他就用拳头敲在桌子上。预审法官和他身后的建议者立刻惊恐地分开了凑在一起的脑袋，法官抬起头说："整个事情我未曾参与，因此我能冷静判断，而对您来说，如果您还在意这个所谓的法庭，听听我的意见您也许会得到很大的好处。如果对我提出的说法您有异议，还想讨论，我请您推迟一下，因为我没时间了，很快就得离开。"

现场立刻一片寂静，K.已经控制了这次集会的舆论。人们不再像一开始那样胡乱喊叫，甚至也不再鼓掌，他们似乎已经被说服，或者正要被说服。"毫无疑问，"K.小声温和地说，他为整个集会都在聚精会神地听他的话感到高兴，在安静中突然出现了一点杂音，这比最热烈的掌声更激动人心，"毫无疑问，在这个法庭的所有宣判背后，以我的案件为例，在逮捕和今日的审讯背后都有一个巨大的组织。这个组织不仅雇用了腐败的看守、愚蠢的监察员和最大优点是谦虚的预审法官，而且无论如何还维持着一个高级的判决机构，还有数不胜数、不可缺少的追随者：比如侍从、文员、宪兵和其他临时工，也许还有刽子手，我对这个词也毫不避讳。先生们，这个伟大组织存在的意义是什么？它包括逮捕无辜的人，对他们进行毫无意义、通常是没有结果的审判，就像我的情况一样。在这种毫无意义的情况下，如何能避免最严重的官场腐败呢？这是不可能的，即使是等级最高的法官也不可能保证自己能做到。这就是为什么看守试图偷窃被捕者身上的衣服、监察官会闯入别人的家、无辜的人不是被正规审讯而是在整个集会面前被羞辱。看守只提到了仓库，说被捕者的财产会被带到那里，我想看看这些仓库的情况，看看被捕者们辛苦挣来的财物是不是在那儿腐烂，只希望它们没有被偷窃成性的仓库管理官员偷走。"

K.被大厅尽头的一声尖叫打断了，昏暗的光线使房间里的烟尘变得一片亮白，让人晕眩，他遮住了眼睛，才勉强能看清。是那个洗衣女工，K.在她一出现时就认定她会是个大麻烦。她是否有罪，现在还无法判断。K.只看到一个男人把她拉到门边的一个角落，在那里把她紧紧搂住。但尖叫的不是她，而是那个男人，他张大了嘴巴，仰望着天花板。他们俩周围形成了一个小圈子，附近回廊上的观众似乎很兴奋，K.为这次集会营造的严肃气氛就这么被打破了。K.下意识想马上跑到那儿去，他也认为大家会恢复那儿的秩序，至少要把这对夫妇送出大厅，但他面前头几排的人却都相当坚定，没人移动，也没人让K.通过。相反，他们还阻碍他过去，老人们伸出手臂拦住他，还有一只手抓住了他背后的衣领——但他来不及转头看是谁。K. 不再考虑这对夫妇,他觉得自己的自由似乎受到了限制,他们好像正在认真逮捕他,于是他不顾一切地从讲台上跳了下来。现在,他与人群对视而立。他对这群人的判断是正确的吗?他是否对他演讲的效果过于自信?在他说话的时候,他们是否一直在虚与委蛇,而现在看他有了结论,他们就厌倦了装样子?他周围都是些什么面孔?一对对黑色的小眼睛正来回转动,脸颊像喝醉酒的人一样耷拉着,长长的胡须僵硬而稀疏,如果有人伸手抓住这些胡子,那简直会像抓住了爪子,而不是抓住了胡须。然而,在胡须下面的——这才是K. 真正的发现——那外袍的领子上闪耀着各种大小和颜色的徽章。在可见范围之内,所有人都戴着这些徽章。表面看上去他们分属左右两派,事实上都是一丘之貉。他猛地转过身,看到预审法官的衣领上也有同样的徽章,他的手放在膝盖上,正平静地看着下面。"原来如此,"K. 喊道,把双臂甩向空中,他突然明白了,需要些爆发的空间,"你们都是官员,我明白了,你们就是我所反对的腐败团伙,你们挤在这里,装作听众和窥探者,还表面上分成两派,有一派人还鼓掌来考验我,你们是想学习如何引诱无辜的人进圈套!好吧,我希望你们在这里不是一无所获;或许你们已经对'有人期待你们为他的清白辩护'这件事交流过,或者是——让我走,不然我就打人了。"K. 对一个颤颤巍巍的老人喊道,他贴得特别近:"或者你们真的也学到了一些东西,那么我就祝你们在自己的职业上有好运。"他迅速拿起了自己在桌子边上的帽子,在一片寂静中挤向出口——这是彻底的惊诧带来的寂静。然而,预审法官似乎比K. 更快,他居然在门口等着K.。"等一下。"他说。K.停了下来,但没有看预审法官,而是看了看门,他已经抓住了门的把手。"我只想提醒您注意,"预审法官说,"您今天剥夺了自己的一些好处——您应该还没有意识到。审讯无论如何都会给被捕者带来一些好处。"K.在门口笑着说:"你们这些浑蛋。"他接着喊道:"我把这些审讯送给你们所有人!"随即打开门,匆匆下楼去了。他身后的集会里又响起了喧闹声,集会又活跃起来了,也许他们正在以学习的方式讨论这件事。

空荡荡的会议室—大学生—办事处

在接下来的一周里，K.每天都等待着新消息，他不相信他们居然真接受了他放弃审讯的话。直到星期六晚上，他还没等到通知，于是他自认为不言而喻，自己会在相同时间被传唤到相同的房子。因此，他周日又去了，这次他直接上了楼梯，路过那些走廊，一些还记得他的人在门口跟他打招呼，但他不再需要去问任何人了，很快他就来到了正确的门前。他一敲门，门就立刻在他面前开了，他没去看那个站在门边的熟悉女人，准备直接进入隔壁的房间。"今天没有会议。"那女人说。"为什么没有会议？"他问，不愿相信这个事实。但这女人打开隔壁房间的门，说服了他。房间十分空旷，这空空如也的样子看起来比上周日还让人心烦。讲台上的桌子没有变化，依旧放着一些书。"我可以看看这些书吗？"K.问道，倒不是出于强烈的好奇心，只是为了不让自己现在显得像个白痴。"不行，"女人说着又关上了门，"这不被允许。书都是预审法官的。""哦，原来是这样，"K.说着点了点头，"我想这些书应该都是法律书,也属于这个法庭的特质:不仅会定一个无辜人的罪,还会在不知情的情况下给人定罪。""确实有这样的情况。"女人说,她其实并没完全懂他的话。"好吧,那我只好先回去了。"K.说。

"我应该向预审法官汇报一下今天的事吗?"女人问。"您认识他?"K.问。"当然,"女人说,"毕竟我丈夫是个执法员。"直到现在,K.才注意到,上次来还只有一个洗衣盆的房间现在变成了一个家具齐全的客厅。女人注意到他的惊讶,说:"是的,我们可以免费住在这个公寓,但我们必须在有会的日子把房间整理干净。我丈夫的这份工作也有些不方便的地方。""与其说我是对这个房间感到惊讶,"K.说,恼怒地看了她一眼,"不如说是您已婚的事更让我吃惊。""您也许是怪我上次会议意外闯入,打断您的讲话?"女人问道。"这是自然,"K.说,"不过现在都过去了,我都快忘了,但当时我简直气炸了。现在您自己又说,您是一个已婚女人。""您的演讲被打断了,这对您来说并非坏事。之后人们对您的话更是评头论足。""希望如此吧,"K.心不在焉地说,"但这并不能成为您的借口。""所有认识我的人,都会原谅我,"女人说,"那个抱我的人老是纠缠我,也许对一般人来说我并不是很有吸引力,但对他来说我却很吸睛。我也没什么办法让他死心,甚至我丈夫也已经认命了;如果他想保住自己的位置,就得忍下这口气,因为那人是个大学生,很可能前途无量。他总是追着我跑,就在您来之前,他才刚走。""这与这个地方其他事的风格倒颇吻合,"K.说,"我倒是并不吃惊。""我想您是想改善这里的情况吧？"那个女人慢慢地问，带着一些审问的语气，好像她在说一件对她和K.来说都十分危险的事，"我已经从您的演讲中看出了这一点，我倒是很喜欢您的那些话。不过我只听到了一部分，错过了开头，而且结尾时我正和大学生一起躺在地上。这地方真是令人厌恶。"她停顿了一下，抓住K.的手说，"您认为您能成功，让他们有所改进吗？"K.笑了笑，在她柔软的手中微微转动了一下自己的手。"事实上，"他说，"没人雇用我改善这个地方的情况，就像您说的，如果您告诉预审法官，那您还可能被嘲笑或惩罚呢。其实要是按我的自由意志，我肯定不会干涉这些事，也不会因为这个司法系统需要改进的破事，觉都睡不好。但是据说我已经被捕了——对，我就是被捕了——所以我被迫为了自己的事搅和进来。但如果我有能帮到您的地方，那我也非常高兴。不仅是出于友爱互助，还因为您也能帮到我。""我怎么能帮您呢？"女人问。"您可以给我展示展示桌子上的那些书。""当然可以，"女人大声说，急忙把他拽了过去。这都是些旧得快被翻烂的书，其中一本的封面几乎从中间断开，碎书页只靠几丝线挂在一起。"这里的东西真脏。"K.摇着头说。女人在K.伸手去拿书之前，用围裙擦了擦灰尘，至少把封面擦了下。K.打开最上面的书，看到一张极不体面的画：一个男人和一个女人赤身裸体地坐在沙发上。画师的下流意图昭然若揭，但他的画工着实拙劣，以至于看画的人只能看到一个男人和一个女人，他们身体在画面上十分突出，坐得也太直，由于构图错误，转头互视的角度也过于僵硬。K.没再继续翻，而是打开了第二本书的扉页。这是一本小说，书名是《格蕾特从她的丈夫汉斯那里所受的虐待》。"这就是法庭研究的法律书。"K.说，"我居然被这样的人审判。""我会帮助您的。"那女人说，"您会愿意吗？""您真能做到不顾自己置于危险吗？您以前说过，您丈夫非常依赖上级。""尽管如此，我也想帮您。"女人说，"请您过来，我们必须讨论一下。不要再提什么我的危险了，我在该怕的时候自然会害怕。来吧。"她指了指台子，示意他和她一起坐在台阶上。"您有一双美丽的黑眼睛，"她说，在他们坐下后，她从下面看着K.的脸，"他们告诉我，我的眼睛很美，但您的美得多。顺便说一下，您那时第一次进入这大厅，它们就吸引了我的目光。也正因为您，我后来才又到这里来，我通常不这样做，甚至在某种程度上我压根儿就不被允许这样做。"原来如此，K.想，她主动给我提供帮助，但就像这里的其他人一样，她也被宠坏了，她对法庭的官员们感到厌烦，这当然可以理解，因而面对每个随机遇到的陌生人，只要他的眼睛好看，就多加恭维。K.沉默地站了起来，仿佛这个动作能让他大声说出自己的想法一般，似乎这样就能向这个女人解释自己的行为。"我不认为您能帮我，"他说，"要是真想帮助我，得和高级官员有些关系。但您大概只认识那些在这里成批出现的低级雇员。您当然很了解他们，也能和他们谈成很多事情，我从不怀疑这一点，但即使是您能和他们谈成的最大的事，也对审判的最终结果无济于事。您可能还会因此失去一些朋友。我不希望事情发展成那样。您就继续保持目前和这些人的关系吧，在我看来，这对您也是不可或缺的。我这么说不无遗憾，但是想以此回报您之前的赞美,我也喜欢您,特别是当您像现在这样悲伤地看着我时,但您其实大可不必如此。您属于我必与之对抗的团体,但您在其中如鱼得水,您甚至爱这个大学生,如果您不爱他,您至少也觉得他比您丈夫更有吸引力。这从您的话中很容易辨别。""不!"她喊道,坐着抓住了K.的手,他没来得及迅速抽回,"您现在不能走,您不能这样误判了我,就一走了之!您真的现在就准备离开吗?我真的毫无用处,让您甚至不愿意帮我一下,在这儿多待一会儿吗?""您误会了,"K.说着坐了下来,"如果您真的想让我留下,我也很乐意留下,我有时间,而且我到这儿来是期待今天会有审判。我之前说的话没有别的意思,只是想请您在我的审判中不要为我做任何事。希望当您想到我根本不关心审判的结果,只会对定罪感到可笑的时候,千万别觉得被冒犯了。当然,这些话的前提是审判会有一个真正的结果,但对此我非常怀疑。我宁愿相信,由于官员们的懒惰或遗忘,甚至可能是恐惧,他们已经放弃了审判,或在不久的将来迟早放弃它。然而,也有可能他们还希望假装审判继续,这样会得到更多的贿赂,这想法显然是徒劳的,正如我今天所说,我不会贿赂任何人。不过,如果您能帮我一个忙,我会不胜感激。请告诉预审法官,或者其他喜欢散播重要消息的人:我永远不会被这些先生喜欢搞的小把戏骗到,从而去贿赂他们。您可以坦率地告诉他们,这些想法毫无用处。顺便说一句,他们自己可能已经注意到了,即使他们没有,我也不太在乎他们现在是否已经发现了这个问题。但倘若已经注意到了,这不是会给这些先生省去一些工作吗?也能给我免去一些不便,当然如果我知道这不便同时也能打击到其他人,那我也将欣然接受这些不便。我希望事情最好就这样发展下去。您真的认识预审法官吗?""当然,"女人说,"当我提出要帮助您时,我首先就想到了他。我不知道他只是一个低级官员,既然您这么说,那可能确实如此。但我依旧认为他提交给楼上的报告有一定影响力。他的确写了极多报告。您说官员们都很懒,倒不尽然,尤其是这个预审法官,他倒是一直在写报告。例如,上周日,会议一直持续到晚上。所有的人都走了,但预审法官还留在大厅里。我不得不给他拿来一盏灯,我只有一个小厨房灯,他却很满意,立即写了起来。这期间,我丈夫也回来了,他正好在那个周日休假,我们取来了家具,重新布置了我们的房间,邻居们也来了,我们点着蜡烛聊天,很快我们就把预审法官的事抛在了脑后,睡着了。突然在夜里,我想当时一定是深夜吧,我醒了,预审法官就站在床边,用手遮住了灯光,不让它照到我丈夫,这份谨慎着实不必要,因为我丈夫是一旦睡着,什么灯光也晃不醒的人。我吓得几乎尖叫,但预审法官非常和蔼,告诫我一定要小心,还低声对我说,他一直写到现在,现在要把灯还给我,他永远不会忘记我睡着了的样子。说了这么多,我只想告诉您,预审法官确实写了很多报告,特别是关于您的报告,因为您的审讯肯定是周日会议的主要议题之一。这样的长篇报告不可能完全没有意义;而且从这件事来看,预审法官有些倾慕我,现在一切都还是萌芽状态,他一定是现在才注意到我,那么我就可以对他产生很大的影响。他非常关心我,我还有其他证据可以证明这点。昨天,他通过他非常信任的学生——他也是他的同事,给我送了丝袜当礼物,表面上是为了报答我整理了会议室,但这只是一个借口,因为这项工作毕竟在我职责范围内,而且我丈夫也会因此得到报酬。""那真是些漂亮的丝袜,您看,"她伸了伸腿,把裙子拉到膝盖上,自己也看了看丝袜,"它们的确不错,但织得实在太细了,不适合我。"

突然,她停了下来,把手放在K.的手上,仿佛是在安抚他,并低声说:"嘘,贝托尔特在看我们。"K.慢慢地抬起目光。会议室的门口站着一个年轻人,他个子矮小,腿也不太直,留着满脸的短小稀疏的红色胡须,还不断地用手指捋着胡须,似乎这样能让人更加尊重他一样。K.好奇地看着他,这毕竟是他遇到的并不熟悉的第一个法律专业的大学生,这人看上去还挺有几分人情味的,而且没准哪天他就飞黄腾达了。而那个学生似乎根本不关心K.,他没再捋胡须,而是只用一根手指和女人挥手示意,随即走到窗前。女人弯下腰对K.低声说:"您别生我的气了,我也多次恳求您别把我想得太坏了,我现在必须去找他,他真是让人厌恶,您看看他那双罗圈腿。但我马上就会回来,要是您愿意接受我,我就去您那儿,去您喜欢的任何地方,您可以对我做您喜欢的任何事,只要能尽可能长时间地离开这儿,我就会很高兴,而且是越久越好,最好我能永远离开这儿。"她又摸了一下K.的手,猛地站了起来,朝窗户跑去。K.不由自主地去摸她的手,却抓了个空。这个女人真的迷住了他,尽管他反复思考,依然找不到任何站得住脚的理由,来说服自己不屈服于这诱惑。他突然想到,这个女人可能是法院派来抓捕他的，但很快这个想法又被他自己否定了。她怎么抓得住他呢？难道他不是一直有这个自由：只要事情和他有关，他不就能立即反击整个法庭了吗？难道他对自己一点信心都没有吗？她提出要帮忙，听起来也很真诚，也许并非毫无价值。也许对报复预审法官和他的随从来说，没有比抢走这个女人并将她据为己有更好的报复方式了。这样一来，可能有一天，预审法官在劳神费力地写完K.的虚假报告后，在深夜发现这女人的床铺空无一人。之所以是空的，是因为她属于K.了，因为窗边的这个女人，这具丰满、柔软、温暖、裹在深色粗布黑裙子里的身体，只属于K.一个人了。

在消除了对这个女人的疑虑后，K.觉得他们在窗前安静的对话显得太过冗长，他先用指关节，然后又用拳头敲击着讲台。那个学生的目光越过女人的肩膀，短暂地瞥了K.一眼，但一点也没被打扰，甚至紧紧地贴近女人，抱住了她。她深深地低下了头，似乎在认真地听他说话。当她弯下腰时，他就放肆地吻她的脖子，同时还喋喋不休。这时K.注意到：女人一抱怨，那个大学生就对她施加暴行。于是他站了起来，在房间里来回走动。他一边思考一边斜眼看着大学生，想着如何能让他尽快离开。于是K.来回踱步，有时甚至跺脚，当大学生显得很受打扰，他感觉颇为得意。大学生说："如果您不耐烦了，那您尽可以离开。反正您原本也可以早点走的，这儿没人会念着您。是的，您的确应该走了，甚至我一进来时您就应该走的。"这句话似乎点燃了K.的种种愤怒，而且无论如何，其中也隐藏了傲慢，像是未来的法官对一个他不喜欢的被告说的话似的。K.停在离他很近的地方，笑着说："事实就是，我确实等得很不耐烦，但您若是离开我们，这种不耐烦就最容易消除。也许您是来这儿学习的，我听说您是个大学生，那我也很愿意为您腾出地方，带这女人一起离开。顺便说一下，在您成为法官之前，您还得学更多东西。我对你们的司法部门虽然还不是很了解，但我想，仅靠粗暴的讲话还远远不够——可以肯定的是，您已经很精通如何做这些事，只是经验还不足。""真是不应该放任他自由行动，"那学生说，似乎是要给K.的冒犯性言论找个解释的理由，"这是个失误。我已经告诉过预审法官，在审讯的间隙，他至少应该被禁闭在自己的房间里。但预审法官有时真让人无法理解。"

"多说无益，"K.说着，向那女人伸出手，"您过来吧。""原来是这么回事，"大学生说，"不，不，您得不到她的。"他说着，突然用一种意想不到的力量一只手就抱起了女人，一面弯着背走向门口，一面温柔地看着她。看得出他对K.有一些畏惧，这毫无疑问，然而他还在向K.挑衅，用空余的手抚摸、紧紧拽着这女人的手臂。K.跑了几步赶到他身边，准备抓住他，如果有必要，就掐死他。这时女人说："没用的，是预审法官派他来找我的，我不能跟您离开。""您看这个小怪物，"她用手在学生的脸上摸了摸，"这个小怪物不会让我走的。""您也不想脱身吗！"K.喊道，把手放在学生的肩膀上，这人则用牙齿去咬K.的手。"不！"女人喊道，用手推开了K.，"不，不，不要这样，您在想什么呢！这会毁了我的。您就让他走吧，噢，请放开他吧。毕竟，他只是在执行预审法官的命令，把我带到他面前去。""那就让他走吧，至于您，我再也不想见到您了。"K.说。他失望地大发雷霆，在大学生背上推了一把，大学生跟跄了一下，却没被推倒，因此还很高兴，背着女人反而越跳越高。K.慢慢地追了上去，他意识到，毫无疑问，这是他在这些人手中经历的第一次失败。当然，也没必要为此焦虑，他之所以会失败，只是因为他挑起了这次争端。如果他待在家里，像平常一样生活，他会比这些人中的任何一个都要强上千百倍，可以一脚把他们中的任何一个挡道的从他生活中踢出去。他设想了一些非常可笑的场景，例如，要是这个无耻的大学生、这个膨胀的长着弯曲大胡子的家伙，跪在艾尔莎的床前，双手合十地求饶会怎样呢。K.非常喜欢这个想法，他决定只要有机会，就带这学生去见艾尔莎。

出于好奇，K.又赶紧走到门口，他想看看这个女人会被抱到哪儿去，这个学生总不会抱着她穿街走巷吧。事实证明，这条道路比他设想的短得多。就在公寓对面，有一个狭窄的木质楼梯，似乎通向阁楼，楼梯转了个弯，让人看不到尽头。这个学生抱着这个女人上了楼梯，他走得很慢，还在喘气，走了这么远的路，他累得不行了。这个女人向K.摆了摆手，并试图耸耸肩，表示她在"绑架事件"中很是无辜，但这个动作并没包含太多惋惜。K.面无表情地看着她，仿佛她是一个陌生人，他不希望暴露他的失望，也不希望被看出来，自己轻描淡写就克服了这失望。

那两个人已经消失了，K.仍然站在门口。他不得不接受，这个女人不仅欺骗了他，而且还说谎，声称她要被送到预审法官那儿去。预审法官大概不会坐在阁楼上等她吧。但无论他盯多长的时间，都不能从木质楼梯上看出些什么。然后K.注意到楼梯旁边有一张小纸条，他走过去，读着这幼稚、不熟练的笔迹：

通往法院办公室的楼梯。

法院的办公室竟然在这间公寓的阁楼上？这样位置的机构很难让人高看，想象一下：这个法院得有多穷，才会把办公室设在租户扔自己用不上的杂物的地方，而且这些租户本身就是最穷的人了。但也不能排除，钱本来是可供开支的，但都进了官员们的腰包，而不是用在了法院上。根据K.以往的经验，这是非常可能的，只是法院的挥霍行为对被告来说实在有些羞辱，但和法院的寒酸贫穷相比，反而更能得到些安慰。现在，K.也理解了，在第一次审讯时，他们羞于将被告传唤到阁楼，而宁愿在他的公寓里骚扰他的原因。现在K.倒是不知道应该怎么面对坐在阁楼里的法官了，因为他自己在银行的办公室可是很大一间，还带一个前厅，通过巨大的玻璃窗还能俯瞰繁忙的城市广场呢！但他可没有什么靠贿赂或贪污得来的额外收入，也不能让仆人把一个女人抱进办公室。K.这辈子可是很愿意放弃这样的特权。K.仍然站在告示牌前，这时一个男人沿着楼梯走了上来，透过开着的门看向客厅，从那里也可以看到审讯厅，然后他问K.，最近是否在这里见过一个女人。"您是执法员吧？"K.问。"是的。"那人说，"哦，我明白了，您是被告K.，现在我认出来了，欢迎您。"他向K.伸出了手，K.完全出乎意料。"但今天没有庭审会议。"在K.保持沉默时，执法员接着说。"我知道。"K.一边说一边看着执法员的便衣，发现上面除了一些普通的纽扣外，还有两个似乎是从一件旧军官大衣上拆下来的镀金纽扣，这是他唯一的官方标志。"我不久前和您妻子聊过天。她已经不在这里了。那个大学生把她抱到了预审法官那里。""您看，"执法员说，"他们总是把她从我这儿带走。今天毕竟是周日，我本来没义务来工作，但为了让我离开这里，他们非让我去送一份没什么用的报告。但是他们并没有要我去很远的地方，所以我仍心存希望，如果我速度快的话，也许能及时回来。于是我拼命地跑，透过门缝向我被派去的办公室大声喊出我要报告的消息，喊得气喘吁吁，几乎没人能听明白我的话，说完又立刻再跑回来。但那个大学生比我还急，虽说他的路程比较近，只需要跑下楼就行。但如果我不是那么依附于法院生活，我早就把这个学生摁倒在这面墙上了，就把他揍倒在这布告栏旁，我总是梦到这个。在这里，在地板的上方一点，他被压住了，双臂伸出，手指张开，弯曲的双腿扭成了一圈，鲜血四溅。不过，到目前为止，这只是一个梦。""就没有其他办法了吗？"K.笑着问。"我不知道还能怎么办，"执法员说，"现在，情况竟越来越糟。到目前为止，他只把她带到自己面前；然而现在，就像我早就料到的那样，他竟把她带到了预审法官面前。""您的妻子难道就没有责任吗？"K.问道，他问这个问题时不得不克制自己的情绪，他自己现在也妒火中烧。"当然有，"执法员说，"她也罪过大了。她竟也对他心存依恋。而至于他，大家都知道他爱追着所有女人跑。仅在这所房子里，他就潜入过五个公寓，还被赶了出来。在这座公寓里，我的妻子算是最漂亮的，但我却窝囊极了，不敢反抗。""如果事情是这样的话，那就没办法了。"K.说。"为什么没有？"执法员问，"那个学生是个胆小鬼，在他想碰我妻子的时候，我应该痛打他一顿，这样他就再也不敢了。但我不能，别人也不会帮我这个忙，因为大家都害怕他的权力。只有像您这样的人可以做到这一点。""为什么是我？"K.惊奇地问。

"您毕竟是被指控的。"执法员说。"是的，"K.说，"但我越发担心，虽然也许不会影响审判的结果，但他很可能会影响初步调查。""是的，当然，"执法员说，仿佛K.的观点和他自己的观点类似，"但一般来说，我们不会办没结果的案子。""我不同意您的观点，"K.说，"但这不妨碍我时不时地治治这大学生。""那我就太感激您了。"执法员说起了场面话，他似乎并不相信，他最大的愿望居然能够实现。"这也许是可能的，"K.继续说，"其他官员，也许所有人，都会被我收拾。""是的，是的。"执法员说，仿佛这是理所当然的事。随后他信任地看着K.，在此之前，他没有流露过这种眼神，尽管他很友好。他补充说："毕竟一个人总是要反抗的。"但谈话好像变得有些尴尬，他打断了谈话，说，"现在我必须去办公室报到。您要和我一起来吗？""我在那里无事可做。"K.说。

"您可以去看看办公室，没人会注意到您。""值得一看吗？"K.犹豫地问道，虽然他其实很想去。"嗯，"执法员说，"我觉得您会感兴趣的。""好吧，"K.最后说，"我也一起去。"他跑上楼梯的速度比执法员还快。

K. 进门时差点摔倒，门后还有一个台阶。他说："很少有人会想到照顾群众的需求。""人们根本注意不到，"执法员说，"您看这间等候室。"这是一条长长的走廊，那里有制作粗糙的木门通向阁楼的各个隔间。虽然没有光线直射，但也不是完全昏暗，因为有些隔间靠走廊的这一边没有统一的木板墙，而是光秃秃的木栅栏，虽然直达天花板，但会有一些光线穿透，通过这些木栅栏还可以看到个别官员在桌子上写字，或者直接站在栅栏前，通过缝隙观察走廊上的人。也许是正值周日，走廊里的人很少。他们给人的感觉十分卑微。他们坐在过道两侧的两排长木凳上，凳子的间隔距离几乎是固定的。所有人都穿着随意，但从他们的面部表情、姿态、胡须样式以及很多其他的难以看清的小细节来看，他们中的大多数人属于上层人士。由于没有衣帽钩，他们把帽子放在长椅下面，这可能是一个学一个的结果。那些坐在门口的人看到K. 和执法员时，就站起来迎接他们，其他人因为看到了这一幕，也认为必须迎接他们，所以当两人经过时，他们都站了起来。他们从未完全直立，弯着背，跪着膝，像街头乞丐一样站在那儿。K. 等了等落后他一点的执法员，说："他们得多丢脸呀。""是的，"执法员说，"他们是被告人，您在这里看到的所有人都是被告人。""真的？！"K. 说，"那么他们倒是我的同类了。"说着他转向身边的一位，这是个清瘦高大、头发灰白的男人。"您在这儿等什么呢？"K. 礼貌地问。这突如其来的攀谈让这个男人十分困惑，他显然是一个很有生活经验的人，任何场合都能镇定自若，不会轻易放弃从别人身上获得优越感。此时，他却不知道如何回答这么一个简单的问题，他看着其他人，好像他们有义务帮助他似的，仿佛若是没有人帮他，就别想着能得到他的回答。这时，执法员走了过来，为了安抚鼓励这个人，他说："毕竟，这位先生只是问问您在等什么。您为什么不回答呢？"可能他比较熟悉执法员的声音，确实效果更好："我在等着——"他一开口却又顿住了。显然，他有意要这样开头，以便更准确地回答问题，但现在却不知应如何继续。一些等着的人靠了过来，围住了他们，执法员对他们说："走开，走开，留出通道。"他们稍微后退了几步，但没有退回到各自之前的座位上。这时，被问的人已经收敛情绪，回答时脸上甚至还带着一点微笑。

"一个月前我的案子有了一些新证据，现在正等着处理结果。""您似乎做了很多努力？"K.说。"是的，"那人说，"这毕竟是我自己的事。""不是每个人都像您这样想，"K.说，"拿我做例子吧，我虽然也被指控，但我没有提交任何证据，也没做过您这样类似的事情。您觉得这些事有必要吗？""我不太清楚。"那人又完全不确定了，他显然认为K.是在和他开玩笑，所以可能怕犯什么新错误，他宁愿完全重复之前的回答，然而在K.不耐烦的眼神前，他只说："我已经递交证词了。""您不相信我是被告吗？"K.问道。"噢，不是这样，我当然相信您。"那人说。他走到一旁，但好像并不相信自己的这个回答，回答里只有恐惧。"那您不相信我吗？"K.问道，不自觉地被这个人的唯唯诺诺激怒，抓住了他的胳膊，似乎要迫使他相信。K.并不想弄疼他，只是轻轻地抓住了他的手臂，但那人却大叫起来，好像抓住他的不是K.的两根手指，而是烧红的钳子。这可笑的叫喊使K.对他彻底厌倦了。如果他不相信K.说自己是被告，那简直更好，也许他甚至把他当成了法官。现在要告别了，K.紧紧地抓住他，把他推回到长椅上，继续向前走了。"大多数被告都很感性。"执法员说。在他们身后，所有等着的人现在几乎都围在那个已经停止喊叫的人身边，似乎在仔细询问，到底怎么回事。一个看守朝K.走了过来，他身上的那把军刀很有辨识度，从军刀的刀鞘颜色来看，是铝质的。K.对此十分惊奇，甚至伸出手去摸了摸。看守是听到喊叫声而来的，他询问发生了什么事。执法员试图用几句话来打发他，但看守宣称他必须自己去弄清楚，敬了个礼后，就迈着十分匆忙的步子继续前进了，虽然很急，但也平稳，大概是痛风的缘故。

K.没太注意走廊里的看守和那群人，特别是走到走廊的一半的时候，他看到右边一个没有门的入口能拐进去。他问了问执法员这条路是否走得通，执法员点了点头，K.就真的从那儿转了进去。让他恼火的是，他总得走在执法员前面一两步，至少在这个地方，他感觉像是一个被捕押送的人。所以他常常停下来等执法员，但后者立刻又会落后几步。最后，为了结束这不自在，K.说："现在我看完了这里是什么样子的，我想走了。""您还没有看完全部。"那个执法员完全不带恶意地说。

"我并不想看到全部，"K.说，他也真的有点累了，"我想走了，请问怎么能到出口？""您不会是迷路了吧？"执法员惊奇地问道，"您从这里走到拐角，然后沿着大厅直走到门口。""走吧,"K.说,"请您给我指下路,我可能会弄错,这里的路太多了。""这是唯一的路,"执法员用满是责备的语气说道,"我不能跟您回去,我还得去汇报呢,因为您,我已经耽误很多时间了。""跟我一起走吧!"K.用更尖锐的语气重复了一遍,好像他终于抓住了执法员的不实之词。"别这样喊,"执法员小声说,"这儿到处都是办公室。如果您不想一个人回去,就和我走一段,或者在这儿等我汇报完,之后我很愿意再陪您回去。""不,不,"K.说,"我不想再等了,您现在就得陪我走。"K.甚至没有环顾他所在的房间,直到围绕在四周的许多木门中有一扇突然开了,他才看了看。一个女孩走了出来,她一定是被K.大声说话唤来的,进来后她问:"请问这位先生有什么要求?"在她身后的不远处,半明半暗的灯光中,一个男人正渐渐靠近。K.凝视着执法员,这家伙之前说过没人会注意到K.,可现在已经来了两个人了,要不了多久,那些官员就会注意到他,需要他对为何出现在这里做出解释。唯一能让人理解和接受的解释是,他是被告,想知道下一次审讯的日期。但他恰好不想这样解释,因为这不符合真实情况,他原本就是出于好奇才来的;而更不可能说出口的解释是,他想确定这个法院系统的内在是否和它的外在形象一样令人厌恶。他的这种推测看来是正确的,他不想再深究。到目前为止,他所看到的一切已经让他很憋屈了。他现在没有心情再面对一个随时就会从哪扇门后出现的高级官员,他想离开了,而且是让执法员陪着他走;如果有必要,他自己走也行。

但K.站在那儿一言不发,反而十分引人注目。女孩和执法员都盯着他看，好像他在下一分钟就会发生什么巨大的变化，他们不看就会错过似的。门口站着的那位先生，K. 先前在远处就注意过他，他紧紧地抓住低矮的门楣，脚尖来回摇晃，像一个不耐烦的观众。女孩立刻意识到，K. 看起来不太舒服，可能另有隐情。她拿来一张扶手椅，问道："您不坐下吗？" K. 马上就坐了下来，用手肘撑在扶手上，来更好地支撑住自己。"您是不是有点头晕？"她问他。现在她的脸离他很近，看起来十分认真，这是好些女人只在美丽的青葱岁月中才会流露的表情。"您别担心，"她说，"这也不是什么特别不寻常的事，几乎每个人第一次来这儿时，都会有这样的反应。这是您第一次来这儿吧？嗯，所以这没什么可大惊小怪的。阳光灼烧着屋顶架，被烤热的木头使得空气闷热厚重。这个地方着实不适合当办公场所，无论它在其他方面有什么优势。说到空气，在案子多的日子，这里更是人来人往，空气几乎天天如此，让人喘不上气来。如果再想想，这里还会经常晾晒衣物——当然不能完全禁止房客这样做——您就不会再为自己有点恶心而惊讶了。但人们总会适应这空气的。等您第二次或第三次来的时候，您几乎就感觉不到这压迫感了。您现在觉得好点了吗？" K. 没有回答，他觉得万分尴尬，因为这突然的虚弱让他在这里任人摆布；此外，现在他已经知道了自己恶心的原因，他非但没觉得有所缓解，反而更加糟糕了。女孩立刻注意到了这一点，为了让K. 透透气，她拿起靠在墙上的一根带钩的杆子，推开了一个小舱门，这个舱门就开在K. 的上方，能通向外面。但是，突然间烟尘就劈头盖脸地落了下来，女孩不得不马上把舱门重新拉上，用手帕拂去K.手上的烟尘，因为K.现在已经虚弱得动不了了。他本想安静地在这儿坐一会儿，等到他有足够的力量就离开。要是没人管他，他肯定恢复得更快。但现在那女孩竟说："您不能待在这儿了，我们堵住了路。"K.用目光问她，究竟堵了什么路。"要是您愿意，我就带您去医院。请您帮帮我吧。"她对站在门口的那个人说。那人也马上走了过来。但K.并不想去医院，尤其不喜欢被人摆布着带到更远的地方。他走得越远，可能情况就越让人恼火。"我已经可以走了。"他说着站了起来，因为在椅子里舒服地坐了一会儿，站起来时略有不适，有些颤抖。而且，他还是挺不直身子。"这不行。"他说，摇了摇头，又叹了口气坐了下来。他想起了执法员，那人可以不费什么劲就把他带出去，但似乎很久没看见他了。K.用目光在女孩和站在他面前的男人之间搜寻，但连执法员的影子也不见。"我认为，"一个穿着优雅的男人说，他那件灰马甲上竟然有两个长长的尖角，裁剪得很利落，十分引人注目，"这位先生身体不适，是因为这儿的空气。这么看来，我们最好先不把他送去医院，而是弄到办公室外面，也许他也觉得这样最好。""就是这样，"K.喊道，迸发出巨大的喜悦，差点没让那人把话说完，"我肯定会马上好起来的，我根本没那么虚弱，只要有人在我胳膊下撑一撑就行，我不会给您添麻烦的；再说路也不长，只要把我领到门口，我再在台阶上坐一会儿，马上就会恢复的。我之前压根儿没得过这种病，这对我来说十分奇怪。我也是一名公务员，也习惯于办公室的空气，但这里的似乎太糟糕了。连您自己也这么说。所以您能不能出于友善，稍微扶我一下，因为我很晕，一站起来就头昏眼花。我只要一个人站起来，就会感到恶心。"他抬起了肩膀，以便他们两人能更容易挽着他的胳膊。

但那人没有按K.的请求去帮他，而是把手静静地插在裤兜里，大声笑了起来。"您看，"他对女孩说，"我终究还是说对了吧。这位先生只有在这儿不舒服，一般他不会这样。"女孩也笑了，但用她的指尖轻轻地拍了一下男人的胳膊，好像怕他和K.开的玩笑太过火。"那您怎么想？"那人依旧笑着问，"我是真想把这位先生扶出去。""那就好。"女孩说，歪了一会儿她那娇弱的小脑袋。"您可别太介意他这么笑。"女孩对K.说。K.又陷入忧愁，发起了呆，似乎不需要听任何解释了。"这位先生，我能介绍一下您吗？"（那人挥手表示同意。）"这位先生负责咨询。他向等待案件处理的各方提供他们所需的所有信息，由于我们的法院系统在公众间也不是很出名，所以很多人需要他。他知道所有问题的答案，如果您愿意的话，也可以试着问问他。但这并不是他唯一的优点，他的第二个优点是穿着优雅。我们，也就是法官们，曾经一度认为，为了彰显尊严，给人留下良好的第一印象，必须让这个着装优雅的咨询员先和各方打交道。至于我们其余的人，这点您很快就会在我们身上看到，我们穿着马虎而且老式。在衣服上花钱对我们来说也没什么意义，因为我们几乎一直待在办公室，甚至也在这里睡觉。但是，正如我刚才所说，对于咨询员来说，我们认为这些精美的衣服是必要的。但由于管理的问题，我们的行政部门无法提供这些衣服，所以我们进行了一次募捐——连当事人也做了很大贡献——之后我们给他买了这件漂亮的衣服和其他衣物。现在万事俱备，只等他给别人留下好印象了，但他这么一笑，又破坏了一切，还吓跑了大家。""确实如此，"那位先生嘲弄地说，"但是我不明白，小姐，您为什么把我们这么私密的事告诉这位先生，或者说是强加给他呢？他根本不想知道这些。您看，他坐在那里，显然在忙自己的事。"K.没什么心情反对她，女孩的意图可能是好的，可能是想分散他的注意力，或者给他重整旗鼓的机会，但这个做法也有问题。"我得向他解释一下您为什么大笑，"女孩说，"这笑很是冒犯。""我想，要是我最后把他扶出去的话，更严重的冒犯他也能原谅。"K.什么也没说，连头都没抬一下。他容忍他们拿他做交易，就像在对待一件东西一样，他甚至觉得这样也不错。但他突然感到咨询员把手放在了他的一只胳膊上，女孩的手放在了他的另一只胳膊上。"那就起来吧，您这个虚弱的男子汉。"咨询员说。"我非常感谢两位。"K.高兴地说道。他慢慢起身，引导那两双陌生的手支撑他最需要的位置。

"看起来，"当他们靠近过道时，女孩在K.的耳边轻声说，"我好像很在意让咨询员处于有利地位，但您可以相信，我说的都是实话。他心肠不硬。他本没义务搀着病人出去，但他却这样做了，如您所见。也许我们都不是铁石心肠的人，我们可能都喜欢帮助别人，但作为法院的官员，我们很容易被人认为铁石心肠，不想帮助任何人。我为此深受折磨。""您不在这里坐一下吗？"咨询员问道。他们已经到走廊了，而且正好就在K.之前说过话的被告面前。K.在他面前几乎感到羞愧，之前他在他面前还站得笔直，现在却得两个人撑住他才行，他的帽子被咨询员拿在摊开的手指上，他的发型被破坏了，头发垂在被汗水覆盖的额头上。但被告似乎没注意到这一点，他谦卑地站在正看着他的咨询员面前，试图为自己的出现辩白。"我知道，"他说，"今天不会审理我的申请。但我依旧来了，我想我可以在这儿等一等。今天是周日，我有时间，而且我在这儿等并不会打扰谁。""您不必如此谦虚，"咨询员说，"您的谨慎十分值得称赞；您确实在这里不必要地占了空间，但是，只要不给我带来不便，我就不会阻止您密切关注您案件的业务进展。若是您也亲眼看过那些无耻忽视自己职责的人，您也就学会了如何耐心对待像您这样的人。您请坐下吧。""看他是多么懂得如何与当事人交谈啊！"女孩低声说。K.点了点头，但当咨询员再次问他，他又不由得很紧张。"您不坐在这儿吗？""不，"K.说，"我不想休息。"他说这话时态度极为坚决，实际上他真想坐下来。他觉得自己好像在晕船。他觉得自己在一艘遇到了风浪的船上，海水似乎在撞击着木墙，从通道深处传来阵阵轰鸣，好像来自汹涌的波涛，通道似乎都在摇晃，坐在两边的被告们更是随着海浪沉浮。在这种情况下，女孩和咨询员的平静更让人无法理解。他只能任由他们摆布；只要他们一松手，他必然会像一块木板一样倒下。他们的小眼睛闪着精光，尖锐的目光来回扫视，他们沉稳的脚步，让K.觉得自己并没跟他们走在一起，因为他几乎是被拖着一步一步走的。最后，他意识到他们在对他说话，但他不明白他们的意思；他只听得到充斥着一切的噪声，其中似乎还有一个持续高亢的调子，就像警笛声。"大点声。"他低着头小声说，并感到羞愧，因为他知道他们说得其实够大声了，只是他听不清罢了。这时候，他终于感受到了一股新鲜的空气，仿佛他面前的墙壁被撕破了，他听到旁边有人说："他先是想逃跑，后来成百遍地告诉他，这里是出口，他却动也不动。"K. 意识到，他正站在女孩打开的出口前。他觉得自己的力气好像一下子都回来了，为了品尝自由的滋味，他马上踏下了一个楼梯台阶，从那里向他的同伴们告别，他们都弯着腰听他说话。"太谢谢了。"K. 重复了好几次，反复和他们握手，直到他看到这两位习惯了法院办公室的空气的人，对从楼梯中传来的较为新鲜的空气似乎无法承受时，才停了下来。他们几乎说不出话，要不是K. 以迅雷不及掩耳之势关上了门，女孩可能已经从楼梯上掉下来了。K. 随后站了一会儿，看着袖珍镜子，把自己的头发理好，拿起了放在下一级台阶上的帽子——可能是咨询员扔下来的——然后跑下楼去，精神焕发，跨着大步，对这突如其来的不适，他自己都有些害怕。在他原本稳定的健康状态下，这样的意外还从未出现过。既然他毫不费力地承受了旧的考验，他的身体是否会酝酿转变，给他准备一个新的考验？他并不完全排斥尽早去看医生的想法，但无论如何——在有一点上他能向自己保证——今后所有周日的上午，他都会过得比这周好。

衙役

接下来的一天晚上，K.下班路过了那个把他的办公室与主楼梯隔开的走廊——那天他差不多是最后一个回家的，只有运输部还有两个工人，在灯泡照亮的一小块地方干活——突然从一扇门后传出了一声叹息，他一直以为这扇门后是一个杂物间，却没亲眼见过。他惊讶地停下了脚步，又仔细听了听，想确认一下自己有没有弄错，但一切突然沉寂了，随后又传来了叹息声。他首先想到，应该去找一个之前看到的工人，也许这件事会需要证人，但后来他又被自己难以压抑的好奇心裹挟，一把推开了门。正像他猜测的那样，这是一个杂物间。门槛后面到处是无用的旧印刷品、被打翻的空陶土墨水瓶。杂物间里还站着三个人，在低矮的空间里弯着腰。一根固定在架子上的蜡烛成了他们的光源。"你们在这里做什么？"K.激动不安地问，但声音并不大。三人中的一个显然是拿主意的，十分引人注目。他穿着一件深色的皮衣，从脖子到胸前，甚至整个手臂都露在外面。他没有回答K.。但另外两个人喊道："先生！

就是因为您在预审法官那儿告了我们的状,我们现在才会挨打。"K.这时才认出来,那是看守弗兰兹和维勒姆,而第三个人手里拿着一根荆条,正要抽打他们。"这是怎么了,"K.一边说一边盯着他们,"我没有告你们的状,我只是说了在我公寓里真实发生的事。而且你们的行为也并不是无可指责的。""先生,"维勒姆说道,弗兰兹则站在他身后,想躲开那第三个人,"如果您知道我们的工资有多低,您就不会那么评价我们了。我要养一个家,弗兰兹想结婚,我们总得尽可能多赚点,现在的情况,仅靠工资可什么都不够,即使干得再辛苦也无济于事。您精美的衣服诱惑了我,一个看守这样做当然不对,是不被允许的,但传统一贯如此:犯人的衣服归看守。请相信我,一直都是这样的;这也可以理解,对于一个不幸被捕的人来说,这些东西还有什么意义呢?可这件事一旦曝光,我们就必须接受惩罚。""你们现在说的,我一点都不知道,我也没有要求惩罚你们,我只是本着原则做事。""弗兰兹,"维勒姆转向另一名看守,"我不是和你说过,这位先生并没要求惩罚我们吗?现在你听听,他甚至不知道我们会受到惩罚。""别被这种话感动,"第三个人对K.说,"惩罚是公正的,也不可避免。""别听他的。"维勒姆说着突然住了口,他用手迅速捂住嘴,随即挨了一荆条。"我们受到惩罚只是因为您告发了我们。否则,即使有人知道了我们的所作所为,这件事也不会发生在我们身上。您能说这是正义吗?我们两个人,特别是我,长时间来一直兢兢业业,您自己也得承认,即使是从单位的角度,我们的看守工作也完成得很好——我们正有机会晋升呢,也许不久后就会成为像这位一样的衙役。他很幸运,没被任何人告发过,这种告发真的非常罕见。而现在,先生,一切都完了,我们的职业生涯结束了,我们将不得不做比看守还低级烦琐的工作,而且我们现在还要承受这些可怕而痛苦的殴打。""荆条真的让人这么痛吗?"K.问道,顺便审视着衙役在他面前挥舞的荆条。"我们得脱光衣服。"维勒姆说。"哦,我明白了。"K.说。他仔细看了看这个衙役,他皮肤晒得黑黑的,像个水手,长着一张狂野又生气勃勃的脸。"难道没法子让他们两个免于挨打吗?"他问衙役。

"没有。"衙役摇了摇头,笑着说。"脱掉你们的衣服!"他命令看守。然后他对K.说:"你不必相信他们所说的一切,他们是因为害怕挨打而变得有点痴傻了。例如,这个人(他指着维勒姆)一直在说他潜在的职业发展,这简直可笑。看看他有多胖——荆条一下都抽不动。——你知道他为什么这么胖吗?因为他有一个习惯,就是吃所有被捕的人的早餐。他不是也吃了你的早餐吗?嗯,我说过这事。但是,一个长着这样肚子的人永远也不能成为衙役。这绝无可能。""还是有这样的衙役的。"维勒姆一边说一边解着裤带。"住嘴,"衙役说着用荆条滑过他的脖子,把他吓了一跳,"你听什么呢?快脱衣服!""如果您能放他们走,我会好好报答您的。"K.说,并没有再看衙役一眼——做这种生意最好双方都低着头——而是掏出了他的钱包。"我看你是也想告我的状吧,"衙役说,"也让我挨打。不,不!""您讲讲道理,"K.说,"如果我想让这两个人受到惩罚,我就不会现在掏钱让他们脱身。我开门一走了之就行了，我是真的希望您能放了他们；要是我知道他们会受到惩罚，甚至只是有被惩罚的可能性，我都不会提他们的名字。我从来没觉得他们有罪；有罪的是机构，有罪的是高级官员。""原来是这样！"看守们喊道，随后脱光的背上立刻挨了一击。"如果您的荆条下是一个高级官员，"K.说着，压下又要抬起的荆条，"我一定不会妨碍您；相反，我还要给您钱，让您用力地打。""你说的听起来很可信，"衙役说，"但我不会被收买。我是被雇来打人的，所以我得继续打。"那个叫弗兰兹的看守原本也许期待着K.的干预会带来好的结果，所以迄今为止一直很沉默，现在他走到门口，身上只穿着裤子，跪下来，紧紧抓住了K.的胳膊，低声说："如果您不能让他宽恕我们两个，请至少设法放了我。维勒姆比我年长，在各方面都不像我这么敏感，几年前他已经挨了一顿轻打，但我还没这么丢脸过。我是被维勒姆带着，才会做这种事的，无论好坏我都是跟他学的。我可怜的新娘还坐在楼下的长凳上等着我呢，我真是太羞愧了。"他把脸放在K.的袍子上，蹭掉了泪水。"我不能再等了。"衙役说，双手抓着荆条，向弗兰兹打去。而维勒姆则蹲在一个角落里，鬼鬼祟祟地看着，不敢转头。这时，弗兰兹发出了一声惨叫，那声音连绵不绝，却又毫无起伏，似乎不是来自一个人，而是来自一个饱受摧残的乐器，它充斥着整个走廊，甚至整座房子里都听得到。"别喊了。"K.喊道。他无法克制自己，当他紧张地看着工人们一定会通过的方向时，撞到了弗兰兹，虽然并不很用力，但还是让这个毫无知觉的人倒下了。弗兰兹双手痉挛着在地上乱摸，但他也没有逃过击打，荆条追着他打，他在荆条下翻滚，那荆条的尖儿有规律地上下摆动。而远处已经出现了一个工人的身影，第二个工人就在他身后几步远的地方。K.赶紧关上门，走到院子里的一个窗户前，打开了窗。尖叫声已经完全停止了。为了不让工人们再靠近，K.喊道："是我！""晚上好，总监先生！"他们大声回应道。"发生了什么事吗？""没有，没有，"K.回答道，"只有一只狗在院子里叫。"看到工人们还站着不动，他又补充说，"你们也可以回去工作了。"他不想与工人们交流，只是弯下身子靠在窗前。过了一会儿，他又回过头朝走廊看去，他们已经走了。但K.还待在窗边，他不敢进杂物间去，也不想回家。他往下方看，这是一个小的方形院子，周围都是办公室，所有的窗户现在已经都黑了，只有最上面的窗户还反射着月亮的光。K.努力看向院子里的一个黑黢黢的角落，那里堆着很多手推车。没能成功阻止衙役的殴打，他感到很痛苦，但这其实也不是他的错，如果弗兰兹不大叫的话——毋庸置疑，他肯定被打得很疼，但在决定性的时刻，人们必须控制自己——如果他不喊叫的话，至少K.还很有可能找到一个说服衙役的办法。既然所有的低级官员都是见钱眼开者，那么担任最不人道职务的衙役难道是例外吗？K.也观察到了，他一看到钞票眼睛就亮了，他说什么认真打人的话，也只是想再多要一点贿金罢了。K.不在乎这几个钱，他真的很希望能放走那两个看守；既然他现在已经开始和这个司法系统的腐败作斗争了，那么他自然也应该从这里打开缺口。但在弗兰兹开始尖叫的那一刻，一切都结束了。K.不能让工人们、也许还有其他各种各样的人赶过来，看到他和杂物间那群人的交涉，他们一定会很吃惊。谁都不能要求他做出这种牺牲。毕竟，如果他打算做出这样的牺牲的话，K.还可以脱掉自己的衣服，自己去代替看守承受笞役的荆条，这还更容易些。顺便说一句，笞役肯定不会接受这种替换，因为这样做既不能获得任何好处，还严重违反了自己的职责，而且还是双重违反职责，只要K.的案子还在受审，他就不能受到法院里任何人的侵犯。这里也可以有一些特殊规则。但无论如何，当时K.除了把门关上外，也没有其他选择了，而且即便如此，也并不能消除K.所有的麻烦。他在最后一刻还推了弗兰兹一把，这一点令人十分遗憾，只能说他当时太激动了。

远处传来了工人的脚步声，为了避免引起他们的注意，K.关上了窗户，朝主楼梯的方向走去。到了杂物间的门口，他站着听了一会儿。里面很安静。也许那个男人已经把看守们打死了，毕竟他们完全在他的股掌之中。K.将手伸向了门把手，但又缩了回来。他再也帮不了他们了，那些工人马上就会赶来；但他发誓，有朝一日会把整件事说出来，惩罚真正有罪的人，比如那些高官，他们现在还不敢在他面前出现，但只要他还有力气，一定要让他们偿还今天的债。当他走下银行台阶时，他仔细观察了所有的路人，但即使是在更远的地方，也没有看到在等人的女孩。弗兰兹说他的新娘在等他，看来是个谎言，目的只是博取更多的同情，但这也可以理解。

到了第二天，K.还是忘不掉那两个看守的事；他工作时心不在焉，为了弥补效率不足，不得不在办公室里待得比前一天还晚一些。当他在回家的路上再次经过那间杂物间时，禁不住像是出于习惯一般打开了门。当他看到眼前的场景不是预料中的黑暗时，他简直控制不住自己，完全不知所措了：一切都没有变化，还像他前一天晚上打开门时那样。印刷品和墨水瓶就在门槛后面，衙役拿着荆条，看守们没穿衣服，蜡烛在架子上，看守们开始哀号，喊着"先生！"K.立即关上了门，还用拳头顶着门，好像这样门就能关得更牢。他跑向那些工人，几乎要哭出来。他们正在复印机前安静地工作，这时都停下了手里的工作，惊讶地看着K.。"你们把那间杂物间收拾出来！"他喊道。"我们简直要被那儿的垃圾淹没了！"工人们同意第二天就动手，K.点了点头，现在已经是深夜了，他也不能强迫他们现在就按他的意思去清理。他坐了一会儿，以便尽可能长时间地待在工人们附近，翻了翻他们的几个复印件，让人以为他在检查工作，然后，他意识到工人们似乎不敢和他同时离开，就拖着疲惫的身体，怅然若失地回家了。

叔叔 & 莱尼

一天下午——K.正赶着在邮局关门前处理信件，忙得不可开交——K.的叔叔卡尔来了，他是个来自乡下的小地主，从两个正在运送文件的工人之间挤进了房间。K.看到了这一幕，却没有像前段时间想到叔叔要来时那样惊慌失措。他知道叔叔会来，差不多一个月前就确定了这件事。甚至在那时，他就想象到了叔叔来的情形，现在叔叔出现在面前：有点驼背，左手拿着压扁了的巴拿马帽，远远地就向他伸出了右手，着急而不顾一切地把手伸过桌子，所有挡住他路的东西都会被撞翻。叔叔总是很匆忙，他被一种不幸的想法所驱使，总是想在他一天的首都之行里办完所有他计划好的事，而且还不能错过任何可能的闲谈、生意或者乐子。作为他从前的被监护人，K.很感激他，总是尽一切可能帮他，甚至还让叔叔在自己那里过夜。"来自乡间的幽灵"，K.这样称呼他。

简短问候之后——K.邀请他在靠背椅上坐下，他甚至还没坐下——就立即要求和K.私下交谈。"这是必须的，"他说，大口地喘着气,"不然我不能安心。" K. 立即让工人们离开了房间,并指示不要让任何人进来。"我听到了什么,约瑟夫?"当他们单独在一起时,叔叔大声说。他直接坐在了桌子上,看也不看就把各种文件垫在屁股下,以便坐得更稳。K. 沉默着,他知道将要发生什么,但是,既然已经从这繁重的工作中解脱了出来,他就立刻陷入了一种愉快的慵懒,他透过窗户,看着对面的街道,从他的座位上只能看到一个小小的三角形部分,一堵光秃秃的墙夹在两个商店的橱窗之间。"你看窗外!"叔叔叫道,举起了手臂,"看在上帝的分儿上,约瑟夫,回答我!那件事是真的吗?难道是真的?""亲爱的叔叔," K. 说,把自己从心不在焉的状态中拽了出来,"我根本不知道你找我是要干什么。""约瑟夫,"叔叔警告地说道,"据我所知,你一直都只说真话。我应该把你的最后一句话看作一个坏兆头吗?""我隐约猜到了你想问什么," K. 顺从地说,"你可能已经听说了我的审判。""是这样的,"叔叔回答说,慢慢地点了点头,"我是听说了你审判的事。""从谁那儿听说的?" K. 问道。"埃尔娜给我写了信,"叔叔说,"毕竟她和你没什么交往,恐怕你也不怎么关心她;尽管如此,她还是听说了。今天我收到了她的信,马上就赶过来了。也没什么别的原因,但这个原因应该已经足够了。我可以给你读读信中和你有关的部分。"他从钱包里拿出那封信,"就是这里。她写道:'我已经很久没见过约瑟夫了;上周我去了一次银行,但是约瑟夫很忙,我就没见到他;我等了将近一个小时,后来不得不回家,因为我还有钢琴课。我本想和他谈谈,也许下次会有机会吧。我生日[1]的时候他送了我一大盒巧克力,非常贴心周到。当时我忘了给你写信,现在你问我,我才想起来。你们也知道,巧克力在寄宿家庭里马上就会被吃光,一旦大家发现有人送了巧克力来,立刻就会把它一扫而光。但关于约瑟夫,我还想告诉你们一些别的事。正如我所提到的,我没能在银行见到他,因为他正在和一位先生谈判。耐心地等了一会儿后,我问了一个杂工,他们的谈判是否还得持续很长时间。他说,很可能是这样,因为他们的谈话很可能涉及针对总监先生的审判。我问他是什么样的审判,他是不是搞错了,但他说他没搞错,就是一次审判,而且是一次严重的审判,其他的他就不知道了。他自己也想帮助总监先生,因为他是一位善良公正的绅士,但他不知道如何开始,他只希望一些很有影响力的大人物能帮助他。他相信肯定会有人帮忙的,而且事情最后会有一个好结局,但就目前的情况,从总监先生的情绪中可以判断,事情不太妙。我当然不觉得这些话有什么意义,也试图去安抚这个头脑简单的杂工,禁止他向别人说起这些,我认为他说的整件事都是无稽之谈。不过,亲爱的父亲,你下次过来时最好跟进一下这件事,也许您更容易打听到一些细节,如果真有必要,还可以通过你那些有影响力的熟人帮帮忙。但如果没有必要,这倒是最有可能的,那你至少在不久的将来,还能给你女儿一个拥抱你的机会,她会非常高兴。'——真是个好孩子。"叔叔念完信后一边说,一边擦去了眼里的泪水。K.点了点头,

---

[1] 奥地利的命名日,是受洗和获得教名的日子,和生日略有区别。

由于最近的各种杂事太多，他完全把埃尔娜忘了，他甚至忘记了她的生日，而巧克力的故事显然是她为了在叔叔婶婶面前维护他而编造的。这太让人感动了，即使他从现在开始定期给她送戏票，也不够报答她的心意，但他觉得现在去寄宿学校看她不合适，和一个十八岁的文理学校的小姑娘谈这些也不合适。

"那你现在怎么说？"叔叔问，这封信使他忘记了一切焦虑和兴奋，他似乎还想再念一遍。"是的，叔叔，"K.说，"这是真的。""真的？"叔叔喊道，"什么是真的？这怎么可能是真的呢？是什么样的审判？不会是刑事案件吧？""是刑事案件。"K.回答说。"那你就安安静静坐在这里，任凭身上背着刑事案件吗？"叔叔喊道，声音越来越大。"我越平静，对结果就越有利，"K.疲惫地说道，"别担心。""这怎么能让我放心呢！"叔叔叫道，"约瑟夫，亲爱的约瑟夫，想想你自己，想想你的亲戚，想想我们的名声！你一直以来都是我们的骄傲，可不要成为我们的耻辱啊！你这个态度我看要不得。"他歪头看着K.，"没有一个无辜的被告会有这样的表现——如果他还有理智的话。快告诉我这是怎么回事，我好帮你。是和银行有关吗？""不是，"K.说着，站了起来，"你说话太大声了，亲爱的叔叔；杂工可能正站在门口听呢。这让我不太舒服。我们最好离开，另找个地方谈。然后我会尽可能地回答你的所有问题。我很明白，我应该跟家人们解释清楚一切。""对！"叔叔叫道，"太对了！那就快点吧，约瑟夫，快点！""我还得把几个任务交代一下。"K.说，打电话叫了他的助手进来。助手很快就到了。叔叔激动之余，挥手示意助手，表示是K.找的他,但这一点其实无须再说。K.站在办公桌前,举着一些文件轻声向这位年轻人解释,今天他不在的时候还要做什么。助手冷静而认真地听着,K.的叔叔站在一旁,睁大了眼睛,紧张地咬着嘴唇,却又不听他说话,这让K.心神不宁。然后他就在房间里走来走去,时而在窗前或画前停下,时而发出各种感叹,如:"我完全无法理解!"或"现在快告诉我,那件事会是什么结果!"年轻的助手装作没有注意到这些,平静地听完了K.的命令,记下了一些要点,然后向K.和他的叔叔鞠了个躬就走了(而K.的叔叔刚好背对着他,看着窗外,正用手来回把窗帘揉成一团)。门还没关上,叔叔就大声喊:"这个木偶终于走了,现在我们也走吧。终于能走了!"他们到了前厅,这儿站着许多官员和杂工,而副经理也刚好穿过前厅。不幸的是,K.没办法阻止叔叔询问审判的情况。"约瑟夫,"叔叔开始了,丝毫没注意到K.正微微弯身回应旁人的鞠躬问候,"现在坦率地告诉我审判是怎么回事吧。"K.说了一些套话含糊了过去,还笑了一下,直到上了楼梯,他才向叔叔解释,他不希望在人们面前袒露这件事。"这没错,"叔叔说,"那咱们现在谈谈吧。"他低着头,匆匆忙忙地狠抽了几口雪茄,等着K.回话。"最重要的是,叔叔,"K.说,"这根本就不是普通法庭的审判。""那就很严重了。"叔叔说。"怎么会呢?"K.说,看了看叔叔。"我是说,这件事挺严重的。"叔叔重复道。他们站在通向街道的台阶上,门房似乎在听。K.把叔叔拉了下来,很快两人就融入了街上拥挤的人潮。叔叔挽着K.的手臂,不再急切地问起审判的事了;他们沉默地往前走了一阵。"但这件事是怎么发生的呢?"叔叔最后问,突然停了下来,走在他后面的人都吓了一跳,急忙躲开。"这样的事情应该不会突然出现,他们应该已经准备很久了,一定有些预兆,你为什么不给我写信呢?你知道我会为你做任何事,我毕竟还是你的监护人,直到今天我还为此自豪。我现在还会尽力帮你,只是现在审判已经开始了,帮忙会非常困难。但无论如何,现在你最好休息一下,到我们乡下住一阵,就当度假了。我看出来你也瘦了。在乡下你也能养壮一些,这些都有好处,之后肯定还有很让你劳累紧张的事呢。但除此之外,你能摆脱掉法院那些事。在这儿,他们拥有一切你能想到的权力手段,必要时,他们自然会随意使用这些手段来对付你;但在乡下,他们要找你,首先得派人过去,或者试图靠写信、拍电报、打电话来对你施加影响。这样效果自然就削弱了,虽然不能让你完全自由,却也能让你松口气。""他们或许会禁止我离开。"K.说,叔叔的话把他带入了那些人的思考方式中。"我不认为他们会这样做,"叔叔若有所思地说,"你的离开对他们的权力并无损害。""我以为,"K.说着挽住了叔叔的胳膊继续走,不让他停下来,"我以为你会比我更不在乎这些,想不到你现在却把事情看得这么严重。""约瑟夫,"叔叔喊道,想从他身边挣脱开,以便能够站稳,但K.不让他这么做,"你变了,你之前总有敏锐正确的判断力,而现在这关口你却丢失了它。你想输掉这场审判吗?你知道这意味着什么吗?这意味着你的人生彻底毁了。你所有的亲戚都会被拖下水,或者至少也都将颜面扫地。约瑟夫,振作起来。你的冷漠简直让我发疯。

看着你，我就会想起那句谚语：'这样的官司，不打已经输了。'""亲爱的叔叔，"K.说，"激动是无用的，虽说这是你的情绪，但也会影响到我。激动不能打赢官司；还是让我的实际经验发挥点作用吧，就像我对待你一样，即使你的经验让我吃惊，我还是十分看重它们。你说全家都会受到这次审判的影响——就我而言，我完全不能理解，但这是次要的问题——我很乐意全听你的，只有去乡下住这件事我不同意，即使是站在你的角度也不太好，这意味着逃亡，也像是承认自己有罪。此外，虽然我在这儿更容易被监控，但我也可以自己推动这件事的发展。""这倒是，"叔叔换了一种语气，好像他们终于彼此亲近了，"我之所以提出这个建议，是觉得你要是留在这里，你的冷淡会让事情更糟，所以最好由我来替你处理这件事。但如果你想自己全力以赴地面对，这当然更好。""在这一点上我们达成了一致，"K.说，"现在你有什么建议，我应该先做什么？""我还得考虑一下，"叔叔说，"你也想一想，我现在已经在乡下住了快二十年了，中间没干过别的，所以在这种事情上的觉察力也有所下降，与这里各种能人的关系自然而然也有些疏远。在乡下，我像封闭了自己一样，这你也是知道的。但现在你遇到了这种事情，住在乡下就不那么好了。而且你的事对我来说也是出乎意料的，尽管在收到埃尔娜的信后，我已经有所怀疑，但直到今天看到你的神色，我才确信无疑。但这些都无关紧要，现在最重要的是不要浪费时间。"他说着话，就踮起脚尖，招来了一辆出租车，一边大声告诉司机地址，一边拉着身后的K.钻进了车里。"我们现在去胡尔德律师家，"他说，"他是我的同学。你也知道这个名字吧？不知道吗？这倒奇怪了。作为穷人的律师，他的声誉很好。我对他的为人非常信任。""你做的我都同意。"K.说，尽管他觉得叔叔处理这件事太过匆忙紧迫，使他有些不适。作为被告去找一个给穷人辩护的律师，总归不是很愉快。"我不知道，"K.说，"这种案子也能咨询律师？""当然，"叔叔说，"这是自然的。为什么不呢？现在告诉我到目前为止发生的一切事吧，让我也能充分了解了解情况。"K.立即讲了起来，没有任何隐瞒；他的完全坦率也是一种抗议，抗议他叔叔认为这次审判是奇耻大辱。他只提了一次毕尔斯特娜小姐的名字，而且是快速带过，但这并不影响他的坦诚，因为毕尔斯特娜小姐与他的案子毫无关系。K.一边讲，一边从窗户往外看，发现他们正好接近法院办公室所在的那个郊区了，他让叔叔留意这个地方，可是，叔叔对这个巧合并没什么反应。车子在一栋黑乎乎的房子前停了下来。叔叔按了一楼第一道门的门铃。在他们等门开的时候，叔叔笑得露出了牙齿，低声说："八点了，寻常的访客不会这时来。不过，胡尔德不会记恨我。"突然，在门上的窥视窗里，出现了两只大而黑的眼睛，盯着两位客人看了一会儿，就消失了；但门并没打开。叔叔和K.互相确认了一下，他们确实看到了一双眼睛。"也许是个新来的女仆，害怕陌生人吧。"叔叔说，再次敲了敲门。那双眼睛又出现了，看上去十分悲伤，但也许那只是一种幻觉，是没加罩子的煤气灯造成的。那灯就挂在他们头顶，咝咝地燃烧着，却只发出了微弱的光。"开门，"叔叔一边大声喊一边用拳头捶门，"我们是律师先生的朋友！""律师先生病了。"一个声音在他们身后低声说。在小通道的另一头，站着一位身穿睡衣的先生，用极轻的声音告诉了他们这个消息。叔叔因为等得太久而生气，他猛地转过身来，大声喊："生病了？您说他病了？"他几乎是略带威胁地走向他，仿佛这位先生就是疾病似的。"门已经打开了。"这位先生说，他指了指律师的门，拢了拢他的睡袍就消失了。门真的打开了，一个年轻女孩——K.认出了那双黑色、微凸的眼睛——正穿着白色长围裙站在前厅里，手里拿着一支蜡烛。"下次请您早点开门！"叔叔招呼也没打就对着她这么说，女孩则稍微行了个屈膝礼。"来吧，约瑟夫。"他接着对K.说，K.很不情愿地往女孩那儿挪了挪。看到叔叔没有停下脚步，而是匆匆走向一扇门之后，女孩说："律师先生病了。"K.还死死地盯着这个女孩，而她已经转身再次堵住了公寓的门；她有一张像洋娃娃一般圆润的脸，不仅苍白的脸颊和下巴是圆的，连太阳穴和额头的边缘也毫无棱角。"约瑟夫！"叔叔又喊道，接着又问女孩，"是心脏的问题吗？""我想是的。"女孩回答道，她趁机拿着蜡烛走在前面，打开了房间的门。在房间里的一个烛光还没有照到的角落，一张留着长胡子的脸从床上抬了起来。"莱尼，是谁来了？"律师问道，他被烛光照得看不清来人。"是阿尔伯特，你的老朋友。"叔叔说。"啊，阿尔伯特。"律师说着，他又向后躺倒在了垫子上，好像面对这位访客并不需要佯装坚强似的。"事情真的这么糟糕吗？"叔叔问道，在床边坐下，"我不相信。只不过是你心脏病暂时发作了，很快就会过去的。""也许吧，"律师轻声说，"但这次比以往都糟糕。

我呼吸沉重，根本睡不着觉，每天都没力气。""原来是这样，"叔叔说着，用他的大手把巴拿马帽子紧紧地按在膝盖上，"这真是坏消息。顺便问一下，有人照顾你吗？这屋子这么悲凉，还暗沉沉的。距离我上次来这里已经有很长时间了，那时似乎气氛更欢快。你的这位小护工看起来也不是很活泼，或者她是故意装成这样的吧。"女孩还拿着蜡烛站在门边；从她那模糊不定的眼神看来，她是在看K.，而不是看他叔叔，即使他现在正议论她。K. 靠在一张扶手椅上，他把扶手椅朝女孩身边推了推。"谁要是病得像我一样，"律师说，"就得有个安静的地方。我不觉得这里冷冰冰的。"稍作停顿后，他又说道，"而且莱尼对我照顾有加，她是个好孩子。"但这些话显然没有说服叔叔；他仍然对护工有些偏见，虽然他没说什么来反驳病人，但他还是在她走到床边、把蜡烛放在小床头柜上时，用严厉的眼神盯着她，看着她弯下腰来，一边整理枕头一边跟律师说悄悄话。K. 的叔叔几乎忘记了病人的感受，站了起来，在护工背后来回走动，就算他抓住她裙子后面，把她从床边拉走，K. 也不会惊讶。K. 平静地注视着这一切，暗自庆幸律师的病，因为他先前无法阻止叔叔对他的案子表现出的热情，现在出了这么个事，不用他费力，就把叔叔的热情分散了，他当然欣然接受。然后叔叔冲着护工说，当然这话也许只是出于冒犯："小姐，请你离开我们一会儿，我有件私事要和我的朋友讨论。"护工弯着腰，离病人有些远，正在抻平靠墙的被单，她听到这话后，只是转过头非常冷静地说："您看，这位先生病得很重，他什么事情也不能讨论了。"这和叔叔由于愤怒而不连贯的语句，甚至爆发性的说话方式形成了显著的对比。当然，她重复叔叔的话，可能只是出于方便；然而，即使是从旁观者的角度，这话听起来也像是嘲笑。叔叔自然像被刺了一样，气得火冒三丈，破口大骂："你这该死的东西！"他说，甚至被气得连话都说不清楚了。尽管已经预料到了类似的事情，K.还是吓了一跳，他跑到叔叔面前，毫不犹豫地伸出双手捂住了他的嘴。然而，幸亏病人在女孩身后站了起来；叔叔这才摆出一副阴沉的脸色，好像吞下了什么可恶的东西似的，他随后佯装平静地说："我们当然还没失去理智；如果我所要求的是不可能的，那我也不会强求。现在请您离开吧！"护工却仍然笔直地站在床边，脸直对着叔叔；K.注意到，她用一只手抚摸着律师的手。"你可以在莱尼面前说任何事。"病人说，带着迫切而恳求的语气。"这与我无关，"K.的叔叔说，"这也不是我的秘密。"他转过身来，好像他不想再继续交涉了，而是借此给自己赢得了一点时间来思考。"那与谁有关？"律师用舒缓些的语气问，又躺了下去。"我的侄子，"叔叔说，"我也把他带来了。"他介绍说："银行总监约瑟夫·K.。""哦，"病人顿时更加爽快了，还向K.伸出手，"请原谅，我根本没有注意到您。去吧，莱尼。"他对护工说，还紧紧握住了她的手，似乎这意味着长时间的告别。护工于是顺从地走了。K.的叔叔终于消了气，走到了床前。"所以你，"律师对K.的叔叔说，"不是来看病人，而是来找我办事的。"仿佛之前他们是来看望病人这件事，才是让律师瘫倒在床的原因，而现在他看起来很振奋，稳健地用一只手肘撑住了自己，这肯定相当费劲，但他还时不时地拉着自己胡子中间的一绺捋来捋去。"自从那个小女巫出去以后，"叔叔说，"你看起来健康多了。"他突然停下来，接着低声说，"我打赌她在偷听！"然后他冲向门，一把拉开。但门后并没有人。叔叔又返了回来，却也并不失望，因为她没有偷听这事对他来说似乎意味着更大的恶行，这让他很痛苦。"你误判了她。"律师说，也没有再为护工辩护，也许他觉得她并不需要被保护。但他接着用更加关切的语气说："至于你侄子的事，如果我还有力气胜任这项棘手的任务，我会感到非常荣幸；但我很担心我的身体条件撑不下去，无论如何，我都会尽我所能地帮忙；如果到时我支撑不住，我还可以叫其他人来。说实话，我对这件事太感兴趣了，无法放任自己不参与其中。如果我的心脏撑不下去，那至少这也是一个完全可以让它死得其所的机会。"K.觉得这话让他一头雾水，他看向叔叔，想从他那儿得到些解释，但叔叔只是手里举着蜡烛，坐在小床头柜上，原本放在上面的药瓶已经滚到了地毯上，他对律师说的每句话都点头同意，而且还时不时地看下K.，似乎催促他也要同样表示赞同。是叔叔之前已经把审判的事情告诉了律师吗？但这也不可能呀，而且之前发生的一切都说明了这不可能。K.因此问道："我不明白——""是的，也许我误解了您的意思吧？"律师问道，和K.一样又惊讶又尴尬，"我也许太着急了。您想和我谈什么？我以为是关于您的官司？""当然，"K.的叔叔说，然后问K.，"你究竟想干什么？""但您是怎么知道我和我的官司的呢？"K.问道。"哦，您是指这个。"律师笑着说，"我毕竟是个律师，在法院的圈子里交际时，人们会谈起各种各样的官司，若是这个官司引人注意，尤其是涉及朋友的侄子时，我就会记住。这也没什么奇怪的。""你究竟想干什么？"K.的叔叔又问了K.一次，"你怎么这么不安分。""您还在法院的圈子里活动？"K.问。"是的。"律师说。"你这话问得幼稚。"叔叔说。"我如果不和我所在领域的人交际，还能和谁交际呢？"律师补充道。这话听起来言之凿凿，搞得K.根本无法回答。"您是为正规司法部门的法庭工作，不是和阁楼上的那个法院打交道吧？"他本来想这么问，但最后还是没能真让自己说出来。"您得想一想，"律师继续说，好像他在解释一些不言而喻的事情一样，"您得想一想，从这种交往中我也能让我的客户获得巨大的利益，而且是多方面的好处。只是这些事不能老挂在嘴上。当然，现在我的病造成了一些阻碍，但我仍然能得到些消息。也许我知道的比一些整天在法院里待着、身体健康的人还多。比方说，我现在就有一位亲爱的访客。"他指了指房间里的一个黑黢黢的角落。"在哪儿呢？"K.吃惊得几乎说不出话。他不确定地环顾四周；小蜡烛的光亮只能照到对面的墙壁，再远就看不到了。真的有东西在角落里扭动。借着他叔叔高举的蜡烛的光亮，他看到一位老先生坐在那里，坐在一张小桌子旁。他肯定没怎么大喘气，才能这么长时间都没被人发现。现在他尴尬地站了起来，显然对人们注意到了他而感到不太高兴。他的手像小翅膀一样来回摆动，好像想用手来挡住所有的介绍和问候一样，好像他不想因为他的存在而打扰到其他人，也好像他迫切请求被转移回黑暗中，让大家忘了他的存在。但现在他不能这样做了。"你们的到来让我们十分惊讶,"律师解释说,他招手让这位先生走近,于是后者开始慢慢地靠近他们,犹豫不决地四处张望,但又带着某种尊严,"总书记官先生——哦,请原谅,我忘了介绍——这是我的朋友阿尔伯特·K.,这是他的侄子,总监先生约瑟夫·K.,这是法院的总书记官先生——总书记官人太好了,还来看我。他来探望我的价值,只有那些知道总书记官先生工作量有多大的人才能真正体会。现在他来了,只要我的身体还能坚持下去,我们就会一直谈得很愉快。我们之所以没禁止莱尼接待访客,是因为压根儿没想到这个时间还会有人来。其实我们觉得,我们俩应该保持独处别被打扰。但后来你用拳头砸门,阿尔伯特,总书记官先生就把他的桌子和椅子一起搬到了角落。现在看来如果我们愿意,似乎又有机会能聚在一起,共同讨论一件事。——总书记官先生您请坐。"他一边带着谄媚的微笑点了点头,一边指着床边的一把扶手椅说。"恐怕我只能再待几分钟了,"总书记官和蔼地说,稳稳地坐在扶手椅上,看了看表,"工作上还有一些事。但不管怎么说,我不想错过认识我朋友的朋友的机会。"他向K.的叔叔微微点头。K.的叔叔似乎对这个新认识的人十分满意,但由于天生不善于表达谦卑恭顺,只能用尴尬而响亮的笑声回应总书记官的话。真是丑陋的景象!因为没有人关心他,K.倒正好可以平静地观察这一切。总书记官既然被推了出来,就立刻按照他的习惯,掌握了谈话的主动权;律师起初装得病病歪歪,也许只是为了赶走新来的客人,现在他正把手放在耳边仔细地听着,叔叔则成了拿蜡烛的人——他把蜡烛放在自己的大腿上,律师很担心,不停地看他——一会儿后也不再尴尬,只醉心于总书记官的讲话以及他伴随讲话的温和、起伏的手势。至于靠在床柱上的K.,则完全被总书记官忽略了,这也可能是他故意的,K.只不过是这些老先生的听众。而且他几乎没留意他们在谈些什么,他一会儿想起了护工,以及她从他叔叔那里受到的恶劣对待;一会儿又想着他是否在之前的第一次审讯上见过总书记官。虽然他可能弄错了,但这位总书记官和听众席上那些在前排的胡子稀疏的老先生相比,倒是毫不违和。这时,从前厅传来了类似瓷器碎裂的声音,所有人都坐了起来。"我去看看发生了什么。"K.说着就慢慢地走了出去,这举动似乎是给在座的其他人一个机会,好把他拦下来似的。他刚一跨进前厅,正准备在黑暗中摸索时,出现了一只比他的手小得多的手,搭在了他那只仍然握着门的手上,轻轻地关上了门。原来是那个护工,她一直等在这儿。"没事,"她低声说,"我只是把一个盘子扔到了墙上,想让您出来。"K.局促地说:"我也正想着您呢。""那更好,"护工说,"您请来吧。"走了几步后,他们来到一扇磨砂玻璃的门前,走在前面的护工打开了门。"您请进。"她说。这间屋子显然是律师的办公室;月光透过三扇高大的窗户,照亮了它们面前的一小块正方形的地板,借着月光,可以看到房间里陈设着厚重的旧家具。"请到这儿来。"护工指着一把深色的雕花的椅子说。在K.坐下的时候,他也环顾了一下房间。这个房间又高又大,那些"穷人的"律师的客户在这里一定会感到迷茫。K.觉得他似乎看到了那些来访者迈着小碎步,走到这张巨大的办公桌前诚惶诚恐的样子。但随后这些想法就被抛诸脑后了，他只是目不转睛地盯着护工，她就坐在他身边很近的地方，几乎把他挤到一边的扶手上。"我以为，"她说，"不用我去叫，您就会主动来找我。这真奇怪，毕竟您一进门就目不转睛地盯着我看，可后来却让我一直等您。""对了，您就叫我莱尼吧。"她突然快速地补充道，好像一刻也不想错过这会话一样。"这样啊，"K.说，"但至于奇怪之处，莱尼，这倒很容易解释。首先，我毕竟要听老先生们的唠叨，不能无缘无故地跑掉；其次，我不是狂妄，而是胆怯；而您，莱尼，看起来确实不像是凭着一时激动就能赢得好感的女人。""不是这样的，"莱尼说着，把胳膊放在了椅背上，看着K.，"可是，您要是最初就不喜欢我，那现在您很可能也不喜欢我。""说喜欢似乎对您还不够尊重。"K.避重就轻地说道。"哦！"她微笑着说，从K.的言语和感叹中获得了某种优越感。K.沉默了一会儿。由于已经习惯了房间里的黑暗，他现在可以分辨得出家具的各种细节。特别是挂在门右侧的那一大幅画；他弯下了腰，想看得更清楚。画上描绘了一个身穿法官袍的人，他坐在一把高高的宝座上，宝座镀金的部分在画中十分突出。不同寻常的是，这位法官并没有安静庄严地坐在那儿，而是将左臂紧紧地压在椅背和扶手上，右臂却是完全自由的，他只是用手紧紧地抓住扶手，似乎打算在下一刻就怒不可遏地跳起来，说一些决定性的话，或者宣布审判。被告人很可能就站在他脚下的台阶上，从画面上可以看出，黄色的地毯一直延伸到最上面的几级台阶。"也许这就是审判我案子的法官。"K.说,用手指着照片。"我认识他,"莱尼说,也抬头看了看照片,"他经常到这儿来。这幅画还是他年轻时让人画的,但他一点也不像照片上的人,因为他个子其实很矮。尽管如此,他还是要求别人把自己画得高大,因为他和这里的每个人一样,都爱慕那些毫无意义的虚荣。但其实我也爱慕虚荣,没办法取悦您,我心里很是难过。"为了回应莱尼这最后一句话,K.抱住了莱尼,把她搂到了自己身边。她就静静地把头靠在了他的肩膀上。然后他又问道:"他是个什么等级的法官?""是个预审法官。"莱尼说着,抓住K.正搂着她的那只手,抚弄着他的手指。"只是个预审法官啊,"K.失望地说,"高官们都躲起来了。而他却高坐在宝座上。""这一切都是猜测,"莱尼一边说一边把脸贴到K.的手上,"事实上他正坐在厨房的椅子上,上面垫着一条旧马毯。""但您非得总想着您的审判吗?"她慢慢地补充问道。"不,完全不是这样的,"K.说,"事实上,我甚至可能想得太少了。""这不是您会犯的错误,"莱尼说,"您太倔强了,至少我是这么听说的。""谁说的?"K.问道,觉察到她的身体正紧贴着他的胸膛,K.便低头看着她浓密、乌黑、扎得紧紧的头发。"如果我告诉您的话,我就泄露得太多啦,"莱尼回答道,"请您就别再问那人的名字了,请您专注于改正自己的错误,别再这么坚持了。反抗这个法庭没什么好果子吃,您还是认错吧。如果有机会的话,认错是个不错的解决办法。只有这样,才有可能脱罪。然而,即使是这种情况,没有外界的帮助也是不可能成功的,但您不必担心,我很愿意给您提供帮助。""您对这个法庭和这里发生的种种欺诈行为知之甚多。"K.说着把她抱了起来,放在了自己的腿上,因为她正紧紧贴着他。"这样就行啦。"她说着在他的腿上抚平了自己的裙子,还正了正衬衣。然后她伸出双手紧紧地抱住了他的脖子,向后靠在他身上,一直盯着他看。"如果我不承认错误,您就不会帮我了?"K.试探性地问道。我似乎总在找女帮手,他几乎惊奇地想道,先是毕尔斯特娜小姐,然后是执法员的妻子,现在是这个小护工,她似乎对我有莫名的需求。看她坐在我的腿上的样子,仿佛这是她唯一适合的地方似的。"对,"莱尼回答道,慢慢地摇了摇头,"那我就帮不了您了。但您压根儿不想要我的帮忙,您其实毫不在意,而且您非常自我,也不会被说服。""您有情人吗?"过了一会儿,她问。"没有。"K.说。"哦,不对吧?"她说。"好吧,我确实有,"K.说,"但您想想吧,我这个人就是既否定她的存在,又会随身带着她的照片。"在护工的要求下,K.给她看了一张艾尔莎的照片。莱尼蜷缩在他的膝头研究了下这张照片。那是一张快照,是在艾尔莎跳完旋转舞后拍的,她很喜欢在酒馆里跳这种舞,她裙子上的褶皱随着她的旋转飞舞,双手放在紧致的臀部上,紧绷着脖子微笑着看向一侧。从照片上倒是看不出她是对着谁笑。"她的腰束得好紧,"莱尼指着照片上她认为是束腰的地方说,"我不喜欢她。她看起来又笨又土。也许她对您很温柔、很和善,这点倒是可以从照片中看出来。但这样高大强壮的女孩往往没什么情趣,只知道温柔善良。不过,她会为您牺牲自己吗？""不会的，"K.说，"她既不温柔也不善良，也不可能为了我牺牲自己。我也没有要求过她做到您说的这些。是的，我甚至没有像您[1]这样仔细地看过这张照片。""所以您根本不怎么关心她，"莱尼说，"她根本不是您的情人。""也不能这么说，她是的，"K.说，"我既然说了，就不会反悔。""所以她现在是您的情人，"莱尼说，"但要是您失去她或找个其他人替换她的位置，比如我，您也不会特别想她。""是这样，"K.笑着说，"这是可以预料的，但和您比，她有个很大的优势：她对我的案子一无所知，或者即使她知道什么，她也不会费心思考。她不会试图劝我屈服。""这不是什么优势，"莱尼说，"如果她没有什么其他优势，我倒不会因此失去勇气。她有什么生理缺陷吗？""生理缺陷？"K.问。"对，"莱尼说，"因为我有这么个小缺陷，您看。"她张开了右手的中指和无名指，这两根手指之间有一层连在一起的皮肤，几乎和其他较短手指的最上面的关节持平。K.在黑暗中没有立即意识到她要给他看什么，因此她拉着他的手放在上面，让他能摸到这层皮肤。"这太奇妙了！"K.说。当他打量了整个手掌之后，又补充说道："多么漂亮的小手呀！"莱尼带着一种自豪的神情看着K.。他惊讶地不断把她的两根手指拉开，又把它们合拢，最后他迅速地吻了吻它们才放开。"哦！"她马上叫起

---

1 关于"您"和"你"的翻译：虽然文中有几处把"您"换成"你"更符合中文的语言习惯，但此版本还是严格按照卡夫卡原文中德文"您"和"你"的使用来翻译，译者认为K.坚持对身边人使用"您"，也许是为了刻意营造他和周围环境的疏离感，同时也更符合他"受过高等教育"的形象。

来，"您刚刚吻了我！"她急忙张开嘴，用膝盖蹭着爬到了他怀里。K.抬起头看她，似乎被吓到了，现在她离他这么近，他闻到了她散发出的一种苦涩又强烈的气味，像胡椒一样；她抱住了他的头，弯下腰，对着他的脖子又亲又啃，甚至还咬他的头发。"您快把艾尔莎换成我吧！"她时不时地喊道，"您看，现在您已经把她换成我了！"然后她的膝盖滑了一下，随着一声轻叫，她几乎摔倒在地毯上；K.一把抓住了她，想要撑住她，却被她拉倒在地。"您现在是我的了。"她说。"这是大门钥匙，您想什么时候来就什么时候来吧。"这是她的最后一句话。在他准备走的时候，一个漫无目的的吻落在了他的背上。他走出前门，天下起了小雨，他正准备走到街道中间，想着也许还能看到站在窗边的莱尼，突然面前出现了一辆等在屋前的汽车，K.因为心不在焉，压根儿没有看到这车。这时他的叔叔抓住了他的胳膊，又把他推到门口，简直要把他钉在门上。"你这小子，"他喊道，"你怎么能这么做？你的案子才刚刚上了点正轨，就被你彻底弄砸了。你居然和一个肮脏的小东西躲在一起，还好几个小时不见人影，更别提她显然就是律师的情妇。现在你连借口都不找，也毫不遮掩，不，你简直是大大方方地跑去了她身边，还和她待在一起这么久。与此同时，我们正坐在一起：为你操心的叔叔，为你努力争取的律师，最重要的是总书记官先生，这位现阶段几乎能主宰你案子的伟大先生。我们正讨论如何帮助你，我得小心翼翼地对待律师，他也得小心翼翼地应对总书记官先生，你至少应该过来支持我一下。你倒好，还躲得远远的。你这事肯定瞒不住，当然，他们是些又有礼貌又懂人情世故的先生，也并没谈起你缺席的事，算是宽恕了我。可是他们最后也实在忍不住了，既然不能说，他们就沉默了。我们在那儿沉默地坐了几分钟，还想等着看你最后是否会回来。但一切都是徒劳的。最后，那个总书记官先生站起来和我们告了别，他已经比原来计划的时间待得久太多了，他对不能帮我表示遗憾，还很善意地在门口等了一会儿才走。当然，他走了我也很高兴，之前我都快喘不过气了。这一切对生病的律师影响更大，我跟他告别的时候，这个好心人都说不出话了。你可能是把他彻底搞崩溃了，可能会让一个你本可以依赖的人加速死去。而我呢，你让你的叔叔在这里冒着雨等你——你摸摸看，我都湿透了——就这么等了你好几个小时，还很担心你，备受折磨。"

律师—工厂主—画家

一个冬天的早晨——外面下着雪，天气昏沉沉的——K.坐在他的办公室里，尽管时间很早，但他已经觉得精疲力竭了。为了不让自己受到那些下级职员的议论，他给办事员下了命令，不让任何一个职员进来，因为他正忙于一些非常重要的工作。但其实他没有工作，而是蜷着身体坐在椅子里，慢悠悠地移开了桌子上的一些东西，然后不知不觉地把伸着的手臂搁在桌面上，低着头一动不动地坐着。

那些对审判的思考如影随形。他经常想，如果写一份辩护书提交给法院，不知能不能行得通。他想在辩护书里简单描述一下自己的生平，并对关键的事件加以解释，说明他当时为什么会那么做，以及根据他现在的判断，那些行为方式是应该被批判还是应该被褒扬，以及他这么评判的理由。与那些本来也并非无懈可击、出自律师之手的纯粹辩护相比，这种辩护书的优势毋庸置疑。K.根本不知道律师采取了什么举动；但这也不是什么大事，律师已经一个月没有让K.去他那儿了，而且K.在之前的任何一次谈话中都没感觉出来这个人能帮他争取到什么大进展。因为律师压根儿没怎么向他提过问题。但其实这件事有太多可以问了。询问关键的信息是最主要的事情。K. 觉得他自己就能提出所有必要的问题。而律师却什么都没有问，不是说些自己的事，就是默默地坐在他的对面，在办公桌上前倾着身子、弯下腰，这也可能是他听力不好的缘故，他捋着胡子里面的一缕，低头看着地毯，也许那正是K. 和莱尼躺过的地方。他不时地给K. 提一些空洞的训诫，就像大人训孩子似的。那些训诫就像无聊的演讲一样毫无用处。最后结账的时候，K. 为此一分钱也不想付给他。在律师认为他已经羞辱够了K. 之后，他通常又会稍微鼓励他一下。他总会说自己在许多类似的案子中全胜或部分胜诉。虽然它们实际上没有K. 这次的案子这么困难，但表面赢的希望却更小。他把这些审判的清单都保存在这里的抽屉里——说着他敲了敲桌子的某个抽屉——可惜的是，他不能给K. 看这些文件，因为它们属于官方机密。但是他通过所有这些官司获得的丰富经验会对K. 很有帮助。不用说，他马上就开始着手处理K. 的案子，第一份辩护书已经差不多完成了。这第一份辩护书非常重要，因为辩方给人的第一印象往往会决定诉讼的整个方向。然而，不幸的是，他不得不提醒K. 注意，有时的情况是，法院甚至不会阅读第一次提交的文件。只是简单地把它们归档，还会说，目前对被告的传讯和观察比任何书面材料都更重要。如果辩护律师催得急了，就会有人补充说，在做出最后的决定之前，只要所有材料都完整齐全，他们自然会检查所有的文件，这当然也包括这第一份辩护书。然而，不幸的是，即使是这样，大多数情况下，第一次提交的文件通常会被搁置一旁或者压根儿就被弄丢了，即便是保留到了最后，按照律师的说法，"几乎没人读过"是个传言。所有这一切都太令人遗憾了，但也并非毫无理由。K.不应该无视诉讼程序不公开的事实，如果法院认为有必要，他们可以公开这些情况，但法律并没有规定必须公开。因此，被告和他的律师无法接触到法院的书面材料，特别是起诉书，因此人们一般不知道，或者至少不能确切知道，第一份请愿书必须针对什么，所以只有在十分凑巧的情况下，请愿书才会包含对案子真正有用的内容。只有在之后，随着被告的审讯过程的推进，指控的细节以及其依据被更清楚地呈现或者推断出来时，才能在请愿书中写出真正准确和有说服力的内容。当然，在这种情况下，辩方处于非常不利且困难的境地。但这也是出于有意设计。因为实际在法律上是不允许辩护的，只是容忍它的出现，甚至对于是否能从某些法条中解读出容忍辩护的依据都还存在争议。因此，严格来说，根本没有法院承认的律师；所有以律师身份出现在法院的基本上都是些无良律师[1]。当然，这么说使整个律师行业都蒙受了莫大的羞辱，如果K.下次再去法院，有可能的话可以亲眼看看那间律师的办公室。他可能会对那里的拥挤状态大吃一惊。分配给他们的那间狭窄、低矮的房间已经显示出

---

[1] 此处"无良律师"卡夫卡使用了德文"Winkeladvokat"一词，由"Winkel"（角落）和"Advokat"（辩护人）组成，这个词可能起源于19世纪，指的是未经授权，在角落里秘密工作的辩护人，其本身并非辩护人，却处理他人法律事务并收取费用，多为贬义。

法庭对这些人的蔑视。这房间只有一个小小的天窗,位置还很高,如果你想往外看,还得先找个同事,把你驮在背上才行。顺便说一下,还有个烟囱就在天窗前面,烟不仅会飘到你的鼻子里,还会把你的脸熏黑。此外,还可以再举个例子来说明这里的状况,在这个小房间的地板上还有一个洞,已经存在了一年多了,虽然并没有大到能让一个人从里面掉下去,但也足够卡住一条腿。律师的房间在阁楼的第二层,如果有人掉到洞里,他的腿就会穿过洞,掉在第一层阁楼下层,正好挂在当事人等候通知的走廊上方。如果说律师圈子认为这样的条件不光彩,那也并非言过其实。虽然他们已向行政部门投诉了,但没取得丝毫成效。律师们还被严格禁止自费对房间里的东西进行任何改变。但这样对待律师也有其原因,即希望尽可能地排除律师的辩护,让被告人自己承担起责任。原则上这也不是没有道理,但如果就此推导出被告人在法庭上不需要律师的结论,那就实在错得离谱。相反,比起其他任何法院,这个法院的案件都更需要律师插手。因为一般来说,诉讼程序不仅对公众保密,甚至对被告也要保密。当然,保密只是就一定范围而言,但实际上在很大范围内都实现了保密。因为即使是被告也无法洞悉法庭这些规则,而且仅从审讯中推断出他们所依据的材料十分困难,对被告来说尤其如此,因为他毕竟被案件所缚,还有各种烦恼来分散他的注意力。而这就是辩方介入之处。一般来说,辩护律师不允许出席审讯;因此,他们必须在审讯结束后,尽可能快地等在审讯室门口,向被告询问审讯情况,并从这些往往是一团混乱的交谈中提取出适合辩护的内容。但这并不是最重要的，因为通过这种方式不可能获得很多有价值的信息。当然也和其他任何地方一样，一个有能力的人会获得比其他人更多的信息。不过最重要的仍然是律师的个人关系，这些关系才是辩护的主要价值所在。现在，K.已经从自己的经验中体会到，法院最底层的组织并不十分完善，有一些员工会忘记自己的职责，也有一些腐败，法院的严密性在一定程度上出现了漏洞。很多律师就是从这里乘虚而入，他们行贿受贿、打探消息。事实上，之前甚至发生过档案被盗的情况。不可否认的是，对被告来说，通过这种方式，也能暂时获得一些甚至令人惊讶的有利结果；这些小律师也会因此得意，大摇大摆地招揽新客户，但这些举动对案件的进展来说，要么一无是处，要么会适得其反。只有真诚的私人关系才是真正有价值的，而且是与高级官员的关系，当然，这里指的也只是低级别里的高级官员。只有这样才能影响审判的进展，即使一开始还不易察觉，后来却会越发明显。当然，只有少数律师能做到这一点，说起来K.的选择就很明智。也许只有一两个律师能有胡尔德博士这样的背景。这些人并不在意律师房间里的那群家伙，与他们毫无联系。相反这些人与法院官员的联系更密切。胡尔德博士甚至不一定需要去法庭，像那些小律师一样在预审法官的前厅等待他们偶然出现并透露只言片语，根据他们的心情才能了解到一些表面上的进展，有时甚至连这些也得不到。不，K.自己也看到了，官员们，其中还有地位相当高的官员，他们会自己去胡尔德博士那儿，自愿提供一些公开的或者容易理解的信息，讨论审判的下一步进展，是的，他们甚至在一些案件上会被他说服，并欣然接受他的意见。然而在最后这个方面，却最好不要过分相信他们，因为无论他们如何坚定地表述自己的新意图，说这对被告有利，他们也可能会直接回到办公室，准备第二天发布的法庭命令，而其中的内容正好相反，虽然他们声称已经完全放弃了最初的意图，但新意图甚至比最初的还严厉。律师们对此自然也无法反驳，因为一方面，在私下里说的话就只是私下的，不能有任何公开的讨论，而且律师们也要努力博得那些先生的青睐。另一方面，那些先生和律师接触，当然也不只是出于人类之博爱或是友好情感；他们在某种程度上也依赖着律师。这就是法院组织的一个弊病，在它们最初建立秘密审判制度的时候就存在了。官员们缺乏群众基础，他们对普通的、中产阶级的案子尚能把握，这样的案子几乎是自有轨道，能顺利发展，只需要在这里或那里推一把即可；但官员们对非常简单以及特别困难的案件往往束手无策，因为他们日日夜夜地投身法律法规，也为其所缚，以致对人与人的关系没有正确的认识，而在这些案件中恰恰人际关系十分重要。于是他们到律师那儿征求意见，他们身后常常还跟着下属，拿着那些本该是机密的文件。很难想象，居然能在律师家的窗前碰到一些法院的先生。他们正满脸绝望地盯着窗外的巷子，而律师正在书桌前研究这些卷宗，以便能给他们提供靠谱的建议。顺便说一句，在这样的场合中，人们会看到这些法院的先生是多么认真地对待他们的职业，以及他们在遇到自身无法逾越的障碍时，是何其绝望。他们的处境也并不容易，人们也不应对他们过分苛责，觉得他们行事容易。法院里的层级设置和晋升之路永无止境，即使是内行人士也说不清楚。而且法院的审判程序通常对下级官员也是保密的，因此，即使这个案件是他们处理过的，他们也几乎不可能完全跟踪事项的进展；因此，当一个司法案件出现在他们的视野中时，他们往往也不知道它是从哪里来的，案件有了进展，他们也不清楚会如何发展。从对审判的各个阶段的研究中可以得出，案子最后的裁决，以及裁决的理由，都不是这些官员所能染指的。他们只能处理法律给他们限定的审判的部分，对于其他的部分，甚至是他们自己的处理部分的结果，他们了解的通常还没有辩护方多。因为辩护方通常在审判结束前一直与被告保持联系。那么在这个方面，他们可以从辩护方那儿获取一些有价值的信息。虽然了解了这些情况，但当K.看到官员们对着当事人发泄情绪，甚至用侮辱的方式对他们说话时——每个人都有过这种经历——他还是感到惊讶。所有的官员都很暴躁，即使他们看起来很平静。当然，那些小律师尤其深受其苦。例如，下面的故事就很能说明真相。一位老书记员，也是一位善良、安静的绅士，接了一个棘手的案子，而且由于律师提交了辩护书，事情变得更加混乱，以至于他得一天一夜不间断地研究这个案子——这些官员确实也很勤奋，不像其他人那么懒散——临近早晨的时候，经过二十四小时的工作，他大概毫无收获，于是他走到前门，埋伏在那里，把每个想进来的律师都扔下了楼梯。律师们聚集在楼梯口，商议着应该如何处理。一方面，他们其实没权力要求别人把他们放进去，所以在法律上也不能对官员采取什么行动，而且，如前所述，还必须谨慎行事，不要得罪了这些官员。而另一方面，一天没去法院就意味着浪费，因此他们都非常急切地想进去。最后他们达成了一致：和老先生打疲劳战。每隔一段时间，他们就派一位律师出去，跑上楼梯，然后尽可能消极抵抗，让自己被扔下来，他的同事们就在下面接住他。这种疲劳战打了大约一个小时，这位因为已经工作了一天一夜，已经十分劳累的老先生终于筋疲力尽地走回了他的办公室。楼下的律师们一开始还不愿相信，派人到门后去检查，看看他是不是真走了。然后他们才走进自己的房间，甚至连埋怨一声都不敢。因为律师们——即使其中地位最低的那位，也至少能明白一部分这里的情况——他们绝对不想让法院引入或执行任何的改进措施。相反，很值得注意的一点是：几乎每个被告，哪怕是头脑非常简单的人，一旦进入审判程序就会开始考虑起改进的建议，因此往往浪费了很多时间和精力，而他们本可以更好地利用它们。唯一正确的做法就是听命于现状。即使有可能改善一些细节——不过这么做也是毫无意义——最好的情况也顶多是为未来的案件争取一些好处，很可能还会引起那些始终报复心很强的官员的特别关注，给自己带来不可估量的损失。千万不要引起别人的注意！保持安静低调，不管自己心里是多么不愿意！要试着认识到，这个伟大的司法有机体可以说是永远处于摇摆之中，一个人虽然能在自己的位置上改变些什么，但他的立足之地可能会就此被夺走，从而使得自己被毁掉，而这个伟大的有机体会轻易地在另一个地方为这次干扰寻求到补偿，让自己不受到影响——一切都是互相关联的，如果会发生什么新情况，那它甚至可能变得更加封闭、更加缜密、更加严苛也更加邪恶。如果把工作托付给了律师,就不应去打扰他。谴责没什么用,特别是如果还说不清谴责的原因和全部意义时更是如此。但必须得说,K.对待总书记官的不良行为,给他的案子带来了很大的损害。这个很有影响力的人几乎可以从那些能为K.做些什么的人的名单上画掉了。即使有人偶尔提起这个案子,他也装作听不见。在有些方面,官员们就像孩子一样。他们往往会被一些无伤大雅的事情所伤——虽然K.的行为并不属于这类事情——甚至不再与好朋友交谈,遇到他们就转身走开,还在一切可能的情况下与他们作对。但令人惊讶的是,也说不准什么时候,甚至没有任何特别的理由,他们又会被一个小笑话逗得哈哈大笑,就又重归于好了。但一个人敢于这样开玩笑,往往只是因为一切似乎都毫无希望了。与他们相处既困难又容易,几乎没什么原则可言。有时也十分令人惊讶:一个普通人的生活需要掌握如此多的知识,才可能在工作中取得一些成功。然而,也有阴郁的时候,就像每个人都有过的,这些时候,会觉得自己一事无成,似乎只有那些一开始就注定成功的审判才能有好结果,即使没有人帮忙也会成功,而其他所有的案子,尽管再努力,再费尽力气,虽然也有一些微小的、表面上的、让人欢欣的成功,但都注定会失败。这样一来,似乎没什么是能够确定的,人们在面对一些问题时甚至不敢否认,那些被认为进展顺利的案件正是由于自己的插手而被引入歧途。这么想也算一种形式的自信,但也就是如此而已,别无他用。这种情绪——当然也只是偶然发作的情绪而已,并无深意——却会让律师们深受其苦,特别是当他们已经对一个案子准备得足够多、对进程相对满意时，这个案子却突然从他们手中被夺走了，他们会更加失落。这确实是发生在律师身上最糟糕的事情。被告将案件从他们那里撤走，这种情况倒是从没发生过。被告一旦接受了某个律师，不管发生了什么情况，都必须留在他身边。因为一旦他决定接受律师的帮助，又怎么还能事事亲力亲为？这种情况一般不会发生，但有时的情况是：案子在审判中发生了变化，偏离到了律师不能再参与的方向。案子、被告以及其他的一切都从律师那里被夺走了；在这种情况下，律师即使与官员的关系再好也无济于事，因为官员们也什么都不知道。审判正好发展到了不允许外力干预的阶段，转由谁都无法接近的法院处理，甚至被告也接触不到律师。可能有一天，律师回到家就会发现自己的桌子上放着所有的辩护书，这些辩护书正是自己耗尽心力、满怀希望所写，现在都被退了回来，因为审判到了的新阶段，已经不再需要它们了，于是这些审判书也就成了毫无价值的残渣。但现在还不能说案子已经输了，绝对不能，至少没有确定的理由来如此推论，人们只是无从了解关于审判的任何事，也不会有机会去了解了。值得庆幸的是，这些案件都是例外，即使K.的案子情况也如此，但至少目前还远远没有达到这种阶段。现在，律师还大有机会施展拳脚，对这一点K.倒是十分肯定。正如之前提到的，第一份辩护书还没提交上去，也并不急着提交，更重要的是与权威官员之间的讨论，这些讨论已经完成了。虽然坦率来说的话，这些做法的成效不尽相同。最好暂时先别询问细节，因为这样做只能对K.产生不利影响，让他要么充满希望，要么过于焦虑。

这里简单说一下，和有些官员的交流非常顺畅，他们也表现得非常愿意帮忙，而另一些官员则表现得不那么友好，但也绝不能说他们拒绝帮忙。因此，总的来说，结果还是非常令人满意的，但也千万别因此就得出什么超乎寻常的结论来。所有的初步谈判都以类似的方式开始，只有在案子进一步的发展中，才能看出这些初步谈判的价值所在。但无论如何，迄今还没有什么损失，如果还有可能，能让总书记官既往不咎，还能支持K.——为了这个目的，已经做了很多努力了——那么整个事情就像外科医生说的那样，成了一个纯粹的伤口。人们也可以缓口气，期待接下来的结果了。

每次谈起这些或者类似的话题，律师总是滔滔不绝。K.每次拜访他时，他都要搬出这套老生常谈。他总说有进展，但又不说这进展具体是什么。他一直在修改第一份辩护书，但也一直没有完成，这情况通常在K.下一次访问时又变成了一个很大的优势，因为最近几天非常不适合提交辩护书，而这情况谁也无法预见。如果K.有时被他的这些话弄得筋疲力尽，提出说，即使是考虑到所有的困难，事情的进展也太过缓慢了，律师就会反驳道，事情的进展一点也不慢，如果K.当时及时来找律师，他们会取得更大的进展。不幸的是，K.当时忽略了这一点，他的疏忽带来了更多不利的后果，不仅是时间上的。只有当莱尼出现打断他们谈话时，才是K.每次拜访中的亮点，她很是知道如何安排这些事情：比如趁着K.在场的时候给律师送茶来。然后她就站在K.身后，看着律师是如何贪婪地朝向杯子深深俯下身去，倒茶、喝茶，还偷偷地让K.牵着她的手。屋子里寂寥无声。只有律师在喝着茶。K.捏了捏莱尼的手,莱尼有时甚至会大胆地轻轻抚摸K.的头发。"你还在这儿呢?"律师喝完茶总会问道。"我正等着把茶具端走呢。"莱尼说,最后还会握一握K.的手。律师擦完嘴后,又会重新开始对K.说教。

律师的这些说教到底是想安慰他还是想让他陷入绝望?K.不知道,但他可以肯定的是,律师并没好好准备自己的辩护。也许律师所说的一切都是真的,但他想尽可能地借此机会扬名立万的意图也很明显,很可能他从未参与过一件像K.的案子这么大规模的审判。然而,令人怀疑的是,他虽然不停地强调自己与官员的私人关系多么有用,但他会为了K.的事情去利用这些关系吗?律师从不会忘记说,那些官员只是低级官员,也就是说,他们本身在工作中也还需要依赖其他官员,对他们来说,审判中的某些转折可能对他们的职业生涯至关重要。他们也许利用律师来制造这些转折,而这种转折对被告自然是不利的吧?也许他们并不是在每一次的审判中都这样做,这当然是不可能的,但在一些审判中,他们会给律师行一些方便,因为对他们来说,保持律师的声望不受损害也很重要。但如果真的是这样,他们会以什么方式干预对K.的审判呢?正如律师所述,这案子很棘手,因此也非常重要,而且从一开始就吸引了法院的重大关注,他们会做点什么也没什么好怀疑的。种种迹象表明,尽管审判已经进行了几个月,但第一份请愿书还没递上去,而且按照律师的说法,一切都还处在萌芽状态。这当然很有可能麻痹被告,让他感到无能为力,也许是为了在之后突然告诉他案子已经判了,或者至少通知他,那些对他不利的调查已经转交给了上级部门,让他猝不及防。

现在,K.本人的介入很有必要。尤其是在这样非常疲惫的状态中,比如这个冬天的上午,一切思绪都在他的脑海中横冲直撞,但要亲自介入案子的想法却占据了他的大脑。他之前对这个案子的轻蔑早已消失。如果他在这个世界上是孤独的,他可以很轻易地忽视这次审判,但如果他真是孤家寡人,这审判也许根本不会发生。可是现在,他的叔叔已经把他拉到了律师这儿;家庭的因素也不容忽视;他的态度也和审判的进程息息相关,他不能脱离审判了;他自己也不经意地向熟人提到了审判,还带着些莫名其妙的满足感;其他人也不知道怎么知道了这件事。他和毕尔斯特娜小姐的关系似乎也随着审判而摇摆不定——总之,他几乎不再能选择去接受或拒绝审判;他身处其中,必须为自己辩护。他一旦松懈,事情就糟糕了。

然而,目前还不必过度焦虑。既然他有能力在不太长的时间里通过个人努力就奋斗到银行的高管职位,还能得到大家的认可,坐稳这个位置,那么现在他要做的,就是把这些让他走到今天的能力稍微运用到这次的案子上去,这么做无疑会有好结果。最重要的是,如果要实现这个想法,就必须从一开始就拒绝任何自己可能有罪的想法,相信自己压根儿就没什么罪责可言。这场审判不过是一次重要的商业交易,就像他经常为银行达成的那样,这次的商业交易中也潜藏着各种危险,必须一一克服,这就是商业的规则。为了这个目的,当然不能触碰任何有罪的底线,而是要尽可能坚定和自身利益有关的想法。从这个角度来看,尽快取消对律师的委托不可避免,最好在这个晚上就从其中抽身。按照律师的说法，这么做虽然闻所未闻，还会令他非常反感。但K.不能再忍下去了：尽管律师在案子上很努力，但可能正是由于他的这些努力，自己才遇到了这些障碍。一旦摆脱了律师，辩护书就得立即递上去，而且还要尽可能每天催促官员们审核它。要达到这个目的，让K.像其他人一样坐在过道上，把他的帽子放在凳子下面是远远不够的。他本人、他拜托的那几位女士，以及别的传达消息的人，都得日复一日地去盯着那些官员，迫使他们在桌子前坐下来，研究K.的辩护书，而不只是透过栅栏盯着过道发呆。这些努力都不能松懈，一切都要有组织、有监督，法院应该领教领教一个知道如何维护自身权利的被告。

然而即使K.敢于做这一切，写辩护书也真的难住了他。早些时候，要是大约一个星期前，让他想到会有一天，自己得写出这么一份辩护书来，那一定十分羞耻；他甚至没有想到，写辩护书这件事也会这么困难。他记得有一天早上，当他被工作压得喘不过气来的时候，他突然把一切都放在了一边，拿出一个记事本，想勾勒出这样一份辩护书的初步轮廓，也许可以把它交给这位慢吞吞的律师处理，而就在这时，经理办公室的门打开了，副经理大笑着走进来。当时K.非常尴尬，尽管副经理肯定不是因为K.的辩护书而笑，他对此一无所知，而是因为他刚刚听到的一个关于证券交易所的笑话，但这个笑话需要画个草图才能理解，副经理在K.的桌子上弯下腰，他从K.的手里拿过铅笔，在K.原本准备写辩护书的本子上画了起来。

今天K.倒是不觉得尴尬了，辩护书必须得提交上去。如果他在办公室找不到时间写——这种情况当然很可能发生——那么他就得晚上在家写。如果连晚上的时间也不够，那他就得请假了。但是不能半途而废，不仅在商业上，就是在任何时候和任何地方，这么做都是最不明智的。当然，写辩护书意味着一项几乎无休止的工作。即使不是容易焦虑的性格的人也很容易了解，要写完这份辩护书是不可能的。倒不是因为懒惰或狡诈这种阻碍律师写辩护书的缺点才导致K.完不成这份辩护书。而是因为对现有指控甚至对其有可能延伸出的情况都不了解，这使得K.必须回顾整个人生，在记忆中搜寻那些最细枝末节的行为和事件，通过书写把它们展现出来，并从各个方面再审查一番。做这样的工作是多么悲哀啊。它也许适合退休后再做，给自己变得幼稚的心找点事做，帮助它打发漫长的时光。但是现在，K.需要把所有的心思都用在工作上，因为他还处于职业上升期，甚至已经对副经理产生了威胁，他每个小时都应集中注意力工作，在努力中看到时间飞逝，在短暂的夜晚中也应尽享欢愉。但现在他却得开始写这份辩护书。他不禁又思绪万千，陷入了抱怨之中。为了终结这些思绪，K.几乎是不由自主地用手指摸索着摁下了通往接待室的电铃。当他按下电铃的同时，他抬头看了看钟。现在十一点了，已经过了两个小时了，这么一段漫长而宝贵的时间就这么在胡思乱想中浪费了，想到这一点，他自然比之前更郁闷了。然而时间也不能算白花了，他已经做出了可能很有价值的决定。下属们送来了各种信件，还带来了两位先生的名片，他们已经等了K.很长时间了。他们是银行非常重要的客户，按理说根本不应该让他们等那么久。可他们为什么非得在这么一个不恰当的时间来？也许那些先生会在关着的门外问，为什么一向勤勉的K.要在上班时间处理私人事务呢？K.厌倦了之前自己的胡思乱想，也很厌烦接下来必须处理的业务。这么想着，K.站了起来，打算迎接第一位客户。

他是一位身材矮小、性格开朗的先生，是K.熟悉的工厂主。他对自己打扰了K.的重要工作表示抱歉，而K.也深感抱歉，竟然让他等了这么久。但K.这道歉的话说得十分机械，语气也很虚假。如果工厂主不是完全沉浸在他的业务中，肯定会注意到这一点。但他没有注意到，而是匆匆忙忙地从所有的口袋里掏出了账单和表格，在K.面前摊开来，逐条地解释，还改正了他在粗略检查时注意到的一个小的计算错误，提醒K.大约一年前与他达成过一次类似的交易，顺便还提到，这次另一家银行愿意做出最大的牺牲来竞标这项业务，最后他终于沉默了下来，想听听K.的意见。K.一开始确实认真地听着工厂主的话，这桩重要的业务也占据了他的全部注意力，但不幸的是，没过多久他就听不下去了，开了小差，工厂主大声地感叹陈词，他也只是点了点头，最后连头也懒得点了，只盯着那俯在文件上方的光秃秃的脑袋，思考着，工厂主什么时候才能意识到，他说的这些都没用。当他终于沉默下来的时候，K.首先真的认为，这是为了给自己机会，让他能说明他自己现在能力有限，不适合倾听他的话。然而，从工厂主紧张的眼神中，他遗憾地发现，这位显然只是准备好了应对K.的反驳意见，这笔生意还得继续讨论下去。于是他像接到命令一样低下了头，开始在文件上慢慢地用铅笔画来画去，时不时在这里或那里停下笔，死盯着一个数字。工厂主以为他有意见；因为也许这些数字真的有些问题，也许它们也不是什么决定性的因素；但无论如何，工厂主用手遮住了文件，又朝K.靠近了一些，重新开始从总体上介绍这项生意。"这很难。"K.说完，抿起了嘴唇，无所适从地靠在了椅子扶手上，因为他唯一能掌握的文件现在被盖住了。当经理办公室的门打开时，他甚至只是稍微抬头看了看，副经理的身影似乎模模糊糊地出现在了门口，仿佛在一层纱帘后面。K.也没多想他的来意，只是关注着他的出现所带来的即时效果，这让他非常高兴。因为工厂主立刻从椅子上跳了起来，急匆匆地走向副经理，K.甚至希望他还能灵活十倍，因为他担心副经理又会突然消失。但这是无用的担心，两位先生见了面，握了手，就一起走向了K.的办公桌。工厂主抱怨说，他觉得总监先生对业务不上心，随即指了指K.，在副经理的注视下，K.又弯下腰看起了文件。随后这两个人就靠在了K.的桌子上，工厂主现在开始争取副经理的帮助，但对K.来说，好像在他头顶，有两个身形非常巨大的人正在讨论怎么拿自己做交易。K.小心翼翼地缓慢向上转动眼睛，试图了解自己头顶上发生的事情，他从桌子上拿起一份文件，也没看内容就把它放在展开的手掌上，随后他自己站了起来，把它也顺势举到了两位先生的面前。他这么做也没什么目的，只是觉得自己必须这样做，他觉得一旦他写完并提交了那份伟大的辩护书，他才能真正地感到全身轻松。但副经理正全神贯注于和工厂主的谈话，只是迅速瞥了一眼那份文件，甚至没看上面写了什么，因为对总监先生来说重要的东西，对他来说其实并不重要，他从K.手中接过了文件，说："谢谢，我已经知道了一切。"然后平静地把文件放回了桌上。K.站在一旁苦涩地看着他。然而副经理却压根儿没注意到这一点，或者说，即使他注意到了，也只会借此寻个开心罢了。他在谈话中不时笑得前仰后合，有一次还机智地反驳了工厂主，令工厂主陷入了明显的尴尬，随后副经理立即通过自我反驳，解除了工厂主的尴尬境地，还邀请他到自己的办公室去，在那儿把这桩生意谈完。"这是件很重要的事，"他对工厂主说，"我完全能理解您。至于总监先生"——即使他说着这话，也只是面对着工厂主——"如果我们把这事从他手里接走，他一定不胜欢喜。这件事需要冷静思考。但他今天似乎已经筋疲力尽了，前厅里有些人已经等了他几个小时了。"K.还算足够镇定，转过身去不理睬副经理，只是友好呆滞地冲着工厂主微笑了一下，除此之外，他根本不再去理会其他人。他把双手放在桌子上，身体微微前倾，就像一个站在桌子后面的伙计，看着这两位先生一边谈话，一边从桌子上拿起了文件，然后从办公室消失了。在门口，工厂主转过身来，说他现在还不会和K.道别，一会儿还要向总监先生报告和副经理会谈的成果，而且他还有一件小事要告诉K.。

　　K.终于能一个人待着了。他再没心思招待其他客户，只是模模糊糊地意识到，外面的人都还以为他在和工厂主会谈呢，他们这样想真是让人高兴，这样的话，就没人会进来了，甚至下属也不会进来打扰他。他走到窗前，在窗台上坐了下来，用一只手抓住了窗户上的把手，看向窗外的广场。雪还在下，天也没有放晴。

他就这样坐了很久,不知道自己究竟在担心什么,只是不时地扭过头,有些不安地朝前厅的门看去,总觉得自己听到了声音,但其实什么都没有。由于没有人来,他又安静下来,走到了盥洗台前,用冷水洗了把脸,头脑清醒地回到了他在窗边的座位。现在看来,决定自己去辩护这件事比他原先设想的还要麻烦。由于他之前把辩护工作委托给了律师,他其实很少关心案子的情况;只是在远处冷眼旁观着审判,几乎不再直接去接触案子了;当他想起来的时候,就去关心一下案子的进展,要是他不高兴了,就随时抽身而出。而现在,他要是决定自己辩护,那就不得不完全任凭法院摆布——至少暂时得是这样。毕竟,要是案子能赢,之后他就彻底解脱了,但为了实现这一目标,他不得不暂时将自己置于比以往更大的危险之中。如果之前他对亲自辩护的事情还有疑虑,那么今天与副经理和工厂主的会面情况就足以让他下定决心不再犹疑。他怎么会坐在那里,仅仅是为了是否决定亲自辩护的事情,就精神恍惚吗?那之后又该怎么办呢?摆在他面前的将是什么样的日子啊!他又能否找到那条通往一切美好结局的路呢?难道缜密谨慎的辩护——不是一种辩护的话,自然也没什么用——难道缜密谨慎的辩护不意味着同时必须尽可能地排除一切其他事务,专心于此吗?他能顺利渡过难关吗?那他又怎么能一边在银行上班,一边成功运作这件事呢?毕竟,这也不仅是提交辩护书的问题,要是只涉及辩护书,申请一次假期应该也够了,尽管现在申请假期要冒很大的风险;但说白了这涉及审判的全部过程,到底要持续多久谁也不知道。K.的职业生涯怎么就突如其来地遇到了这么大的一个障碍！

而现在他还得继续为银行工作吗？他看了看办公桌。——难道他现在还要接待客户，和他们谈生意吗？针对他的审判还在继续进行，阁楼上的法官们还在研究他案子的文件，他却还得操心银行的业务？这难道不像是一场得到法院批准的酷刑吗？和审判相关，又在他的生活中如影随形。而银行的人在评判他的工作时，会考虑到他的特殊情况吗？不会的，没有人会这样做。他的审判并非完全不为人所知。当然他也不清楚谁知道这件事，以及究竟知道多少。只能希望这件事还没传到副经理那里，否则谁都能看出来，他既不会顾及同事关系，也不会在乎人情往来，他会好好利用这件事来对付K.。而经理呢？当然，他对K.的态度是好的，他一旦得知审判的消息，可能会尽力减轻一些K.的负担。但是经理的好意肯定也行不通，因为随着K.迄今形成的抗衡力量的减弱，他越来越受副经理的牵制，而副经理也会利用经理不佳的精神状态来趁机扩张自己的权力。那么，K.还有什么希望呢？也许就是因为他这么思前想后，才削弱了他的抗争能力，不过无论如何，也不能自欺欺人，还是要趁现在搞清楚所有的状况。

K.打开了窗户，也并没有什么特别的原因，也许只是为了暂时逃避他的办公桌。窗户很难打开，他不得不用两只手去转动手柄。然后，混合着烟尘的雾气通过敞开的宽大窗户飘进了房间，整个房间里充满了淡淡的焦煳味儿。几片雪花也被吹了进来。"真是令人厌恶的秋天啊。"K.身后传来工厂主的声音,他从副经理那儿出来了,已经神不知鬼不觉地走进了K.的办公室。K.点了点头,有些不安地看着工厂主的公文包,觉得他现在可能会从里面拿出文件,告诉K.他与副经理会谈的结果。但是,工厂主却顺着K.的目光看去,只是拍了拍自己的公文包,没有打开,说:"您也想知道结果吧,我几乎已经把交易合同装入囊中了。你们副经理真是个有魅力的家伙,但也绝不是人畜无害的好人。"工厂主笑了起来,握住了K.的手,也想让他笑起来。但K.现在觉得很迷惑,为什么工厂主不给他看文件呢,他觉得工厂主的这番话也没什么好笑的。"总监先生,"工厂主说,"我想您今天也是受到了这鬼天气的影响吧?您今天看起来很有些沉闷。""是的,"K.用手摁着太阳穴说,"头疼,家里的烦心事。""真是的,"工厂主说,他是个急性子,从来没法儿安静地听人说话,"每个人都有自己要背的债。"K.不由自主地朝门口走了一步,似乎想把工厂主送出去。但后者却说:"总监先生,我还有一个小消息要告诉您。我很担心今天告诉您会加重您的负担,但我之前已经来过您这儿两次了,都忘了跟您说这件事。可如果我再拖着不提,以后可能也没有提的必要了。这样未免可惜,说到底,这消息也许并不是全无价值。"K.还没来得及回答,工厂主就走到他近前,用指节轻轻地敲了敲他的胸口,低声说,"您现在在打官司,对吗?"K.往后退了一步,惊呼道:"是副经理告诉您的!""哦,不是,"工厂主说,"副经理怎么会知道呢?""那您是怎么知道的?"K.又问道,但冷静了一些。"我时不时能听到一些法院的消息,"工厂主说,"我要告诉您的消息就是这么来的。""怎么这么多人都和法院有联系！"K.垂着头说，又把工厂主领回了办公桌前。他们又像之前那样坐了下来，工厂主说："我能告诉您的恐怕不多。但在这种事情上，一丝一毫的细节也不应放过。再说，我也很希望能帮到您，虽然我的帮助也微不足道。我们一直以来都是生意上的好伙伴，不是吗？那么现在我也该为您做些什么。"K.想为他在今天会议上的行为道歉，但工厂主没给K.任何打断他的机会，他把公文包拿高，夹在腋下，显得他很着急，然后继续说："我通过一位叫蒂托雷利的先生才知道您审判的事。他是一个画家，蒂托雷利只是他的化名，我甚至不知道他的真名。这些年来，他总是时不时地来我办公室，给我带一些小幅绘画，收下画以后我总是给他一些艺术赞助——他简直像个乞丐。顺便说一下，那些画都很好看，是荒原风景之类的。这种卖画的方法我们俩都习惯了——总是进行得很顺利。但有段时间他来得实在太频繁了，我就责备了他，我们聊了起来，我对他如何单靠绘画来维持自己的生活很感兴趣，这才惊讶地得知，他的主要收入来源是肖像画。他说，他为法院工作。我问他哪个法院。于是他就告诉了我法庭的一些事。我想您也能想象得到，我对这些事有多么惊讶。从那时起，他每次来的时候，都会给我讲一些关于法院里的新鲜事，这样，我对这些事也有了一些了解。然而，蒂托雷利实在过于喋喋不休，我经常不得不让他闭嘴，倒不仅是因为他肯定在撒谎，主要是因为像我这样一个商人，在自己的生意都快做不下去的情况下，哪还有心思对别人的事情太过关心呢。不过，这也只是随便说说而已。我觉得，也许蒂托雷利能帮您些什么；他认识许多法官，即使他本身没什么影响力，但他也许能给您提提建议，比如怎么和这些有影响力的人打交道。虽然这些建议本身并不重要，但是，在我看来，您没准儿可以好好利用它们。毕竟，您和一位律师也差不多了。我总是说，K. 总监简直就是个律师。所以，我其实也不担心您的案子。那您要去见见蒂托雷利吗？有我的推荐，相信他一定会尽他所能。我倒是觉得您应该去一趟。当然不一定是今天，找个您有空的时间就行。但我还要说的是，我给您提这个建议，也不是说您就非得去找蒂托雷利不可。不，如果您觉得您不需要蒂托雷利，那当然最好别把他牵扯进来。也许您已经有了非常明确的计划，那蒂托雷利反而会干扰它。要是在这种情况下，您千万别去！对您来说，要去找这样一个家伙寻求建议，一定也不太容易。好吧，您还是自己决定吧。这是我的推荐信，这是他的地址。"

K. 沮丧地接过信，放进了口袋里。即使是在最好的情况下，这封推荐信能带给他的好处也远不能抵消他刚刚遭受的损害：工厂主知道了针对他的审判，那个画家正在到处传播这件事。工厂主已经走向了门口，K. 几乎无法逼自己说出几句感谢他的话。"我会去找他的，"他在门口向工厂主告辞时说，"或者写信给他，请他有时间到我办公室来，因为我现在很忙。""我知道，"工厂主说，"您会找到最好的解决办法。不过我觉得您最好别把像蒂托雷利这样的人请到银行来，在这儿跟他谈您审判的事。贸然给这种人写信也不见得好，那样您的信就落在他手上了。但您肯定已经想清楚了，知道应该怎么办。"K.点了点头，陪着工厂主穿过了前厅。但是，尽管K.外表平静，他却对自己之前的言行大为吃惊；他说要给蒂托雷利写信，其实只是为了以某种方式向工厂主表明，他很珍惜他的推荐，并立即就考虑怎么联系蒂托雷利。如果他认为蒂托雷利的帮助很有价值，他也会毫不犹豫，真的给他写信。但他却没有意识到这可能带来的危险，直到听了工厂主的话，才认识到了这一点。难道他真的已经丧失理智了吗？如果他真的写一封明确的邀请信，让一个有问题的人到银行来，在与副经理只有一门之隔的地方就他的审判寻求建议，难道就不会忽略其他的危险，甚至很有可能自己也会陷入这些危险吗？要知道，并不总是有人能站在他身边提点他。而现在，当他全力以赴地为自己辩护时，却不禁对自己的警惕性产生了怀疑，这种感觉还从未出现过！他在处理工作时感到的那些困难难道现在也开始在案子中出现了吗？然而，现在他怎么也搞不明白，自己怎么会想给蒂托雷利写信，邀请他来银行呢？

在他还在为此疑惑不解的时候，下属走到他身边，提请他注意坐在前厅长凳上的三位先生。他们为了见K.已经等了很久了。现在看到下属在和K.交流，他们就站了起来，都想借这个机会，在其他人之前接近K.。既然银行方面如此不体谅他们，让他们在接待室里浪费了这么多时间，那他们也不想顾忌什么了。"总监先生。"其中一个人说道。但K.却让下属给他拿来大衣，在下属帮他穿大衣时，他对三个人说："对不起，先生们，恐怕我现在没有时间接待你们了。非常抱歉，我有急事要办，必须马上离开。你们也已经看到，我刚才被拖了多久。你们能不能明天或什么时候再来？或者咱们通电话讨论也行？或者你们现在先简单地告诉我是什么问题，之后我再给你们一个详细的书面答复。不过，如果你们能下次再来，那就最好不过了。"K.的这些建议让那些先生感到非常惊讶，面面相觑。他们现在才意识到之前全都白等了。"那咱们就这么办？"K.问道，他又转向了正给他拿来帽子的下属。透过办公室敞开的门，K.看到外面的雪下得更大了。于是，他翻起大衣的领子，把扣子一直扣到了脖子上。

就在这时，副经理从隔壁的房间走了出来，微笑地看着正穿着大衣和几位先生谈话的K.，问道："您现在要走了吗，总监先生？""是的，"K.说着，直起身来，"我得出去办点事。"但副经理已经转向了那几位先生。"那这几位先生呢？"他问，"我想他们已经等了很久了。""我们已经说好了。"K.说。但现在这几位先生却不愿再忍耐了，他们围住了K.，宣称要不是他们的事情很重要，需要马上讨论，而且是和他私下仔细讨论的话，他们就不会在这儿等上几个小时了。副经理听了一会儿他们的话，又看了看K.，看他把帽子拿在手里，正清理着帽子上有灰尘的地方，然后他说："先生们，还有一个很容易的解决办法。如果你们愿意信任我，我将非常乐意代替总监先生接管你们的事。我们应该马上讨论你们的事情。我们和你们一样，都是商人，知道商人的时间是多么珍贵。你们愿意跟我进来吗？"他打开了通向他办公室前厅的门。

副经理真是能见缝插针，就这样把K.现在不得不放弃的一切占为己有！但难道K.非得放弃这些吗？当他怀着这模糊的、他自己也不得不承认非常渺茫的希望跑去找一个完全陌生的画家时，他在银行的声誉将有可能受到无法挽救的损害。也许他现在最好再脱掉大衣，这样至少能把还在隔壁等待的两位先生争取过来。K.可能也会试着这么做，如果他现在没看到副经理在他的房间里，正在书柜上找东西的话，好像他在翻自己的东西似的。当K.生气地走到门口时，副经理惊呼道："哦，您还没走呢！"他把脸转向K.，脸上那些紧绷的皱纹似乎不是年龄的标志，而是证明了他的力量，他又立即开始寻找。"我在找一份合同的副本，"他说，"那个公司的代理人说应该在您这儿。您不帮我找找吗？"

K.于是往前走了一步，但副经理说："谢谢，我已经找到了。"然后带着一大包文件回到了他的房间，里面肯定不只是合同的副本，还有很多其他文件。

"现在我还不是他的对手，"K.对自己说，"等我一旦摆脱了这个困境，他一定得第一个尝尝我的厉害，而且得让他吃尽苦头。"这样一想，K.就略微安下心来，K.授意那个早就为他打开通往走廊的门的下属，让他抽空跟经理汇报一下，说K.要外出办事。他对自己终于能有点时间全身心地投入自己的事中感到很高兴，随即离开了银行。

K.一出来，就立刻搭车去找那个画家。画家住在另一个郊区，与法院所在的郊区方向完全相反。这是一个更加贫穷的社区，房屋更加灰暗，街道上布满的灰尘在融化的雪上缓缓流动。画家住的那栋房子里，大门只开了一扇，另一扇门下面的墙砖被打破了一个缺口，在K.走近时，那里涌出了令人作呕的、黄色的冒烟液体，几只老鼠从那里跳出来，又躲进了附近的水沟里。在楼梯口下面，一个小孩趴在地上哭，但由于门另一侧的铁匠铺传来震耳欲聋的声音，他的哭声几乎听不到。铁匠铺的门开着，三个学徒围着一件加工品，站成半圆形，他们用锤子敲打着这件加工品。一张挂在墙上的很大的白铁片闪着淡淡的光，照射在两个学徒之间，映照着他们的脸和工作围裙。K. 只是匆匆扫了一眼这一切，他想尽快了结这次探访，想着只用几句话把画家打发了，然后就赶回银行去。如果他在这里能有一点收获，那对他今天在银行的工作应该也能有好的影响。上到四楼时，他已经快喘不上气了，于是不得不放缓脚步；楼梯和楼层都太高了，而画家又住在最顶层的阁楼里。空气十分压抑，也没有楼梯间；狭窄的楼梯被夹在两面墙之间，偶尔才看得到那扇几乎开在顶部的小窗户。就在K. 稍作歇息时，几个小女孩从一间公寓里跑出来，匆匆笑着，顺着楼梯跑上了楼。K. 慢慢地跟在她们后面，追上其中一个跑得跌跌撞撞、落在别人后面的女孩，K. 和她一起继续爬楼梯时问她："这里住着一位名叫蒂托雷利的画家吗？"这个女孩可能还不满十三岁，有点驼背，她随即用手肘捅了捅他，从侧面抬头看着他。虽然她还很年轻，而且还有身体缺陷，但这一切都没阻止她变得堕落。她笑也没笑一下，而是用尖刻、挑剔的眼神认真地盯着K.。K. 假装没注意到她的举止，只是问道："你认识画家蒂托雷利吗？"她点了点头，又反问道："你找他做什么？"K. 觉得趁机快速了解一下蒂托雷利的情况似乎也不错："我想找他画像。"他说。"画像吗？"她问道，夸张地张着嘴，用手轻轻地打了一下K.，好像他说了什么特别令人惊讶或是不合适的话，她用双手提着她那条无论怎么看都短得过分的裙子，以她最快的速度跑向其他女孩，她们的喧闹叫喊声已经模糊地消失在了楼梯高处。然而，在下一个楼梯转弯处，K.又遇到了这些女孩。她们显然已经从驼背女孩那儿得知了K.来的意图，并在那儿等着他。她们站在楼梯的两边，紧贴着墙壁，并用手抚平她们的裙子，以便K.能从她们之间通过。她们所有的面孔，连同这夹道欢迎的阵仗，都呈现着一种天真而放荡的混合氛围。站在女孩们最前面的就是那个驼背的女孩，其他人聚在K.身后一起哈哈笑着，那个驼背的女孩则充当了向导的角色，多亏她的帮助，K.才马上找到了正确的路。他本想一直沿着楼梯往上走，但她告诉他，他必须走旁边的一个小楼梯才能找到蒂托雷利。通往蒂托雷利房间的那条楼梯又窄又长，也没有拐弯，一眼就可以看到楼梯的尽头，直接通向蒂托雷利锁着的门口。这扇门被斜上方的一个小天窗照亮，与楼梯其他地方的昏暗形成了鲜明的对比，这扇门是由没被粉刷过的横梁拼成的，上面用红色油漆写着蒂托雷利的名字，笔画又粗又宽。K.和尾随着他的女孩们几乎还没有走到楼梯的一半，这么多人的脚步声显然已经影响到了里面的人，门被打开了一条缝，一个似乎只穿着睡衣的男人出现在门缝后面。"哦！"他喊道，当他看到一群人走过来，就消失在了门后。驼背的女孩高兴地拍起手来，其余的女孩在K.身后推着他，催促他快点过去。

但他们还没爬到楼上，画家就把门拉开了，深深地鞠了一躬，请K.进去。而那些女孩，无论她们怎么恳求，怎么试图进去，怎么尝试着在没有他的允许、违背他的意愿的情况下也要挤进去，他都拒之门外。只有驼背女孩设法从他伸出的手臂下溜了进去，但画家追了上去，抓住她的裙子，把她转了一圈，又放在门外，让她和其他女孩站在一处。当画家离开他原来的位置后，这些女孩也不敢跨过门槛。K.不知道如何评判这整件事，因为看起来好像一切都发生在友好的氛围下。门口的女孩们一个个伸长了脖子，对画家喊着各种玩笑话，K.没听懂，画家倒是笑了，几乎把驼背女孩从手里扔出去。然后他关上了门，再次向K.鞠躬，伸出手来，自我介绍道：“我是画家蒂托雷利。”女孩们在门后窃窃私语，K.指着门说：“看来您在这栋楼里很受欢迎。”"啊，这些野丫头！"画家说着，徒劳地想去扣上睡衣领子的纽扣。另外，他光着脚，只穿着一条宽大的淡黄色亚麻长裤，用一根带子系着，那长长的带子还自由地来回晃动。"这些野丫头真是大负担。"他继续说，一边说，一边任凭睡衣滑了下来，因为睡衣的最后一颗纽扣刚刚被他扯掉了，他拿了把扶手椅，让K.坐下。"我给她们中的一个人画过像——她今天没来——就那一次，从那之后，她们就一直跟着我。当我自己在家的时候，她们在得到我的允许的情况下才会进来，但我一旦出了门，她们中至少有一个总会溜进来。她们甚至还配了一把我房门的钥匙，相互借来借去。您简直难以想象，这事有多讨厌。例如，我带着一位要画像的女士回来，刚用钥匙打开门，就发现驼背的女孩在小桌子旁边，正用画笔涂红嘴唇，而她照看的弟弟妹妹正在房间的各个角落里乱爬乱翻。或者比如说昨天吧，我很晚才到家——请原谅我现在蓬头垢面,还有房间里的乱糟糟的状况——我很晚才回来,正要上床睡觉,突然有东西夹住了我的腿,我看了看床底下,又拉出来个野丫头。我不知道她们为什么这么缠着我,我可并没有试图引诱她们来我这儿。这点您刚才一定也注意到了,而且我在工作时也深受其扰。如果这个工作室不是白让我使用,不用交钱,我肯定早就搬走了。"就在这时,一声小小的、温柔又焦急不安的声音从门后传来:"蒂托雷利,我们可以进来了吗?""不行。"画家回答道。"就我一个人也不行吗?"那声音又问。"也不行。"画家说着,走到了门口,锁上了门。

在这期间,K.环顾了一下这个房间,他怎么也想不到,这个小到可怜的房间居然能被叫作工作室。无论横着走还是竖着走,都走不了两步就到头了。所有的东西,地板、墙壁和天花板,都是木质的,横梁之间还有窄窄的裂缝。正对着K.的墙边摆着一张床,上面杂乱地摆放着不同颜色的被褥。房间中央的画架上还有一幅画,上面盖着一件衬衫,衬衫的袖子垂到了地上。K.身后是窗户,透过窗户望出去,却是一片雾茫茫,远处的景色看不太清楚,只能看得到邻居家被雪覆盖的屋顶。

钥匙在锁里转动的声音提醒了K.,他应该快点离开。因此,他从口袋里掏出了工厂主的信,递给画家,并说:"我是通过这位先生,也就是您的熟人,才听说了您的情况,他建议我来找您。"画家简单地扫了眼这封信,就把它扔到了床上。要不是工厂主十分确定地说蒂托雷利是他的熟人,是一个靠他施舍的穷画家,谁会真的相信蒂托雷利认识这个工厂主,或者说还能记得起他呢?此外,画家现在居然问道:"您是想买画还是想给自己画像？"K.惊讶地看着画家。这封信里究竟怎么写的？K.想当然地认为，工厂主在信中告诉了画家，K.只想在这里询问一下他案子的情况，并没有什么其他的意思。也怪他太匆忙，没仔细思考就跑到这里来了！但他现在得想个方式应对一下画家，他看了一眼画架说："您现在画像吗？""是的，"画家说着，把挂在画架上的衬衫拽了下来，扔在床上的那封信上，"这是一幅肖像画。一件不错的作品，但还没完全画完。"这真是个好机会，能让K.顺理成章地谈起法院的事。因为这是一幅法官的画像。而且，它与律师书房里挂着的那幅画非常相似。不过这幅画上是一个完全不同的法官：一个胖胖的男人，满脸留着黑色、浓密的胡须，胡须一直延伸到脸颊两侧。此外，那幅画是油画，但眼下这幅画却是水粉画，画得也有些模糊不清。但其他地方都十分相似，在这幅画上，法官也正要从他的宝座上气势汹汹地站起来，两只手正紧紧握着宝座两侧的扶手。"这是个法官吧。"K.差点就脱口而出，但又暂时按捺住了自己，走近了那幅画，似乎想仔细研究一下画的细节。他不知道这个站在宝座中间的高大人物是谁，于是问起画家。画家回答说，这人物还得稍做改动，添上几笔，需要一点细化。他从一张小桌子上拿起一支彩笔，稍微又勾勒了一下人物的边缘，但K.并没有因为他这几笔就看明白了这幅画。"这是正义女神。"画家最后说。"现在我看出来了，"K.说，"这是遮眼睛的绷带，那儿是天平。但是她的脚后跟上难道不是应该有翅膀吗？她不是会飞吗？""是的，"画家说，"但我受人之托不得不把她画成这样；她实际上是正义女神和胜利女神的合体。""这可不是什么理想的组合，"K.笑着说，"正义女神应该站得稳固，否则天平会摇摆，这样就不可能有什么公正的判决了。"画家说："在这一点上，我向我的客户屈服了。""这是自然，"K.说，他说这话也没有冒犯任何人的意思，"您画的这个人物，站在宝座上，就和实际中的人一样。""不，"画家说，"我既没有见过这个人，也没有见过这张宝座；所有这些都是想象，不过，别人叫我怎么画，我就得怎么画。""怎么会呢？"K.问道，故意装作没能完全理解画家的意思，"那不是一个坐在宝座上的法官吗？""是的，"画家说，"但他不是一个高级法官，也从没坐过这样的宝座。""这么说他是有意让别人把自己画得如此庄重？他坐在那儿像法院的院长似的。""是的，这些先生就是这么虚荣，"画家说，"但他们有高级官员的允许，可以这么画像。每个人都被精确地规定了，应该被画成什么样。可惜人们恰好无法从这幅画里判断出服装和座椅的细节，粉彩棒的颜色并不适合这样的题材。""是的，"K.说，"用粉彩来画这个，显得很奇怪。""法官本人希望这么画，"画家说，"这是为一位女士预订的。"画家看着这幅画，似乎又有了作画的欲望，他卷起衬衫袖子，手里抓起几支笔就开始工作。K.看着在那颤抖的笔尖下，法官的头上逐渐形成了一个红色的光圈，并呈放射状向画面的边缘逐渐扩散、消退。渐渐地，这光影的游戏既像一个装饰品，又像是崇高的表彰一样环绕着法官的脑袋。然而，在正义女神的周围，除了一种不易察觉的色调外，画面仍然十分明亮；在这种明亮中，这个形象似乎特别突出；她让人几乎想不起正义女神，也联想不到胜利女神；相反，她现在看起来更像狩猎女神。K.没有想到，画家的作品比他预想的更吸引他；但最后他又责备自己，在这里待了这么久，自己要做的事却还没开口。于是他突然问道："这位法官叫什么名字？""我不能说。"画家回答道，他低头弯腰看着画，明显忽视了他的客人，虽然他一开始还十分周到地接待了他。K.认为画家的态度变化无常，对自己因此浪费的时间感到十分恼火。"您大概是法院信得过的人吧？"他问道。画家立刻把笔放在一边，直起身来，搓了搓手，笑着看着K.。"您就说实话吧，"他说，"您想了解一些法庭的情况，您的介绍信里也是这样写的，您首先聊起了我的画，好把我争取到手。但我也并不反感；您应该不知道，这种做法在我这儿不太合适。哦，拜托您先别解释！"当K.想反驳时，他断然表示拒绝。随后继续说："顺便说一句，您评论得很对，我的确很得法院的信任。"他停顿了一下，似乎是要给K.一点时间来接受这个事实。这时他们又听到了门后女孩们的声音。她们可能挤在钥匙孔周围，也许能通过钥匙孔的缝隙看进房间里来。K.没有再解释了，因为他不想让画家转移话题，但他也不想让画家过分抬高自己，从而使自己没法儿和他搭话，所以他问："您的职位是官方承认的吗？""不是的。"画家简短地说，似乎这个话题使他无法继续了。但K.并不想让他就这么沉默下去，他问："嗯，这种台面下的职位往往比官方的职位更有影响力。""我的情况就是这样，"画家一边说一边蹙起了眉，"我昨天和工厂主谈了谈您的情况，他问我是否愿意帮您，我答复他：'可以让这个人有时间来找我。'我很高兴看到您这么快就来了。看来这件事对您来说迫在眉睫,当然,我一点也不觉得奇怪。您想先脱掉大衣吗?"虽然K.只打算在这里待很短的时间,但画家的这个建议他倒是十分乐于接受。房间里的空气已经逐渐让他感到气闷压抑,他好几次诧异地看着房间角落里的一个没生起火的小铁炉,房间里的闷热让人无法理解。当K.脱下大衣,正解开上衣的扣子时,画家抱歉地说:"我这个人必须让身体保持暖和才行。这儿还挺舒服的,不是吗?就这一点来说,这个房间的位置非常好。"K.对此没说什么,但让他不舒服的其实不是太热,而是那沉闷混浊的空气几乎让他不能呼吸。这个房间可能已经很长时间没有通风了。当画家让K.坐在床上,这样他自己好坐在画架前房间里唯一的那把椅子上时,K.的这种不适感更加强烈了。此外,画家似乎也误解了K.只坐在床边的举动;他还反复让K.不要拘束,让自己坐得舒服一些,看到K.犹豫不决的样子,他还亲自把K.推到床和垫子里侧。然后他又回到自己的椅子上,终于问了第一个有用的问题,这使K.立刻把其他一切都抛诸脑后。"您是无辜的吗?"他问。"是的。"K.说。能回答这个问题让他万分高兴,尤其是私下对人这么说,这样也就不用去顾及需要承担任何责任。直到今天还从没有人这么直率地问过他。为了品尝这心中的喜悦,他又补充说:"我是完全无辜的。""那么……"画家说着,低下了头,似乎在思索。突然,他又抬起头说:"如果您是无辜的,那么事情倒是非常简单了。"K.听了这话,眼前一阵发黑;这个所谓的法院信得过的人,说起话来却像个无知幼童。"我的清白无辜并没有使事情变得简单。"K.说,尽管这样,他还是微笑着,慢慢地摇了摇头,"这取决于许多微妙的关系,而法院就迷失在这种种关系中。可是最终,法院会从毫不相关的地方弄出一笔巨大的债务安在你身上。""是的,是的,就是这样,"画家说,仿佛K.并不应该打断他的思路,"但您是无辜的?""嗯,是的。"K.说。"这是最重要的事情。"画家说。他没有受到反面看法的影响,只是他虽然很坚定,但K.却不清楚他这样说是出于相信他还是仅仅为了敷衍了事。K.想先弄清楚,因此说:"您肯定比我更了解法院,我除了从不同的人那里道听途说了一点信息外,对它并没什么深入的了解。不过,大家都一致认为,法院不会随便提出指控,而一旦提出指控,就会坚信被告有罪,要想让法院改变想法,应该很困难。""难道只是困难吗?"画家问道,举起一只手,"法院是绝对无法劝阻的。要是我把这里所有的法官并排画在一块画布上,让您在这块画布前为自己辩护,您胜诉的可能都比在真正的法庭上更大。""是的。"K.自言自语道,忘记了他只是想打探一下画家的情况。

门后又有女孩开始问:"蒂托雷利,他不会很快就走吧?""安静!"画家朝门口喊道,"你们没看到我正和这位先生谈话吗?"但女孩对这个回答并不满意,而是问道:"你会给他画像吗?"画家没有回答,她接着说,"你别画他了,他太丑了。"随后是一片含混不清的起哄声。画家一步跳到门边,把门拉开了一条缝——只见女孩们都恳切地伸着握起的双手——然后说:"如果你们不闭嘴,我就把你们都扔下楼去。给我都在这里的台阶上坐下来,保持安静。"可能这些女孩没有完全按他的话做，所以他不得不又命令道，"给我在台阶上坐下！"这样门外才终于安静了。

"请您见谅。"画家回过头对K.说。K.几乎没有转身朝门口看；他完全听任画家摆布，随便他愿不愿意保护他或是怎样保护他。即使是现在，画家向他俯下身，他也几乎没有任何动作。为了不让外面的人听到，画家在K.耳边低声说："这些女孩也是法院的。""怎么会？"K.把头转向一边，看着画家问。但后者又坐回了椅子上，半开玩笑半解释说："毕竟这里的一切都是属于法院的。""我还没有注意到这一点。"K.简短地说。画家概括性的议论消除了提及女孩时的任何不安情绪。不过，K.还是朝门外看了一会儿，女孩们现在静静地坐在门后的台阶上。只有一个女孩把一根吸管插在门缝里，慢慢地移上移下。"您似乎对法院的事还不太了解，"画家说，他把腿伸得很开，用脚尖拍打着地面，"但由于您是无辜的，您也不需要知道这些了，就让我把您从法院捞出来吧。""您要怎么做呢？"K.问道，"您自己不久前也才说过，在法院完全无法提交证据。""只是无法在法庭上提交证据。"画家说着，跷起了食指，好像K.没有意识到其中一个微妙的区别一样，"然而这件事如果在法庭之外运作，比如说在什么咨询室、走廊，甚至在这里，在我的画室，那就又是另一番情景了。"K.觉得，画家现在说的话也不是那么不可信了，和K.从其他人那里听到的内容相比，也显示出了很大的一致性。是的，这甚至是非常有希望的。如果法官们真像当时律师所说的，容易被私人关系所左右的话，那么画家与那些虚荣的法官之间的关系就特别重要，无论如何也不能低估。这么看来，画家就也很适合加入K.给自己找的一群帮助者的阵营。他的组织才能曾经在银行里备受褒扬；在这里，他只能靠自己勉力应对，现在他有一个很好的机会来最大限度地发挥自己的组织才能。画家注意到他的解释对K.产生的影响，有些不安地说："您不觉得我说话几乎像个法学家吗？正是与法院先生们的不断交往，对我产生了如此大的影响。当然，我从中受益匪浅，但同时，我作为一个艺术家的热情也快消逝了。""那么，您最初是如何接触到法官的呢？"K.问道，他想先获得画家的信任，然后再把他纳入帮助自己的阵营。"这很简单，"画家说，"这关系是我继承来的。我的父亲就是一名宫廷画师。这个位置向来是需要继承的。新招的人也做不了这工作。因为画不同级别的官员会受到不同的、各种各样的、特别是一些秘密规则的制约，在世家之外的人根本不可能知道这些规则。例如，在我的抽屉里就有我父亲的绘画，我不会给任何人看。只有懂这些画的人才有资格去画法官。即使我弄丢了这些画，我脑子里仍然记得这许多的规则，使得没人能质疑我这个位置。毕竟，每个法官都希望被画成以前那些伟大的法官的样子，而只有我能够做到这一点。""您的情况真是令人羡慕，"K.说，想到了他自己在银行的职位，"所以您的职位谁也动不了？""是的，谁也动不了，"画家说着，骄傲地耸了耸肩，"这就是为什么我敢时不时帮助一些陷入官司的可怜人。""那您是怎么帮他们的呢？"K.问道，仿佛画家刚才所说的可怜人不包括他似的。然而，画家没让他岔开话题，而是继续说："以您的情况来说，既然您是完全无辜的,那我会做以下的事。"画家反复提到K.的清白无辜,这让K.感到厌烦。有时他感觉,画家正通过这样的话,把审判的有利结果作为他帮助K.的前提条件,那这样的帮助又有什么意义呢?然而,尽管有这些疑虑,K.还是忍住了,没有打断画家的话。他不想放弃画家的帮助,他已经下决心这样做。而且在他看来,这帮助并不比律师的帮助更不可信。K.甚至更喜欢画家的帮助,因为这帮助更无害,也更坦白。

画家把他的扶手椅拉到床边,压低声音继续说:"我之前忘了问您想要什么样的豁免。有三种可能性:真正的无罪释放、表面上的无罪释放和拖延审判。真正的无罪释放当然是最好的,只是我对这种解决方式无能为力。在我看来,根本没有一个人能对法院判决出'真正的无罪释放'产生影响,可能只有被告的清白无辜才能决定这一点。既然您是无辜的,那么您也有可能靠您的清白获得无罪释放。但这样您就不需要找我或其他任何人帮忙了。"

这番井井有条的讲述一开始让K.感到吃惊,但随后他也像画家一样压低嗓门,轻声说:"我认为您说的自相矛盾。""怎么说呢?"画家耐心地问,笑着向后靠了靠。这个微笑给了K.一种感觉,好像他现在不是在画家说的话中而是在法庭审讯程序中寻找矛盾之处。然而,K.并没有退缩,他说:"早些时候您说过,在法院是无法提交证据的,后来又把情况限制在公开的法庭上,而现在您却说,无辜的人在法庭上不需要任何帮助。这其中就包含了矛盾。此外,您之前还说,法官可以受到私人关系的影响,但现在却否认,即您所说的真正的无罪释放并不能通过私人关系的影响实现。这就是第二个矛盾所在。""这些矛盾都很容易澄清，"画家说，"我们在这里说的是两件不同的事情，一是法律中的规定，二是我亲身经历的事情，您不要把它们弄混了。在法律中——尽管我没读过法律书——它一方面肯定写明了无罪的人应被无罪开释，但另一方面，却肯定不会写上法官可以受人影响的条款。然而现在，我所经历的却与之相反。在我所知道的所有案件中，没有无罪释放的情况，更多的只是法官受私人关系影响的例子。这当然也有可能在我所知道的案子里，没有被告是真正无辜的。但这真的可能吗？在这么多案件中，难道就没有一个被告是无辜的？我小的时候，每当父亲在家里谈到审判的时候，我都会仔细听着，那些到他工作室来的法官也会谈起法庭的情况，在我们圈子里，人们压根儿不会谈别的；虽然我很少能有机会去法庭，但只要我能去，我总是充分利用这些机会，去听了数不过来的、正处在重要的阶段的审判，而且只要案子还能关注，我就会跟到底，但是——我必须承认——我没见过一次真正的无罪判决。""那么，没有一个人被无罪释放，"K.说，好像是在对自己和自己的希望说话，"这证实了我对法院已经有的看法。由此可见，法院毫无存在的意义。一个刽子手就能取代整个法院。""您也不必过于以偏概全，"画家不满地说道，"毕竟，我只说了我的个人经验。""这就够了，"K.说，"或者您听说过之前有无罪释放的例子吗？""这样的无罪判决，"画家回答说，"应该也确实存在过。只是这很难确定。法院的最终裁决都不会公布，甚至连法官也看不到，因此，那些法院的旧案也只是存在于传说中。然而，其中应该包含着大多数真正的无罪释放的案子，它们可以使人相信，但却无法核实。尽管如此，人们也不能完全忽视它们，其中也当然包含某些真实的东西。而且这些案子也非常动人，我自己也画过一些以这种传说为内容的画。""光是传说可改变不了我的看法，"K.说，"到了法庭上，也不能用这些传说来辩护吧？"画家笑了起来。"不，确实不能这么做。"他说。"那说这些也没什么意义。"K.说。他打算暂时接受画家的所有意见，即使他认为这些意见难以置信，而且与他的其他说法相互矛盾。但K.现在没有时间去检查画家所说的一切是否属实，或者去反驳它，他最大的目的就是说服画家帮助他，无论是以什么方式都行，即使帮助起不到决定性的作用也行。所以他说："既然如此，那我们就放弃真正的无罪释放吧，您还提到了另外两种可能性。""表面上的无罪释放和拖延审判。也就这两种可能性了。"画家说，"但在我们讨论这个问题之前，您不想脱掉外套吗？您肯定觉得很热。""是的。"K.说。到目前为止，他除了画家的解释外，什么都没注意到，但现在画家提醒了他，他的额头上突然冒出了一层厚厚的汗："我简直受不了了。"画家点了点头，仿佛他很理解K.的不适。"不能打开窗户吗？"K.问。"不能，"画家说，"这是一个被固定住的玻璃窗，无法打开。"现在K.意识到，一直以来，他都希望画家或他自己能突然走到窗前，把窗子拉开。即使要吸入一些灰尘，他也在所不惜。这屋子与外界空气完全隔绝的感觉简直让他头晕目眩。K.用手轻轻地拍打着身边的羽绒被，用虚弱的声音说："哦，这样一直不开窗真的不太舒服,也不太健康。""哦,不是这样,"画家为他的窗户辩护道,"这窗户不能打开,虽然它只是单层玻璃的,但保暖能力比双层窗户更好。通风也不是很有必要,因为空气会通过梁上的裂缝挤进来,想通风的话我可以开一扇门,或者两扇门就行了。"K.听到这个解释后,得到了一些安慰,四处寻找第二道门。画家注意到了他的这个举动,便说道:"门就在您身后,我用床把它挡上了。"K.现在才看到墙上的那扇小门。"这地方用作画室实在小得可怜,"画家说,似乎也是为了预防K.的责备,"我得尽可能地安置好这些东西。门前的床确实占了一个非常糟糕的位置。比如我现在画的那个法官,总是从床边的门进来找我,我也给了他这扇门的钥匙,这样,即使我不在家,他也可以在画室里等我。但现在他通常在清晨我还在睡觉的时候来。当然,当床边的门被打开时,它总是把我从最沉的睡眠中唤醒。如果您听过他早上走过我的床时我对他的咒骂,您肯定会对法官失去所有的敬意。虽然我可以把钥匙从他那里拿走,但这只会让事情变得更糟。其实,打开这栋楼里任意一扇门都不费吹灰之力。"画家讲这些话时,K.正考虑是否应该脱掉他的外衣。但他最后意识到,如果他不这样做,他就没办法继续留在这儿了;因此他脱掉了外衣,把它放在了膝盖上,这样等到会谈结束,他就可以再穿上它。他刚脱下外衣,一个女孩就喊道:"他已经把外衣脱掉了!"女孩们听到后都挤到门缝那儿,想亲眼看看里面的情形。"这些女孩认为,"画家说,"我是要给您画画,所以您才把衣服脱了。""这样啊。"K.说,却也没怎么被逗笑,因为尽管他现在只穿着衬衫坐在那儿,却也并不觉得比以前舒服多少。他几乎郁闷地问:"那另外两种可能性您觉得怎么样?"他已经忘记了它们的表达方式。"表面上的无罪释放和拖延审判,"画家说,"您选择其中哪一个由您自己决定。两者都可以在我的帮助下实现,当然还是要费些力气;但在这方面,两者的区别是,表面上的无罪释放需要短时间内集中努力,拖延审判则不用那么集中努力,只要持续跟进就行。首先是表面上的无罪释放。如果您选择这种方式,我就拿纸来,给您写一份无罪证明。这种证明书的文本是我父亲传给我的,无人能及。有了这个证明,我就去我认识的法官那儿游说。我会从我现在画的这位法官开始,当他今天晚上来赴约时,我就把这个证明给他。我会向他出示证明书,证明您是无辜的,并为您的清白作担保。但这担保并不只流于形式,而是一个真正的、有约束力的担保。"画家的目光里有几分责备,似乎对K.想把这样一个担保人的负担强加给他有些不满。"您真是太好了,"K.说,"法官会相信您的,尽管如此,他真的会宣告我无罪吗?""正如我之前说的,"画家回答道,"再说,也并不是每个法官都会相信我;比如说,有些法官会要求我亲自带您见他,那么您就得跟我去一次。然而,在这种情况下,事情已经赢了一半,我当然也会事先通知您,见什么法官应该采取什么样的行动。更糟糕的是那些从一开始就拒绝我的法官——这种情况也会发生。我们将不得不放弃他们,但是我肯定不会直接放弃,而是多做几次尝试,但其实放弃他们也没什么大不了的,因为法院也不由个别法官说了算。如果我现在能找到足够多的法官在这份证明书上签名,那么我就能带着这份证明书去找目前主持您审判的法官。当然我也有可能收集到他的签名,那么一切的进展就会比平时快一点。然而,一般来说,真到了那个时候,也根本没什么障碍了,对被告来说,这会是他信心最足的时候。虽然有些不可思议,但却也是事实,人们在这个时候会比无罪释放后更有信心,也不需要额外努力了。有了这些法官签名担保的证明书,主法官也可以毫无顾虑地宣判您无罪了,尽管还要履行各种手续,但他看在我和其他熟人的面子上也一定会这样做。那您就能走出法院,重获自由。""那我就自由了。"K.犹豫地说道。"是的,"画家说,"但这只是表面上的自由,或者说是暂时的自由。因为我的熟人都是最低级的法官,他们没有最终宣布案件无罪的权力;这种权力只属于最高法院,而您、我和其他所有人都很难接触到那里。那里的情况如何,我们并不知道,私下说一句,我们其实也不想知道。而且我们的法官没有那么大的权力,能让您从案子中脱身。但他们确实有免除针对您的指控的权力。也就是说,如果您以这种方式被宣告无罪,您也只是暂时摆脱了控告,它将继续盘旋在您头上,只要有上级的命令,控告就会马上生效。我与法院的关系比较密切,我还可以告诉您,在法院书记员的各项规则中,并没有区分真正的无罪释放和表面上的无罪释放。在真正的无罪释放中,审判记录会被完全销毁,它们会完全从诉讼程序中消失,不仅是起诉书,审判书甚至是无罪释放书也会被销毁,一切都会被销毁。表面上的无罪释放则不同:相关文件的处理没什么变化,只是加上了无罪证明书、宣告无罪的判决书和判决理由的说明书。此外，案件仍然辗转于各项诉讼程序中；按照法院要求持续周转的原则，文件会被转到上级法院，然后又打回下级法院，被呈上递下，有时候滞留的时间长，有时候短。这些文件的流转路径都不可预知。从局外人的角度看，有时可能会觉得一切都早已被遗忘了，案件已经丢失，而无罪释放也是彻底的无罪释放。可是任何一个内部人士都不会相信这样的看法：任何文件都没有丢失，法院也不会遗忘这些案件。有一天——谁也无法预料——哪位法官会突然再拿起这个案子，仔细研究后发现起诉书仍然有效，就会下令立即逮捕被告。我这么说，是假设在表面上的无罪释放和新的逮捕之间会经历很长的时间；这是可能的，我也知道有这种情况；但同样有可能的是，被无罪释放的人从法庭回家后，发现已经有人在那里等着再次逮捕他了。当然，这就意味着自由的生活已经宣告结束了。""那么审判又要重新开始吗？"K.几乎难以置信地问道。"的确，"画家说，"审判又开始了，但也可能像之前一样，有可能再次争取到表面上的无罪释放。人们必须再次积攒起所有的力量，不能泄气。"画家之所以又说了后一句话，也许是冲着K.去的，他发现K.有些垂头丧气。"但是，"K.问道，"获得第二次无罪释放不是比第一次更难吗？"似乎他现在想有意抢在画家揭露什么秘密之前先提问。"这一点吧，"画家回答道，"倒是不能确定。我想您的意思是，法官的判断会因为这是第二次逮捕而受到影响，因而对被告不利？事实倒并非如此。法官在第一次宣判无罪时就已经预见了被告可能再次被捕的情况。所以发生这种情况几乎没有什么影响。然而，可能由于无数其他的原因，法官的情绪以及他们对案件的法律判断也会变得不同，因此，争取第二次无罪释放的努力必须适应变化的情况，而且一般来说，也要像第一次无罪释放前那样顽强不屈。""但这第二次无罪释放依然还不是最终判决？"K.说着，不以为然地转过头去。"当然不是最终判决，"画家说，"在第二次无罪释放后是第三次逮捕，在第三次无罪释放后是第四次逮捕，以此类推。这也就是'表面上的无罪释放'这一概念的意义了。"K.沉默不语。"表面上的无罪释放似乎对您没有好处，"画家说，"也许拖延审判更适合您。要不要我向您解释一下拖延审判的本质？"K.点了点头。画家随意地向后靠在椅子上，睡衣大大地敞开着，他把一只手伸进睡衣里，抚摸着自己的胸部和两侧的肋骨。"拖延审判，"画家向前方看了一会儿，似乎在寻找一个完全合适的解释，"拖延审判就是让审判持续保持在审判的初级阶段中。为了实现这一目标，被告和他的帮手，尤其是帮手，应该与法院保持长期的私人联系。我不妨再重复一次，这么做不需要像争取表面上的无罪释放那样努力，但需要给予更多的关注。绝不能忽视审判，要定期去找相关的法官，要是碰到特殊情况，还要用尽方法跟他保持好关系。要是您本人不认识这个法官，那也要通过他认识的法官给他施加影响，不能因此而放弃和他直接讨论案子的机会。如果在这些方面您没有任何疏忽，那么就可以肯定，这桩案子的审判不会超过第一阶段。审判虽然没有停止，但被告几乎可以像个自由人一样逍遥法外。与表面上的无罪释放相比，拖延审判有一个好处，被告的未来不会那么不确定，他可以免受突然被逮捕的恐惧。而且不需要担心，即使在他经历其他不利情况的同时，还不得不承担为了获得表面上的无罪释放而带来的紧张和刺激。然而，拖延审判对被告也有些不利之处，这一点也不可忽视。我在这里说的，倒并不是被告永远不会获得自由，因为即使在表面的无罪释放中，他也不会获得真正意义上的自由。而是还有另一个缺点：如果没有至少是明显的理由，审判就不能停滞不前。因此，在审判过程中法官还得对外做一些安排，必须时不时地发出各种指令，必须传讯被告，必须进行调查，等等。尽管审判已经被人为地限制在小圈子里，但它也得不断地进行下去。当然，这给被告带来了某些不愉快，可也绝不能把这些不便想得太过严重。说实在的，这一切都只是形式上的：比如说即使有审讯，过程也很简短；如果被告有一次没有时间，或者不想去，也可以推辞，甚至可以和某些法官商量好一个长期的安排。本质的问题在于：因为自己是被告，所以要时不时地去找自己的主管法官汇报。"在画家说到最后几句话的时候，K.已经把外套搭在胳膊上，站了起来。"他已经站起来了！"门外立刻有女孩喊道。"您这就要走了？"画家问道，他也站了起来，"一定是因为这儿的空气不好，您才离开的。这让我万分尴尬。我还有一些话想对您说，也不得不长话短说了。但我希望我已经说明白了。""哦，是的。"K.说。他因为极力迫使自己去听画家的话，而感到头痛不已。尽管K.已经确认自己听懂了，画家还是再次总结了一遍，似乎是为了给要回家的K.一个安慰，他说："这两种方法的共同点是，它们都使被告免受宣判。""但它们也不能使被告真正被无罪释放。"K.平静地说,似乎为自己意识到了这一点而感到羞愧。"您已经掌握了问题的核心。"画家急忙说道。K.把手放在他的大衣上,但甚至不能下决心穿上它。他宁愿把所有东西都包成一团,就这样跑到外面去呼吸新鲜空气。女孩们也没能劝说他穿上衣服,尽管她们早就嚷嚷着他在穿衣服。画家很想搞明白K.的心情,所以他说:"我想您还没有对我的提议做出抉择。我赞同您的做法。我甚至会建议您不要马上做决定。优点和缺点都是如此微妙,得仔细思考评估。然而,也不能在思考上浪费太多时间。""我很快就会再来的。"K.说,他突然下定了决心,穿上外套。他把大衣披在肩上,匆匆走到门口,门后的女孩们开始大叫。K.觉得自己透过那扇门,看到了在尖叫的女孩们。"您要说话算话呀,"画家说,他没有跟着他,"否则我会直接去银行找您的。""请您把门锁打开吧。"K.说着,去拉动门把手,门上传来了阻碍他拉动的压力,他觉察到女孩们正在门外死死地拉住门不放。"您想被女孩们缠住吗?"画家问,"您为什么不用这个出口呢?"他指了指床后面的门。K.同意了画家的建议,又跳回到床上。但画家没有打开那扇门,而是突然爬到了床底下,从床底问他:"请稍等,您不想看看另一幅画吗?我可以卖给您。"K.不想失礼,画家的确很照顾他,而且许诺了继续帮他;另外,由于K.的疏忽,他们还没有讨论过帮助他应付的报酬,所以K.现在不能拒绝他,只好让他拿出画来看看,尽管他因为不耐烦而颤抖,并急于离开画室。画家从床底下拿出一沓没有装裱的画,上面布满了灰尘,当画家尝试着把灰尘从最上面的画上吹走时,它们就在K.的眼前飘浮旋转,让K.好一会儿都喘不过气来。"一幅荒野风光。"画家说着把画递给了K.。画上描绘了两棵纤细的树,它们彼此间隔很远,孤零零地站在草地上,背景是五彩斑斓的夕阳。"不错,"K.说,"这幅画我买了。"K.不假思索,迅速回复道。他看到画家没有因为他的快速回复而反感,反而从地上又拿起第二幅画时,心里不免很高兴。"这里还有一幅与那幅画成一套的作品。"画家说。这幅画可能本想作为一组套画,但看起来与第一幅却没有丝毫的区别:也是有树、有草,还有夕阳。但K.对此却不太在意。"真是美丽的风景画啊,"他说,"我要把它们都买下来,挂在我的办公室里。""您似乎很喜欢这个主题,"画家说着,拿起了第三幅画,"很巧,我这里还有一幅类似的画。"这幅画与其说是与前两幅相似,倒不如说画的是完全相同的一片荒地。画家正极大地利用这个机会销售他的旧画。"这幅我也要了,"K.说,"这三幅一共多少钱呢?""我们下次再谈这个问题吧,"画家说,"您现在着急要走,但我们总归会保持联系。顺便说一句,我很高兴您喜欢这些画,我可以把我这床下的所有风景画都给您。它们都是荒野风景画,我画过很多荒野风景画。有些人不喜欢这样的画,觉得它们太阴郁了,但另一些人就偏爱阴郁的东西,您就是其中之一。"但K.现在对这个乞丐画家的职业经历毫无兴趣。"您把这些画都包起来吧!"他大声地说,打断了画家的话,"明天我会派个下属来取它们。""也没必要专门派人来,"画家说,"我希望能给您找到一个搬运工,让他马上跟您走。"他终于弯下身子,打开了门锁。"别害怕,您尽管踩在床上,"画家说,"每个进来的人都是这样走的。"其实即使画家不这样说,K.也会这样做,事实上,他已经把一只脚踩在了羽绒被上。当K.从打开的门向外看去,又不禁把脚缩了回来。"这是怎么回事?"他问画家。"您在惊讶什么?"后者问道,也觉得很惊讶,"出去就是法院办事处,您不知道这儿就是法院办事处吗?几乎每个阁楼上都有法院办事处,又怎么会少了这儿呢?就连我的画室也是如此,实际上也属于法院,但法院把它交给我来处理了。"K.倒不是对他在这里也找到了法院办事处感到吃惊,他感到震惊,主要是发现了自己对法院的相关事务一无所知。在他看来,被告行为的基本规则是时刻对各种情况做好准备,永远不要出乎意料,绝不能当法官站在他左边的时候,他却毫无知觉地看向右边——而恰恰是这个基本规则,他却一次又一次地违背了。在他面前有一条长长的走廊,一股气流扑面而来,与工作室里的空气相比,这种空气十分清新。长椅放置在走廊的两侧,和审理K.案子的法院办事处的等候室如出一辙。看来法院对办公室的设施都有精确的规定。此刻,这里没有多少来办事的人。只有一个人半躺半坐地靠在那里,脸枕在放在长椅上的手臂里,似乎已经睡着了;另一个人站在通道尽头半明半暗的地方。K.现在爬上了床,画家拿着画跟着他。他们很快就遇到了一个法院杂役——K.现在通过金色纽扣就能认出这些法院杂役了,他们的便服上除了普通纽扣,还会有一枚金色的纽扣——画家吩咐他,陪着K.把这些画送回家去。K.用手帕捂住嘴,摇摇晃晃地朝前走去。他们已经接近出口了,这时女孩们突然冲了出来，K.最终也没能避开她们。女孩们显然是看到工作室的第二扇门被打开了，于是绕道从那一边追了过来。"我不能再送您了！"画家笑着大声说道，被女孩们围在了中间，"再见！您也别考虑太久了！"K.甚至没有回头看他。在巷子里，他坐上了遇到的第一辆马车。K.急于摆脱这个杂役，他的金纽扣总是明晃晃的，刺得他不安，尽管其他人可能也不会注意到这些扣子。为了更好地完成任务，杂役还想上车。K.却把他赶下了车。K.到银行门口时，早就过了中午。他本想把这些画留在车厢里，但又担心在什么时候得向画家证明这些画还在。因此，他让人把它们带到他的办公室，并把它们锁在他办公桌最底层的抽屉里，至少保证它们在之后的这些天不被副经理看到。

商人布洛克—解聘律师

K.终于下定了决心,要解聘他的代理律师。这样做是否正确,他心里仍然有一些疑问,但他却深信,自己非得这么做不可。到了他要去见律师的那一天,下定这个决心仍然耗费了K.很多心力,他工作得特别慢,也不得不在办公室里待很久。最后他站在律师的门口时,已经过了十点。在按门铃之前,他就在想,是否通过电话或写信给律师通知他解聘的事更好;面谈肯定会非常尴尬。尽管如此,K.最终还是没放弃面谈。要是用其他方式来解聘律师,他要么会默默接受,要么就敷衍几句面子上的话,而除非能从莱尼那儿打听到一些东西,否则K.永远不会知道律师知道自己被解聘后的反应;也不会知道按照律师的看法,这个解聘会给K.带来什么样的后果。但是,如果律师就坐在K.对面,对他的解雇感到惊讶的话,那么即使律师不想表露太多情绪,也很容易从他的表情和态度中琢磨出他想表达的一切。甚至也不排除:他会被说服,还是认为委托律师辩护更好,那他就会再撤回解聘要求。

像往常一样，K.第一次按响律师门铃的举动是徒劳的。"莱尼的动作应该更麻利些。"K.心想。不过如果没有其他人掺和进来，比如之前那个穿着睡袍的男人，或者其他干扰的人，就已经很好了。当K.第二次按下门铃时，他回头看了看另一扇门，但这次它依旧是关着的。终于有两只眼睛出现在了律师家门上的窥视窗里，但这不是莱尼的眼睛。有人开了门，却又暂时抵住了门，朝着公寓里喊道："是他！"然后才完全打开了门。K.已经走到了门前，因为他已经听到在自己身后的另一间公寓里，有钥匙在门锁里匆忙转动的声响。当他面前的门终于打开时，他冲进了前厅，看到莱尼穿着衬衫跑过房间之间的走廊，开门人刚才警告的原来是她。K.盯着她看了一会儿，然后四处寻找开门的人。那是一个身材矮小、满脸胡须的人，手里拿着一根蜡烛。"您受雇于这里吗？"K.问道。"不，"那人回答说，"我不是这里的人，律师只是我的辩护人，我来这里是为了解决一桩案子。""您连外套都不穿吗？"K.一边问，一边挥手指着那人洋相百出的衣服。"哦，请原谅！"那人说，借着烛光照了照自己，好像第一次看到自己的状况似的。

"莱尼是您的情人？"K.直截了当地问道。他稍微叉开了双腿，双手紧握在背后，手里还握着一顶帽子。仅仅是穿着一件厚实外套的事实，就让他觉得自己比那个瘦小干瘪的家伙优越许多。"哦，天哪，"后者说，举起一只手惊愕地挡在脸前，他辩解道，"不，不，您想什么呢？""您看起来像个老实人，"K.微笑着说，"不过随意吧，您过来吧。"K.挥着帽子，让他走到自己前面。"您叫什么名字？"K.边走边问道。"布洛克,商人布洛克。"那个矮个子转过身对K.介绍自己。K.却不让他停下来。"这是您的真名吗?"K.问道。"当然,"他回答说,"您为什么怀疑呢?""我想您可能有隐瞒名字的理由吧。"K.说。他觉得很自由,就像一个人到了异域,和一个比自己地位低很多的人说话一样。对与自己有关的一切都避而不谈,只一味地谈论与别人相关的事情,从而随意地在自己面前恭维他们,也可以随心所欲地弃之不顾。在律师的书房门口,K.停下了脚步,他打开门,对顺从地向前走的商人说道:"别这么着急!过来照一照这里!"K.觉得莱尼可能就藏在这里,他让商人搜寻了所有的角落,但房间里没有人。走到法官的画像前时,K.拉住商人的背带,把他拽了回来。"您认识他吗?"K.问道,用食指指着高处的画像。商人举着蜡烛抬头向上看了看,眨了眨眼睛说:"他是个法官。""一个高级法官吗?"K.问道,他侧身站在商人旁边,想观察商人在看到这幅画时的反应。商人钦佩地抬起头来。"这是一位高级法官。"他说。"您的眼光有待提高啊,"K.说,"他是低级的预审法官中地位最低的。""现在我想起来了,"商人说,把蜡烛拿低了一点,"我以前也听到有人这么说。""那是当然,"K.大声说道,"我忘了,当然,您一定听说过。""但为什么呢,为什么我一定听说过呢?"商人问道。在K.的催促下,他向门口走去。

到了外面的走廊,K.说:"您知道莱尼躲在什么地方,对吗?""她躲起来了?"商人问道,"不,她应该是在厨房里,正为律师做汤呢。""您为什么不一开始就告诉我呢?"K.问道。"我本来要带您去的,但您又把我叫回来了。"商人回答说,好像被这相互矛盾的要求弄糊涂了。"您或许认为自己很聪明吧,"K.说,"那就请您带我去吧!"K.以前从未来过厨房,厨房大得出奇,家具陈设也很多,连炉灶都比普通的大三倍。其余的东西还看不清楚,因为厨房里现在只有挂在门口的一盏小灯,微弱地照亮了整个房间。炉子旁站着穿着白色围裙的莱尼,像往常一样,正把鸡蛋打进放在酒精炉上的锅里。

"晚上好,约瑟夫。"她转过头,瞥了一眼说。"晚上好。"K.说。K.用一只手指着放在一侧的一张扶手椅,示意商人在那里坐下,商人于是坐了上去。K.却走到莱尼身后,和她贴得很近,弯下腰俯在她的肩膀上问道:"那个人是谁?"莱尼一只手紧紧抓住K.,另一只手搅动着汤锅,把他拉到她面前,说:"他是个可怜的人,一个可怜的商人,叫布洛克。你看看他的样子就知道了。"他们于是回头看了看。商人坐在K.指给他的扶手椅上,吹灭了蜡烛,现在已经不再需要蜡烛的光亮了,他正用手指捏住灯芯,不让烟冒出来。"你之前穿的是衬衣。"K.说着,又用手把莱尼的头扭向了灶台。她沉默不语。"他是你的情人?"K.问道。莱尼正要伸手去拿汤锅,但K.握住她的双手,说:"现在就回答我。"她说:"到书房来,我给你解释一切。""不,"K.说,"我想让你在这里解释一切。"她紧紧抱着他,想亲吻他。但却被K.挡开了,他说:"我现在不想让你吻我。""约瑟夫,"莱尼恳切而坦率地看着K.的眼睛说,"你不会是嫉妒布洛克先生吧?"她转身对商人说:"鲁迪,帮帮我,你看,我被怀疑了,请把蜡烛放下。"人们可能认为他没有注意到这边的对话,但他却完全清楚。"我也不明白您为什么要吃醋。"他甚至有些对答如流。"我也不太清楚。"K.一边微笑一边看着商人说。莱尼大笑起来,趁着K.不注意,挽住了他的胳膊,低声说:"现在别再理会他了吧,你不看看他是什么人。我对他稍有照顾,是因为他是律师的一个大客户,没有别的原因。你今天怎么样呢?你今晚打算和律师谈谈吗?他今天病得很重,但如果你愿意谈,我可以帮你去告诉他。但你今晚一定要留在我这儿呀。你已经很久没来了,甚至连律师都问起了你。千万别忽视审判!我也听到了一些事,想告诉你。但现在,你先把外套脱掉吧!"她帮他脱下衣服,从他手里接过帽子,拿着东西跑去挂在了前厅,然后又跑了回来,照看着锅里的汤。"我是先告诉他你想要拜访的事,还是先给他送汤?""先说我拜访的事吧。"K.说。他有些恼火,他原本打算跟莱尼仔仔细细地讨论他自己的事,特别是有关解雇律师的事,但商人的出现使他失去了讨论的欲望。然而现在,他又觉得自己的事太重要了,不该因为这个矮小商人的出现,就受到什么决定性的影响。

于是他把已经在走廊里的莱尼再次叫了回来。"还是先给他拿汤吧,"他说,"喝了汤他会有些力气,这样能更好地和我谈话,他也需要这样。""原来您也是律师的客户。"商人坐在角落里悄悄地说,似乎是为了确认这一事实。然而,商人的话却惹得K.很不高兴。"这些和您有什么关系?"K.说。

莱尼也接着说:"您能不能安静点?""那么我就先去给他送汤了。"莱尼又对K.说,随后把汤盛到了汤盘里,"但只怕他很快就会睡着,他总是吃完饭后很快就会睡觉。""听了我要告诉他的事,他应该就睡不着了。"K.说。他一直希望有人能看出来,他打算与律师谈一些重要的事情;他想让莱尼问他是什么事,然后再向她征求意见。但莱尼只是精确地按照他下达的命令去做事。当她端着汤经过他身边时,故意轻柔地推了推他,低声说:"等他把汤喝完了,我就马上通知你,好让你能尽快回到我这儿来。""去吧。"K.说,"去吧。""请对我语气好点。"莱尼说着,拿着杯子走到了门口,又再次转过身来看K.。

K.看着她进去,现在他终于下定决心解雇律师了,那么不事先与莱尼讨论这个问题也许更好;她对整个事情没有充分的了解,但肯定会劝阻他,这有可能让K.真的放弃这次解雇的打算。那么K.将会一直处于怀疑和不安之中,最后用不了多长时间,他还是会执行他的决定,因为这个决定实在不可抗拒。但越早执行,就能越少遭受痛苦。也许商人也会对这件事有所了解。

K.于是转过身来,商人一觉察到,就立即想站起来。"您就继续坐着吧,"K.说着,又拉了一张扶手椅坐在他身边,"您已经是律师的老客户了吗?""是的,"商人说,"一个很老的客户了。""他当您的代理律师有多少年了?"K.问。"我不知道您是什么意思,"商人说,"我是做粮食生意的,在与商业相关的法律事务上,律师从我接手生意起,就一直代理我的法律事务,也就是说,大约有二十年了;在我自己的审判中,这大概是您所指的吧,他也从一开始就代理我的案子,已经超过五年了。是的,远远超过五年。"他又掏出了一个旧信封，接着补充说，"我把所有的都写在了这里，如果您愿意，我可以告诉您确切的日期。把所有事情都记住确实很难。我的审判持续的时间实际上可能更长，在我妻子死后不久就开始了，这已经超过五年半的时间了。"K.向他走近了些。"所以律师也接受普通的法律案件？"他问道。法院和法学的这种关系似乎让K.感到无比安心。"当然，"他继续低声对K.说，"据说他对这种案子甚至比其他案子更为精通。"但随后他似乎又后悔自己对K.说了这样的话，他把一只手放在K.的肩膀上，说，"我恳求您不要出卖我。"K.拍了拍他的大腿，让他放心，说："不会的，我不会出卖您。""他的报复心真的很强。"商人说。

"他肯定不会得罪您这样一个忠诚的客户的。"K.说。"哦，不，他会的，"商人说，"他情绪激动的时候，根本不分是不是客户，而且其实我对他也算不上忠诚。""为什么这么说呢？"K.问道。"我应该信任您，告诉您这件事吗？"商人疑惑地问。"我想您可以告诉我。"K.说。"好吧，"商人说，"我可以向您透露一部分，但您也必须告诉我一个您的秘密，这样我们就可以在律师面前互相牵制。""您确实很谨慎，"K.说，"我可以告诉您一个秘密，这将使您完全放下心来。那么，您对律师的不忠指什么？""我吧，"商人犹豫地说，听语气好像是承认了什么不光彩的事情，"除了他，我还有其他律师。""这也没什么大不了的吧。"K.有点失望地说。"在他这儿可能很严重。"商人说，他自坦白以来就大口喘气，但由于K.的这番话，他好像找回了些自信。"这是不被允许的。而最不被允许的是，除了他这个所谓的律师外，我还找了其他五个律师。""五个！"K.惊呼道，这个数字实在让他震惊，"除了这个人外，还有五个律师？"商人点了点头："我刚才还和第六个谈了话。""但您为什么需要这么多律师呢？"K.问道。"我需要他们所有人。"商人说。"您能跟我解释解释吗？"K.问。"很乐意，"商人说，"最重要的是，我不想输掉我的官司，这一点不言而喻。因此，我绝不能忽视任何可能对我有用的东西；即使在某一特定情况下受益的希望非常小，我也绝不能抛弃它。因此，我已为这个案子倾注了我的一切。比如说我已经把我所有的钱从生意中抽了出来。以前我公司的办公室几乎占满了一层楼；现在却只要背街处的一间小屋子就够了，只有我和一个男学徒在那儿工作。当然，造成这种失败的原因不仅在于我把钱都抽了出来，更在于案子对我劳动能力的剥夺。如果您想为审判做一些事情，那您就几乎做不了什么其他事情了。""那么您自己也去法院跑这些事吗？"K.问道，"我正想问问您有关的情况。""这件事上我可以说的倒是不多，"商人说，"开始的时候我曾尝试过，但很快就放弃了。自己做这件事太累了，而且没有多少收获。甚至在那里工作和谈判也被证明是相当不可能的，至少对我来说是这样。只是坐在那里等待也是一种巨大的压力。您也知道总书记官办公室里的糟糕空气。""您怎么知道我去过那儿？"K.问道。"您去的时候我正好在等候室里。""这真巧啊！"K.感叹道，完全愣住了，也忘记了商人之前的可笑行径，"所以您看到了我！我经过时，您就在等候室里。是的，我曾经经过那

155

里。""这不是多么大的巧合,"商人说,"我几乎每天都在那儿。""很可能从今以后,我也得经常去那儿了,"K.说,"只是我很难再像上次那样受到尊敬了。当时所有人都站了起来。我想他们大概以为我是法官。""不是的,"商人说,"我们当时是向法院杂役致敬。我们已经知道您是被告了。这种消息都传得飞快。""所以您已经知道了,"K.说,"但也许我那时的行为在您看来颇为傲慢。大家没有说三道四吗?""不,"商人说,"正相反。不过他们都是乱说。""怎么是乱说呢?"K.问道。"您为什么要问这些?"商人愤怒地说,"您似乎还不了解那里的人,也许会对他们产生误解。您必须想一想,在这些审判中,总是有许多事情会被提出来,弄得人晕头转向,人们都太过疲惫,而且对许多事情感到心烦意乱,有时甚至会求诸迷信。我说的是其他人,但我自己也好不到哪儿去。比如说吧,有这么一种迷信:许多人想从被告的脸上,特别是从被告的唇线上看出审判的结果。这些人声称,从您的嘴唇上就能得知,您肯定会被审判定罪。我再说一遍,这是一种可笑的迷信,在大多数情况下会完全被事实驳倒,但当您处在这些人中时,也很难摆脱这种观点的影响。您想想看,这些迷信的力量有多大。您和他们中的一个人说过话,对吗?但他对您却几乎无言以对。当然,感到困惑的原因有很多,但其中一个原因是看到了您的嘴唇。他后来告诉我,他认为他从您的嘴唇上也看到了他自己要被审判的迹象。""从我的嘴唇上?"K.问道,K.掏出口袋里的镜子,照着自己,"我看不出来我的嘴唇有什么特别之处。您呢?""我也没看出来,"商人说,"压根儿什么也没看出来。""这些人也太迷信了！"K.感叹道。"我不是告诉过您吗？"商人反问道。"那他们经常碰面，并交换意见吗？"K.说，"目前为止我一直算是局外人。""一般来说他们不互相来往，"商人说，"那么多的人，也不可能做到。而且他们也没有什么共同利益。即使有时候有些人以为他们找到了共同的利益，但很快就会被证实这是一个错误。任何想要一起反对法院的行为都是徒劳的。每个案件都要单独审查，法院在这件事上非常谨慎。因此，共同的行动无法实现任何目的。一个人单打独斗，有时倒是能秘密地取得一些成就。但也只有在取得成就时，别人才能得知，没有人知道它是如何发生的。所以说，他们之间没有什么共同点。人们虽然偶尔会在等候室里聚在一起，但彼此之间却很少交流。那些迷信的看法由来已久，而且自然而然地与日俱增。""我见到过那些守在等候室里的先生，"K.说，"他们的等待似乎毫无用处。""等待也并非无用，"商人说，"只有独立行动才是徒劳无益的。我刚才也说了，除了这个律师，我现在还有五个律师。当然，人们会认为——我自己刚开始也认为——现在我可以把事情完全交给他们处理了。但这么想就大错特错了。我只能委托给他们案子的一小部分，显得我好像只有一个律师一样。我想您不太明白我的做法，是吗？""是的，"K.说，为了防止商人语速太快，他伸出手放在他的手上，"我只想请您慢点说，毕竟这对我来说都是非常重要的事情，我跟不太上。""我很高兴您提醒了我，"商人说，"毕竟，您是个新手，还是个年轻人。您的案子才六个月，不是吗？应该没错，我听说了。这是个才刚刚开始的案子！但我已经把这些事翻来覆去地想了无数遍了；对我来说，它们是这世界上最理所当然的事。""您的审判已经进展到了这一步，您一定很开心吧？"K.问道，他不想直接去打听商人的案子到底进展如何。但他也没有得到直接的回答。"是的，我已经背负这案子五年了，"商人说着低下了头，"这可不是什么小成绩。"然后他沉默了一小会儿。K.仔细听着，想看莱尼是不是已经回来了。一方面，他不希望她这时候回来，因为他还有很多事情想问，他不想被莱尼发现他和商人的这次秘密谈话；但另一方面，他又很恼火，莱尼不顾他在这儿，还去律师那儿待了这么久，不过是送一份汤，哪儿用得了这么长时间呢？"我还清楚地记得那个时候，"商人又开始说，K.立刻全神贯注地听着，"当时我的官司和您的官司现在所处的阶段差不多。那时我只找了这个律师，但我对他不是很满意。""我竟然能从他这里得知一切！"K.想着，他轻快地点点头，仿佛这样做就可以让商人振作起来，告诉他所有他想知道的东西。"我的审判，"商人继续说，"没有取得任何进展，虽然已经预审过多次了，我也是每一次都去，认真地收集材料，向法院提交我所有的商业账目，后来我才知道，根本没有必要这么做。我一直跑来律师这里，他也提交了各种辩护书——""各种辩护书？"K.问。"是的，当然了。"商人说。"这信息对我来说太重要了，"K.说，"在我的案子里，他还在处理第一份辩护书呢。那他就是还没有做任何事情。我现在明白了，原来他无耻地忽视了我的案子。""辩护书还没写好，可能有各种原因，"商人说，"再说，我提交的辩护书后来被证明也都毫无价值。多亏了一位法院官员的通融，我甚至看过其中一份辩护书。它一看就是博学之人所写，但实际上内容空洞。首先是夹杂着大量的拉丁语，我不太懂，随后是长篇幅对法庭的一般性申诉，接下来是对某些法官的奉承赞美，虽然没有指名道姓，但行内人一听就能猜到他们的身份，再之后是律师的自我吹嘘，他又卑躬屈膝地对法庭贬低自己，最后是对过去的一份和我的案件情况类似的法律案件的调查。然而，就我所了解的情况而言，这些调查分析倒是非常仔细。我说这些也不是要对律师的工作做任何评判，我看的那份辩护书也只是许多辩护书中的一份，但无论如何，当时我看不到我的审判有任何进展。这就是我现在想说的。""您想看到什么样的进展呢？"K.问道。"您问得很对，"商人笑着说，"这样的诉讼程序很难能看到进展。但我当时并不明白这一点。我是一个商人，而且当时比现在更希望能看到案子切实的进展，我希望整件事情能够结束，或者至少能正常地向前发展。但我能参与的只有听证会，每次去听到的内容还都差不多。我回答问题已经能像念连祷文一样不假思索了，而且每周有几次，法院的信使就会来我的公司、我的公寓，或者其他能找到我的地方。这当然让我不得安宁（至少现在这方面的情况要好得多，电话传讯省去了很多麻烦）；而且关于我受审的谣言也开始在商界的朋友中，特别是在我的亲戚中流传开来；我受到了来自四面八方的打击，但没有丝毫迹象能够表明法院会在近期举行第一次庭审。于是我去律师那儿抱怨。他向我解释了很长时间，但坚决拒绝按我的意思做任何事情，他表示没有人能对确定审判日期这件事产生任何影响，在辩护书中催促这件事——我要求他这么做——简直闻所未闻，不仅会毁了我的案子，也会毁了他的职业生涯。我想：这个律师不想或不能做的事，别的律师也许会愿意。所以我开始四处寻找其他律师。我可以直接告诉您：这些律师中没有一个人能要求或确定我案子的主听证会的时间，这确实不可能，但这话也有所保留，我之后会谈到。所以在这件事上，这位律师没有欺骗我；但我也并不后悔我找了其他律师帮忙。您一定从胡尔德博士那里听说了很多关于无良律师的事情；他可能在向您介绍时把他们贬得一文不值，诚然他们也确实如此。然而，每当他谈到他们、将自己和自己的同事与他们对比时，他就会犯一个小错误，我想顺便提醒您注意这一点。他总是把他圈子里的律师称为'大律师'，以区别于其他人。其实并不是这么回事，如果乐意的话，每个人当然都可以给自己加上'大'这个称号，但这种事只能由法院的习惯来决定。而且，除了无良律师外，还有其他大大小小的律师。这位律师和他的同僚也只算是小律师，至于那些大律师，我只听说过他们的存在，还从未见过他们，他们的级别要比小律师高得多，就像小律师又比那些让人看不起的无良律师的级别高很多。""大律师们？"K.问，"他们到底是谁？怎么去找他们呢？""这么看来，您还从未听说过他们。"商人说，"几乎没有一个被告在听说过他们之后，不会在一段时间里做梦都想见见他们。但您最好别被诱惑了。我不知道谁是大律师，也不知道怎么能找到他们。据我所知，人们不能肯定他们曾经介入任何案件。他们会为一些人辩护，但这不是凭借个人意愿就能办到的事，因为他们只会为那些他们想捍卫的人辩护。而且他们要干预的案子很可能已经被低级法院审理过了。再说，最好先不要去想这些大律师，否则的话，您与其他律师讨论的时候，他们的建议和帮助都会显得令人厌恶且毫无用处。我自己也有过这样的经历，宁愿抛弃一切，躺在家里的床上，也不愿再听到任何消息。但这当然又是更愚蠢的事了，即使躺在床上也会不得安宁。""那么您当时就没想过去找那些伟大的律师吗？"K.问道。"想过一阵子，"商人说着又笑了笑，"恐怕谁都不能完全忘记他们，尤其是夜晚，这种想法更是容易趁虚而入。但后来，我毕竟想要尽快有成果，所以我去找了那些无良律师。"

"你们俩怎么凑在一起！"莱尼拿着餐具回来，在门口停下感叹道。他们彼此坐得很近，稍一转身，头就得撞在一起；那个商人，除了身材矮小，还驼着背，K.因为想听清他说的一切，也只能弯下了腰。"再等一会儿！"K.向莱尼大声说，想让她走开，他那只搁在商人手上的手不耐烦地抽动了一下。"他想听我讲讲我的审判。"商人对莱尼说。"那你们就继续说吧。"莱尼用亲切的语气对商人说，但又带了一些蔑视。K.不喜欢这种语气，他现在觉得这个人还是有一定价值的。至少他很有经验，而且很知道如何向别人分享这些经验。莱尼可能对他的判断有所偏颇。K.恼怒地看着莱尼正从商人手中拿过他一直举着的蜡烛，用围裙给他擦了擦手，然后跪在他身边，刮去那些滴到他裤子上的蜡。"您还要告诉我关于无良律师的事呢。"K.说，随后一言不发，上前推开了莱尼的手。"你这是要干什么？"莱尼问道，轻轻拍了拍K.，又埋头继续她的工作。"是的，从那些无良律师那里……"商人说，用手摸了摸额头，似乎在思考似的。K.想帮他接上话，于是对他说："您想立即有所成效，所以就去找了无良律师。"

"很对。"商人说，但没有继续接下去。"他可能不想在莱尼面前谈这件事。"K.想，他按捺住了自己想马上听到下文的不耐烦的心情，不再催他了。

"你告诉律师我来了吗？"K.问莱尼。"当然，"她说，"他在等你。现在别和布洛克聊天了，你可以之后再和布洛克谈，毕竟他还要留在这里。"K.仍然犹豫不决。"您要留在这里？"他问商人，他希望商人自己回答，不希望听莱尼说起商人，好像他不在这里一样，莱尼今天很是让他生气。但又是只有莱尼回答了他："他经常睡在这里。""睡在这里？"K.大声问道，他原以为商人在这里只是为了等他，等他迅速解决完与律师的谈判，就会和他一起离开，他们就能找个安静的地方，把一切谈个明白。"是的，"莱尼说，"并不是每个人都像你一样能在任何时候见到律师，约瑟夫。你似乎对律师不顾自己的病情在夜里十一点还与你见面的事一点也不惊讶。你把你的朋友们为你做的事情看得太理所当然了。确实，你的朋友们，或者至少是我吧，都乐意为你这样做。除了要你爱我，我也不需要其他的什么感谢。""要我爱你吗？"K.起初有些愣神，后来才在脑海里反应过来这话的意思，"嗯，也没错，我确实喜欢她。"然而，他却忽略了其他的话，说道："他接待我是因为我是他的客户。如果连见他都需要外界帮助的话，那么在每一个步骤中，人们岂不都得又求又谢？""他今天说话挺过分的，是不是？"莱尼问商人。"他们说得好像我现在不在场一样。"K. 想道。他甚至差点对商人发火，因为后者好像也学了莱尼无礼的说话方式，说："律师接待他也是出于其他考虑。也许他的案子比我的有趣。此外，他的案子还在起步阶段，所以可能处在仍有希望的阶段，律师还是很乐意处理的。以后就不是这样了。""是的，是的，"莱尼说，她笑着看着商人，"他真是喋喋不休！你可不要——"说到这里，她转向了K.，"不要相信他说的任何话。虽然他很讨人喜欢，但实在话太多。也许这就是律师受不了他的原因。在任何情况下，律师只在有心情的时候才接待他。我一直努力想改变这种状况，但也不太可能。想想看，有时我报了布洛克的名字，但律师直到第三天才会接待他。但是，如果律师召见布洛克时他不在那儿，那他就失去了机会，又必须重新等着下一次通知了。这就是为什么我让布洛克在这里过夜，因为之前发生过律师在半夜按铃叫他的事。所以布洛克现在晚上也时刻准备着见律师。然而，现在又出现了这样的情况：有时候看到布洛克等在那儿，律师反而会拒绝接待他。"K. 疑惑地看向商人。后者点了点头，像先前对K. 说话那样坦率，但他也许因为羞愧，有些心神不宁地说："是的，案子到了一定阶段，一个人会非常依赖他的律师。""他只是表面上在抱怨，"莱尼说，"毕竟，他非常喜欢睡在这儿，他经常对我这么说。"她走到一扇小门前，推开了它。"你想看看他的卧室吗？"她问。K. 走上前去，从门口往里看，这是一间没有窗户的低矮房间，一张狭窄的床就填满了整个空间。要爬上这张床，还得先爬过床架。在床头的墙上有一个凹槽，那儿尴尬地摆着一支蜡烛、一个墨水盒和一支羽毛笔，以及一捆文件，也可能是审判的材料。"您就睡在女仆的房间里？"K.转过身问商人。"莱尼收拾了这间房给我住，"商人回答说，"这样很方便。"K.看了他很久，他对这个商人的第一印象也许还是对的：他是有一些经验，但他的官司持续得太久了，以至于为这些经验付出了昂贵的代价。突然间，K.好像忍受不了这个商人的形象了。"你快让他去床上睡觉！"他对莱尼喊道，莱尼似乎根本不能理解他。K.一心想着马上去找律师，通过解聘不仅能摆脱律师，还能摆脱莱尼和这个商人。但在他走到门口前，商人用低沉的声音对他说："总监先生。"K.转过身来，一脸不高兴地看着他。"您忘了自己的承诺，"商人说，从座位上向K.恳求地伸出手，"您还要告诉我一个秘密呢。""确实，"K.说，他瞥了一眼正专心看着自己的莱尼，"那您就听着，虽然这几乎也不算什么秘密了。我现在要去找律师，解雇他。""他要解雇律师！"商人大叫道，从椅子上跳了起来，举着胳膊在厨房里跑来跑去。他一遍又一遍地喊道："他要解雇律师！"莱尼正准备向K.扑过来，但商人挡住了她的路，为此她用拳头打了他一下。她的双手仍然紧握成拳，赶紧去追K.，然而，K.却领先她一大步。当莱尼追上他时，他已经走进了律师的房间。他几乎就要把身后的门关上了，但莱尼却用脚抵住了门，抓住了他的胳膊，想把他拉回来。但K.却用力地按住了她的手腕，疼得她叹息了一声，不得不松开手让他进去了。她不敢马上闯进房间，可是K.却立刻用钥匙锁上了门。

"我已经等您很久了。"律师在床上说,把他借着烛光在看的一份文件放了床头柜上,戴上了一副眼镜,犀利地看着K.。K.没有道歉,而是说:"我很快就会离开的。"律师没注意到K.的话其实并不是道歉,而是说:"下次再这么晚来,我就不让您进来了。""这也正中我的下怀。"K.说。律师疑惑地看着他。

"请坐吧。"他说。"因为您希望如此,我才坐下的。"K.说着,把一张扶手椅拉到床头柜前,坐了下来。

"我发现您好像把门锁上了。"律师说。"是的。"K.说。"这是因为莱尼吧。"他不想偏袒任何人。律师又问:"她是不是又纠缠您了?""纠缠?"K.问道。"是的。"律师一边说一边笑,他突然咳嗽了起来,但咳嗽过后又开始笑。"您已经注意到她的纠缠了,不是吗?"他问道,拍了拍K.的手。K.刚才因为心不在焉,就把手撑在了床头柜上,现在他迅速地把手抽了回来。"您也不怎么在乎这事,"看到K.沉默了,律师便说,"这样更好。否则我可能还得向您道歉。这是莱尼的一个特点,再说,我早就原谅她的这种怪癖了,如果不是您刚才把门锁上,我是不会说的。她的这个特点吧,我其实很不愿意跟您解释,但您如此惊愕地看着我,我才非解释一下不可,其实她的怪癖吧,就是觉得大多数被告都很好看。她会被所有被告吸引,爱他们,好像也被所有的被告所爱;然后,如果我允许的话,有时为了逗我开心,她也会给我讲讲这些事。我并不像您那样,对整件事感到惊讶。如果一个人眼神犀利的话,确实能发现那些被告的好看之处。然而，这是一个奇怪的现象，甚至在某种意义上算是自然科学的现象。作为被指控的对象，在外观上当然没有什么明显的、一目了然的变化。这些案子不像其他的法律案件，大多数人仍保持着他们日常的生活方式，如果他们能找到一个好律师的话，生活也不会受到案子的牵连。然而，那些有经验的人却能够从庞大的人群中一一辨认出被告。您会问，通过什么呢？我的回答恐怕不会让您满意：被告总是人群里最好看、最吸引人的。不能说是罪恶感使他们变得好看，因为——至少我作为律师应该这样说——他们不是都有罪。也不可能是之后那些即将施行的惩罚使他们好看，因为不是所有的人都会受到惩罚。所以这种好看只能解释为，针对他们的案件以某种方式附着在他们身上。然而，在这些好看的人中，也会有特别吸睛的人。但所有的都很好看，即使是布洛克那个可怜虫也不例外。"当律师说完了这番话后，K.完全镇定了下来，他甚至对律师最后说的话还异乎寻常地点了点头，他这样做也是确认了自己的旧观点：律师总是这样，这次也不例外，试图通过和这个问题不相关的空洞话题来分散他的注意力，从而逃避主要矛盾——他为K.的案子究竟做了什么实际工作。律师可能注意到了，K.这次比平时更抗拒他，所以他选择了沉默，以便给K.说话的机会，然后在K.沉默的时候问道："您今天来找我，是有什么事吗？""是的，"K.说，为了更好地看清律师，他用手稍微遮住了蜡烛，"我想告诉您，从今天起，您不用再代理我的案子了。""我没听错吧？"律师问道，从床上半坐了起来，一只手撑在枕头上。"我想您没有。"K.说，在椅子上笔直地坐着，好像在等待什么似的。"好吧，我们不妨讨论一下您的这个计划。"过了一会儿，律师说。"这已经不再是一个计划了。"K.说。"也许吧，"律师说，"但我们不想仓促行事。"他用了"我们"这个词，好像他不想让K.离开，而且即使他不能成为他的总代理律师，也想至少继续做他的顾问。"这并不仓促，"K.说着，缓缓地起身，走到他椅子的后面，"这是我经过深思熟虑的想法，也许我考虑了太长时间。但这是我最终的决定。""那么请允许我再讲几句。"律师说，他掀开了羽绒被，在床边坐了下来。他那长满白毛的双腿露在外面，因为冷而颤抖。他让K.把沙发上的毯子递给他。K.取来了毯子说："您可别冻着自己了，这么坐起来完全没必要。""这个关头很有必要，"律师一边说，一边用羽绒被裹住了上身，然后用毯子裹住了腿，"您的叔叔是我的朋友，而随着交往，我也变得挺喜欢您。我公开地承认这一点，也没有什么好值得为此羞愧的。"老人这些伤感的话让K.很为难，因为它们迫使他得做出更详细的解释，而这种解释恰好是他想避免的。另外，他自己也承认，尽管这些话无法动摇他的决心，但它们还是让他感到不安。"我感谢您的好意，"K.说，"我也承认，您十分关心我的案子，在您认为对我有利的事情上，您都竭尽全力。然而，我最近也渐渐明白，这些还不够。当然，我永远不会试图说服您接受我的观点，您比我年长，还经验丰富；如果我有时不由自主地这样做了，那请您原谅我。但此事正如您所说的那样，足够驱使我下定决心，而且按我的想法，有必要采取一些比以往都更有力的措施介入这次审判。""我理解您,"律师说,"您很不耐烦。""我没有不耐烦,"K.有点烦躁地说,没有太过注意措辞,"您一定注意到了,在我第一次和我叔叔一起来找您的时候,我并不怎么关心这个案子;如果不是大家强行提醒我,我几乎就会完全忘了它。但我叔叔坚持要我找您代理案子;于是我同意了,找您是为了满足他的要求。我本希望从此以后,案子对我来说会比之前更轻松容易,因为已经请了代理律师,那么审判的负担也能从自己身上被分担一些。但情况恰恰相反。自从您代理我的案子开始,我从来没有像现在这样对审判如此担忧。当我之前一个人承担案子的时候,我什么都不做,也几乎感觉不到案子的存在;而现在我有了一个律师,一切都被安排好了,我不停地期待您的干预,而且越来越焦急,但它却没有发生。诚然,我确实从您这里了解到了法院的各种情况,而且这些情况是我也许无法从其他人那里得知的。但这对我来说远远不够,因为现在这桩审判离我越来越近,不停地折磨着我。"K.把他身边的扶手椅推开,站了起来,双手插在大衣的口袋里,站得笔直。"从案子进行到某一阶段开始,"律师平静轻柔地说道,"就没有多少新情况发生了。有多少当事人在类似的阶段也向您这样站在我面前,说过类似的话!""那么,"K.说,"所有这些类似的委托人也和我一样想法正确。您这么说并不能驳倒我。""我并不是想借此来反驳您,"律师说,"但我想补充的是,我本以为您会比其他人有更好的判断力,尤其是我还把司法系统的内幕和我的行为方式告诉了您,通常我是不告诉当事人这些事的。但现在我必须说,尽管发生了这些事情，您对我还是没有足够的信心。这让我很难过。"律师在K.面前是如此谦卑！尤其是在这最敏感的、他的职业的荣誉甚至有可能受损的时候。但他为什么要这样做呢？毕竟，他显然是一个非常忙碌的律师，而且是一个有钱人，收入上的这点损失或失去一个客户，他不可能有多在意。再说，他体弱多病，自己也应该考虑过减少工作量。然而他却如此紧紧地抓住K.不放！这是为什么？是出于对K.的叔叔的同情，还是他真的认为K.的案子很特别，希望借此在法院脱颖而出？这么做要么是为了K.，要么是为了朋友在法院上辩护，以赢得声望——这种可能性也永远无法排除。但无论K.如何冷峻地审视他，他身上也没露出一丝一毫的痕迹。几乎可以认为，他在刻意封锁表情，正等着他的话会对K.产生什么效果。但他显然把K.的沉默解读成了对自己有利的状态，他现在继续说："您也许注意到了，虽然我的事务所不小，但我没有雇用任何助理。过去并不是这样，曾经有一段时间，有好几个年轻律师为我工作；但现在我独自工作。这一方面是由于我在业务上的变化，即我越来越限于受理您这种案子，另一方面也是由于我对这些案件的认识越来越深刻了。我发现我不能把这项工作交给其他人，否则就是对我的客户和我所承担的任务不负责任。但是，所有事情都亲力亲为自然也有后果：我不得不回绝几乎所有的代理委托，只接受那些特别符合我业务范畴的案子——不过那些贴在我背后的、等着捡被我扔掉的残渣的可怜虫比比皆是。此外，我也因过度劳累而生病了。但我仍然不后悔我的决定，可能我以前应该拒绝更多的案子，不这么辛劳。但我把自己完全投入到我所接受的案子中，事实证明这是非常有必要的，而且我也获得了一些成功。我曾经在一篇文章中读到了代理普通案件和您这种案件的区别。文中说：有的律师用一根细线牵引着他的委托人，直至审判结束；但有的律师则是把委托人扛在肩膀上，一直背到审判时，甚至审判后还背着他。事情也确实如此。但是，如果我说我从不后悔做这项伟大工作，这话也并不完全正确。当事情像您遇到的情况一样，我的工作被完全曲解时，我还是会后悔。"这些话没有说服K.，反而让他更加不耐烦了。他认为他能从律师的语气中听出，如果他屈服，等待他的将会是什么，律师又会开始推诿，会提到辩护书的进展，法院官员的心情也有好转，也许还会提到工作面临的巨大困难——总之，所有熟悉到令人厌倦的东西又都会被拿出来，用不确定的希望再次欺骗K.，用种种不确定的威胁折磨他。这种情况必须被终止，因此他说："如果您继续代理我的案子，您打算做些什么？"律师甚至对这个侮辱性的问题都有所屈服，他回答说："继续做我已经为您做过的那些事。""我就知道会这样，"K.说，"现在不用再多说了。""我要再试一试。"律师说。好像这件让K.生气的事情是发生在他自己身上，而不是K.身上似的。"因为我有一种怀疑，您不仅被误导，错误地判断了我作为律师的能力，而且您的其他行为也误入歧途。您虽然是一个被告，但大家都对您太好了，或者更准确地说，您被疏忽了，显然是被疏忽对待了。当然他们这么做也有其原因，被看管起来往往胜过自由散漫。但我还是想让您看看我是怎么对待其他被告的，也许您会成功地从中吸取教训。我现在就叫布洛克进来，请您打开门锁，然后坐在床头柜那儿吧！""很乐意。"K.说，并按照律师的要求做了；他随时准备着学习新的东西。但为了有备无患地应对各种情况，K.还是问道："不过，您是知道，我已经撤销了您对我案子的代理权吧？""是的，"律师说，"但您今天还可以反悔。"律师躺回床上，把羽绒被拉到下巴，转身面对墙壁，然后他按了按铃。

铃声一响起，莱尼就出现了，她匆匆投来目光，想了解究竟发生了什么；K.正安静地坐在律师的床边，这似乎让她感到安心。她微笑着朝K.点了点头，后者正盯着她。"把布洛克接进来。"律师说。然而，她没有去接他，而只是走到门外，叫了一声："布洛克！到律师这儿来！"然后，可能因为律师仍转着身面对着墙壁，什么也不关心，她就溜到了K.的扶手椅后面。随后她就搞得K.心神不宁：她靠在椅背上，用手温柔仔细地穿过他的头发，抚摸他的脸颊。最后，K.试图通过抓住她的一只手来阻止她的行为，她反抗几次不成，不情愿地将手交给了他。布洛克听到召唤，立即就来了，但他又停在了门前，似乎在考虑是否应该进来。他扬起眉毛，歪着头，似乎想看律师是否会再次叫他。K.本可以鼓励他进去，但他已决定不仅要与律师而且要与公寓里的一切都彻底决裂，因此他一动不动地坐着。莱尼也沉默不语。布洛克发现至少没人赶他走，于是踮着脚尖进入了房间，他神色紧张，双手紧握在背后，开着的门似乎让他随时可以撤退。他根本没有看K.，而是一直看着那张铺着厚厚羽绒被的床，律师就躺在被子下面，但由于他贴着墙躺着，根本看不到他的脸。但随后传来了律师的声音："布洛克来了?"这个问题让已经前进了一段距离的布洛克仿佛胸口挨了一拳,紧接着后背也一震;他踉跄着,躬下身子说:"随时为您效劳。""你[1]来做什么?"律师问道,"你来得不是时候。""我不是被叫进来的吗?"布洛克与其说是问律师,更多像是自问,他伸出了双手,好像是寻求保护,而且随时准备逃跑。"我是叫了你来,"律师说,"但你来得却不是时候。"

从律师开始说话,布洛克就没再看向床;相反,他盯着角落的什么地方,只是侧耳听着,仿佛说话者的目光太刺眼,他不堪承受。但想听清楚也很困难,因为律师面对着墙说话,而且声音很轻,速度又快。"你们想让我离开吗?"布洛克问。"既然你已经来了,"律师说,"那就别动了!"布洛克现在真的开始发抖了,人们简直可以认为,律师没有满足布洛克的愿望,而是鞭挞、威胁了他。"昨天,"律师说,"我去见了第三法官,他是我的朋友,我们聊着聊着就逐渐把话题转到了你身上。你想知道他说了什么吗?""哦,快告诉我吧。"布洛克说。由于律师没有立即回答,布洛克又重复了这个要求,并且卑躬屈膝,好像要跪下来似的。可这时,K.呵斥了他:"您在做什么?"由于莱尼曾试图阻止他喊叫,他又抓住了她的另一只手。倒不是因为情爱K.才抓住了她,她叹着气,试图把手从他的禁锢里抽出来。但布洛克却因为K.的发声而受到了惩罚,因为律师问他:"到底谁才是你的律师?""是您。"布洛克说。"除了我呢?"律师问。"除了您,再没旁人了。"布

---

[1] 此处律师对布洛克没有用敬语,而是直接用了"你"。而律师和K.之间一直用"您"互相称呼。

洛克说。"那么你可别去找其他人了。"律师说。布洛克恭敬地认可了律师的话,他生气地盯着K.,气得使劲摇头。如果把这种行为转化为语言,那肯定是严重的谩骂。K.居然想和这个人亲密友好地谈谈自己的案子!"我不会再打扰你[1]了,"K.说着,靠回了椅子,"跪下或者用四肢爬行,随便你吧,我再也不会管了。"但布洛克毕竟还有些自尊心,至少面对K.时是如此,因为他挥舞着拳头向K.走来,似乎只有在律师附近他才敢这么做,他大声地喊道:"您不能这样跟我说话,这是不被允许的。您为什么要羞辱我呢?而且还是在这里,在律师先生面前,他只是出于怜悯才容忍了我们两个,您和我两个。您并不比我好到哪里去,因为您也被指控,也要接受审判。但如果您仍然是一位绅士,那么我也同样是一位绅士,尽管我不是什么更伟大的绅士,但我需要别人和我讲话时以礼相待,特别是被您礼待。如果您认为自己有恃无恐,可以坐在这儿静静地旁听,而我,正如您所说,得屈辱地四肢爬行,那么我提醒您一句法律界的老话:对嫌疑人来说,动胜于静,因为静止不动就永远不可能知道,他其实已经被放在天平上,正被称量他的罪孽呢。"K.什么也没说,他目瞪口呆地盯着这个已经神志不清的人。在过去的一个小时里,他身上发生了怎样的变化?难道是他的案子弄得他迷迷糊糊,已经无法分辨谁是朋友,谁是敌人了吗?难道他没有看到律师在故意羞辱他,这一次也无非是想在K.面前炫耀自己的威风,借此让K.受制于自己吗?但是,

---

[1] 此处K.对布洛克的称呼也换成了"你",之前他和布洛克之间也用敬称"您"。

如果布洛克没有能力看穿这一点，或者如果他非常害怕律师，觉得看出了这一点对他也没有好处的话，那么他又怎么会如此狡猾又大胆地欺骗律师，向他隐瞒除他之外，自己还找了其他律师的事实呢？而且他怎么敢攻击K.，后者明明可以出卖他的秘密。但商人似乎更大胆，他走到律师的床边，又开始在那儿抱怨K.："律师先生，您听到这个人是怎么对我说话的吗？他在案子里花的时间一只手都数得过来，现在就想给我这个已经为案子奔波了五年的人上一课了。他甚至对我出言不逊。什么都不知道，还来侮辱我，我虽不才，也是仔细研究了礼仪、责任和司法惯例的。""别管其他人了，"律师说，"做你认为正确的事。""当然。"布洛克说，仿佛在给自己鼓劲，他迅速侧目了一下，就赶紧跪在了床边。"我已经跪下了，尊敬的律师。"他说。但律师却沉默不语。布洛克用一只手轻轻地抚摸着羽绒被。在这静默的等待中，莱尼挣脱了K.的手，说："你捏得我很疼。放开我。我要去布洛克那儿。"她走了过去，在床边坐了下来。布洛克对她的到来感到十分高兴；他立即打着生动无声的手势，让莱尼去律师那儿帮他求情。显然，他非常需要律师的消息，但也许只是为了让他找的其他律师来利用它们。莱尼明显很清楚如何对付律师，她指着律师的手，抿着嘴唇，做出要亲吻它的样子。布洛克立即心领神会，亲了亲律师的手，并在莱尼的要求下，又重复亲了两次。但律师仍然沉默不语。于是，莱尼朝律师俯下了身，她曼妙的身躯在这样的伸展中一览无余，她抚摸着他的白色长发，并靠近他的脸。现在，这举动终于迫使他说了话。"我犹豫着要不要告诉他。"律师说，他微微地摇了摇头，也许是为了更好地享受莱尼的抚摸。布洛克低着头听着，好像这样听人说话就犯了什么戒律似的。"你为什么犹豫？"莱尼问。K.觉得自己好像在听一场排练过的谈话，这种谈话以前已经重复过很多次，以后还会重复很多次，只有在布洛克这儿才不会失去新鲜感。"他今天表现如何？"律师没有回答，而是反问道。在莱尼评价之前，她低头看了看布洛克。看了一会儿，他朝她举起双手，反复揉搓，以示祈求。最后她认真地点了点头，转向律师说："他很安分，也很勤快。"一位上了年纪的商人，一位留着胡子的绅士，居然要向一个年轻女孩求情，让她说好话。他这样做可能别有用意，可是在其他人眼中，他是无法为自己的行为辩解的。K.不明白律师怎么会想到通过这种方式来赢得他的信任。要不是他之前已经解雇了他，那么这一幕迟早落在自己身上。这种贬低几乎让委托人丢掉了整个世界，只能一个劲地在歧途上艰难跋涉，希望通过这种方式把自己拖到审判的结束。委托人已经不能算是委托人了，而是律师的一条狗。如果律师命令他像钻狗窝一样爬到床下，在那里狂吠，他也一定会很高兴去做的。K.像完成任务一样，仔细听着、思考着这里发生的一切，以便能在更高级别的地方汇报，或是写成报告。"他一整天都做了什么？"律师问。"我把他锁在了房间里，"莱尼说，"这样他就不会打扰我的工作，就在女仆的房间里，他通常也住在那里。透过缝隙，我可以时不时地看到他在做什么。他总是跪在床上，把你借给他的文件打开放在窗台上，翻来覆去地读。这给我留下了很好的印象；窗户直通向天井，几乎没有光线能照进来。尽管这样布洛克还是一直在阅读,他的行为十分恭顺。""听到你的描述,我很高兴。"律师说,"但他读得明白吗?"在他们的谈话中,布洛克不停地翕动着嘴唇,显然是在组织语言,希望莱尼会说出他的答案。"当然,对此我不能确定。"莱尼说,"但无论如何,我看到他读得很仔细。他整天都在读同一页,一边读一边用手指一字一行地画着。每当我看向他时,他便叹气,好像读得很费力似的。你借给他的文件可能很难理解。""是的,"律师说,"它们当然不好理解。我也不认为他能读懂这些东西。让他读它们,只是为了让他了解到,我为他的辩护付出了多少努力。而我是为谁打这场硬仗呢?是为了布洛克,这说起来简直可笑。这意味着什么,他也应该学着理解理解。他一直不间断地读吗?""几乎没间断,"莱尼回答,"只有一次,他向我要水喝。我就通过通气口给他递了一杯水。然后在八点钟,我放他出来,给了他一些东西吃。"布洛克随后瞥了瞥K.,好像他们的话是在赞美他,也会给K.留下好印象。他现在似乎又满怀希望,动作也更加自在了,双膝也晃来晃去。可是在听到律师接下来的话后,他顿时又被吓得几乎僵住。"你赞美他,"律师说,"但是这一点让我很难启齿。因为法官对布洛克本人或他的审判什么好话都没说。""没有什么好话?"莱尼问,"这怎么可能呢?"布洛克用一种充满期待的眼神看着她,仿佛他相信她有一种能力,能把法官说过的不利的话转为对他有利的话。"确实没有什么好话,"律师说,"当我开始谈及布洛克时,他甚至感到不舒服。'您就不要谈布洛克了。'他说。'他是我的客户。'我说。'您在浪费自己的时间。'他说。'我不认为他的案子已经失败了。'我说。'您在浪费自己的时间。'他重复道。'我不相信。布洛克对审判的事一丝不苟,而且几乎把所有的心思都投在案子上了。为了随时掌握最新情况,他几乎和我住在一起,这样的满腔热情,也实在不太多见。当然,他本人并不讨人喜欢,举止丑陋,还脏兮兮的,但在诉讼相关的问题上,他的行为无可指责。'我说。我说的无可指责,当然是故意夸大其词。对此,他说:'布洛克只是狡猾而已。他积累了大量的经验,知道如何拖延时间。但他的无知比他的狡猾更甚。如果他得知他的案子还没有开始审理,如果有人告诉他审判开始的钟声还没敲响的话,他会说些什么呢?'布洛克,别激动。"律师说这一句是因为布洛克已经两腿颤颤巍巍地要站起来,显然是要问个明白。这是律师第一次和布洛克进行这么长篇大论的谈话。他用疲惫的眼神看着布洛克,这眼神有些漫无目的。布洛克在这目光的注视下又慢慢地跪了下来。"法官的这些话对你来说一点意义都没有,"律师说,"不要对每句话感到惊诧。如果你再这样,我就什么都不告诉你了。如果我每说一句话,你都这么盯着我,好像现在是你的最终审判一样,那我就什么都不能说了。你真应该在我的客户面前感到难为情!你这样也动摇了他对我的信任。你想要干什么?你仍然活着,仍然在我的保护之下。这都是毫无意义的恐惧!你或许在什么地方读到过:在某些情况下,最终的判决会在不经意间到来,来自任何一个人,发生在任何时间。这可以是事实,但也有许多保留。不过你的恐惧让我感到厌恶,我从中感到你对我确实缺乏必要的信任。我到底说什么了？我不过是转述了一位法官的话。你也知道，每一次审判，总是各种意见纷纭，以至于让人捉摸不透。例如，这位法官在审判开始的时间上与我看法不同。这只是意见分歧，也没什么。到了审判的特定阶段，按照古老的习俗，还会敲钟。按照这位法官的看法，这就是审判的开始。我现在不能告诉你所有的反对的意见，你也不会明白；只要知道还有很多不同的意见就够了。"布洛克尴尬地跪在那儿，用手指在床头小地毯的毛皮上画来画去；法官宣判的那些话让他焦虑得暂时忘记了自己对律师应有的恭顺；他只想着自己那点事，翻来覆去地咀嚼着法官的话。"布洛克，"莱尼用警告的口气说，拉着他的衣领，把他拽起来了一点，"现在别动那毛皮了，仔细听律师怎么说。"

在大教堂里

K.接到了一项任务——陪同一位意大利的业务伙伴去参观一些艺术古迹,这位伙伴对银行非常重要,而且是第一次到这个城市。要是在往常,K.肯定会认为这项任务很光荣,但现在他需要付出巨大的努力才能维持他在银行中的声望,所以他不太情愿接受这项任务。在办公室之外度过的每个小时都让他苦闷。的确,他不能像以前那样充分利用在办公室的时间,有时他只是在敷衍处理最紧急的工作,实际上却在荒废时间。但当他不在办公室时,他却更加惴惴不安。他觉得自己能看到那个一直在窥探他的副经理不时地走进他的办公室,在他的办公桌前坐下来,翻阅他的文件,接待与K.联系多年、几乎已是好友的客户,离间他和他们之间的关系,也许还会揭发K.的错误,现在K.在工作中总是觉得受到了来自各方面的威胁而犯错,他再也无法避免这些错误了。因此,如果派他去外边办事,无论是去办一件公事,还是短途旅行——这种差事最近还总是落在他头上——那他总是合理地怀疑,他们想把他从办公室调开一段时间，以检查他的工作，或者至少他们认为他在办公室里可有可无。这其中的大多数差事他都可以轻而易举地拒绝，但他不敢这样做，因为即使他的恐惧毫无根据，可拒绝这些差事就像变相证明了他的恐惧。出于这个原因，他表面上风轻云淡地接受了这些差事，甚至当派给他为期两天的辛苦差事时，他即使正患着重感冒，也没提自己生病的事。他只是不想冒险出错，落下让别人说他是借口秋天阴雨绵绵而不愿出差的口实。等他出差回来，简直头痛欲裂，又得知公司已经决定派他第二天去陪同这位意大利的商业朋友。至少这一次，他是真的想拒绝不去了，尤其是他被指派干的这件事和公司业务并没有直接关系；但对生意上的朋友履行这种社交义务，毫无疑问也很重要，只是对K.来说无关紧要罢了，他清楚地知道，只有在工作上的成就才能维持自己的地位，如果他在工作上不成功，即使他再能出乎意料地吸引这个意大利人，也无济于事、毫无价值；他一天都不愿意离开自己的工作场所，因为担心哪天一去就回不来了。尽管他也知道这种恐惧被自己夸大了，但这恐惧还是限制了他。然而，碰到这种情况，要找一个可以被大家接受的反对意见也几乎不可能。K.的意大利语不是很好，但至少足够应付了；而具有决定性的一点在于，K.早年学过一些艺术史的相关知识，而且因为K.曾有一段时间，虽然是出于商业上的原因，还是保护城市艺术纪念碑协会的成员，所以在银行里名声大噪。现在，据说这个意大利人也是一位艺术爱好者，因此选择K.作为他的陪同也是自然而然的事。

那天早上风雨交加，K.一想到即将面对这样的一天，不禁心中不爽。他七点钟就到了办公室,想在客户拜访他、剥夺他的一切时间之前至少完成一些工作。他非常疲惫,因为他花了半个晚上研究意大利语语法,以准备陪同的事。最近他喜欢坐在窗边,这比办公桌更能诱惑他,但他还是抵挡住了这种诱惑,在办公桌前坐下来工作。不幸的是,就在这时,下属进来了。下属说经理先生让他来看看总监先生是否在这里;如果总监先生在这里,就请总监先生去接待室一趟,那位从意大利来的先生已经在那儿了。"我马上就过去。"K.说着,把一本小字典放进了口袋里,又把他为陌生客人准备的一本城市风景画册夹在腋下,穿过副经理的办公室,走进了经理的房间。他很高兴自己这么早就来办公室了,并能在这种情况下随叫随到,毕竟这一点其他人可能想不到。副经理的办公室当然还是空的,犹如夜深人静时,可能办事员也曾召唤他去接待室,但没能找到他。当K.进入接待室时,这两位先生从他们的深色扶手椅上站了起来。经理亲切地笑了笑,显然对K.的到来非常高兴,他马上为K.和意大利人做了介绍。意大利人用力地和K.握了握手,笑着说着一个什么人也是一贯早起的。K.不明白他到底指的是谁,那是个奇怪的词,K.过了一会儿才猜到它的意思。他用几句场面话搪塞了过去,意大利人也笑着接受了,用他有些紧张的手在他灰蓝色的浓密胡子上捋了几下。这胡须显然是喷过香水的,让人简直想凑近闻一闻。当他们都就座,寒暄了一会儿后,K.尴尬地注意到,他只能断断续续地听懂意大利人说的话。当他语气从容地说话时,K.几乎能完全听得懂,但这只是极少数的例外情况;更多的时候他语速很快，说话的时候还摇头晃脑，似乎很高兴。然而他这么说话的时候，又还夹杂着一些方言，对K.来说，这些方言简直不是意大利语。但经理不仅能听懂，还能对答如流，不过K.也能预料到这一点，因为这些意大利语是意大利南部的方言，经理也在那儿待过好几年。无论如何，K.意识到，他几乎不可能和这个意大利人交流了，因为他说的法语也很难听懂，而且他的胡子遮住了他嘴唇的动作，如果能看到，还可能有助于他的理解。K.预感会有很多麻烦事，他暂时放弃了试图听懂意大利人说话的努力——有经理能完全听得懂他的话，自己何必再去费那份劲呢——K.只是闷闷不乐地看着意大利人舒服惬意地坐在软椅里，不时地拽着他那条裁剪很短的外衣。还有一次，他举着胳膊，手在关节处松弛地移动，试图比画着什么，尽管K.身体向前倾并将双手放在眼前，他还是无法理解。最后，K.冷静地坐在一边，只是机械地用眼睛看着他们俩的交流。他感到疲倦，恍惚之间，他竟然发现自己在分心时想站起来转身离去，幸亏及时发现，这吓了他一跳。终于，意大利人看了看表，突然跳了起来。与经理道别后，他就紧紧地挤到K.跟前。他贴得太近，以至于K.不得不推开面前的扶手椅，以便自己能够移动。经理当然从K.的神情中看出了他面对这个意大利人时的苦恼，于是他巧妙而委婉地介入了谈话，看起来似乎他只是在补充一些小建议，但实际上他把意大利人刚才喋喋不休的谈话中的所有内容，都简洁地和K.说了个明白。K.从经理那儿得知，意大利人临时还有一些业务要处理，没有太多时间，因此他也不打算匆匆忙忙地看完所有的景点，他决定——当然在K.同意的前提下，这件事由K.来决定是否可行——只参观大教堂，要仔仔细细地看一遍。能够由这样一位博学又谦和的人陪同参观教堂，他非常高兴——这位博学又谦和的人说的当然是K.。但K.只顾着迅速理解经理话里的意思，根本没顾上听意大利人的话——意大利人问他，如果时间合适，能否在两个小时后，就是大约十点在大教堂碰面。他自己也会准时到那儿。K.顺着回答了几句，意大利人先和经理握手，又与K.握手，然后又与经理握了一次手。接着K.和经理两人跟在意大利人的后面，送他到门口，他朝他们俩半侧着身，仍在不停地说话。K.和经理又一起待了一会儿，经理今天看上去也是特别苦恼。经理觉得，从某种程度上来说，他必须得向K.道歉，并说——他们亲密地站在一起——起初他打算自己陪意大利人去，但后来——他没说确切的理由——他决定派K.去。如果K.一开始觉得听不懂意大利人说的话，也不必为此惊慌，很快就能理解的，即使很多话根本没听懂，也不是很要紧，因为对意大利人来说，听不听得懂也没那么重要。而且K.的意大利语其实挺好的，他肯定会出色地完成这件事。就这样，K.告别了经理。他用剩下的时间查了查字典，从中摘抄出了参观大教堂所需的冷僻词。这是项极其麻烦的工作。这时，办事员们送来了信件，职员们也带着各种要求来了。他们看到K.在忙碌，就在门口等着，直到K.听完了他们的汇报才离开。副经理也不放弃这个时机来打扰K.。他几次跑进来，还从他手里拿过字典，随手翻阅，显然对其中的内容根本不在意。甚至顾客们也在门打开时出现在了半明半暗的前厅，犹豫地鞠着躬，他们想让别人注意到他们，但又不确定他们被看到了没有——所有的这一切都围绕着K.发生，仿佛他是一切事情的中心。而此时，他还在收集所需的单词，先在字典中查找它们，接着把它们记下来，然后练习它们的发音，最后还得试着把它们背下来。然而，他以前那惊人的记忆力似乎已经不复存在了，有时他禁不住对那个意大利人感到恼火，因为他，自己才要付出这么多努力。以至于K.把字典塞在了文件下面，决意不再准备了，但随后他又觉得，自己毕竟不能在面对大教堂的艺术作品时，只是和意大利人一起来回参观、哑口无言，于是他又更加愤懑地拿起了字典。

九点半，当他刚准备离开办公室时，一个电话打了进来，莱尼向他问候早安，并问他怎么样了。K.急匆匆地向她道谢，并说他现在不能再聊了，因为他得去大教堂。"去大教堂？"莱尼问道。"嗯，是的，去大教堂。""为什么要去大教堂呢？"莱尼问。K.本想快速解释几句，但他还没开始，莱尼就突然说："他们在催你。"这语气中的同情既不是他要求的，也不是他能预料到的。K.无法忍受了，他简单地说了两个字就和莱尼告别了，但挂上听筒的时候，他像是一半对着自己，一半对着远处的女孩说："是的，他们催得可真急。"但她已经听不到了。

现在时候已经不早了，K.担心不能及时赶到约好的地点。所以他叫了一辆车，在最后一刻，他还记起了那本城市风景画册，他之前没能找到机会把它送出去，所以他现在又带上了它。他把它放在膝盖上，一路上都不安地敲打着画册。雨势渐弱了，但四周仍然潮湿、冰冷、阴沉沉的；这样的天气，在大教堂里可能也看不太清楚，并且要是一直站在那冰冷的地砖上，K.的感冒肯定会加重。大教堂前的广场上很空旷，没什么人，K.记得他小时候就注意到，在这个狭窄广场的周围的房子，几乎所有的窗帘都是放下的。当然在今天这样的天气里，拉上窗帘更是无可厚非。大教堂里似乎也空荡荡的，当然现在没人想来这儿。K.走过两边的长廊，只遇到了一个老妇人，她裹着一块暖和的围巾，正跪在圣母玛利亚像前，虔诚地望着圣母。然后，他远远地看到另一个一瘸一拐的教堂杂役消失在一扇侧门后面。K.准时到达了，他走进大教堂的时候，钟刚好敲了十下，但意大利人还没来。K.回到正门入口，在那里犹豫不决地站了一会儿，然后冒雨绕着大教堂转了一圈，看那个意大利人是否在某个侧门等他。但是哪儿也没找到他的身影。经理会不会弄错了时间呢？谁能听得懂这个人讲话呢？但无论如何，K.至少要等他半个小时。由于他累了，他想坐下来，于是他又回到了大教堂，在一级台阶上发现了一块小小的、像地毯一样的破布，于是用脚尖把它踢到了附近的一个长凳前，然后把自己身上的衣服裹紧了些，翻起衣领，坐了下来。为了分散注意力，他打开画册，稍微翻阅了一下，但很快就不得不停下来，因为天色越来越暗了，他抬头望去，连近处两侧过道里的东西也分辨不清了。

远处的主祭坛上，排列成大三角形的蜡烛闪闪发光。K.难以确定他以前是否见过这些烛光，也许它们刚刚才被点燃。教堂杂役们都是专业的潜行者，人们根本难以注意到他们。K.偶然转过身时，他看到在离他不远处的廊柱上，点着一根高大结实的蜡烛。尽管这烛光很美,但它完全不足以照亮那些祭坛上的绘画,这些画大多悬挂在昏暗的侧翼祭坛里,反而增加了那种昏暗的气氛。意大利人没有来,这举动虽然不太礼貌,但也明智;因为来了也看不到什么,只能靠着K.用手电筒一寸一寸照着,去看这几幅画。为了试一试看画的效果,K.走近旁边的一个小神坛,爬上了几级台阶,来到一个低矮的大理石围栏前,俯身用灯照亮了祭坛上的画。那持续的光亮令人不安地在画前晃来晃去。K.首先看到的,也是部分猜出来的,是在画面边缘的一个高大的、穿着盔甲的骑士。他倚着一把剑,剑插在他面前光秃秃的地上,那上面只稀稀拉拉地长着几片草叶。骑士似乎在仔细观察发生在自己面前的事情。令人惊讶的是,他就停在了那里,并没有再靠近。也许他就是被派到那儿站岗的。K.已经很久没有看过任何画了,他盯着这个骑士看了很久,虽然他因为受不了手电筒的绿光,在不停地眨眼睛。然后,他移动着手电筒,让光线扫过画面的其他部分,这才发现了普通教堂画题材中埋葬着基督的主题;但这幅画还算是新作。他又把手电筒收好,回到了刚才的位置。

  现在看来,也许不必再等那个意大利人,外面正下着暴雨,但教堂里倒并不像K.预期的那么冷,于是他决定暂时留在这里。在他附近有一个大讲坛,在它的圆形的小穹顶上,挂着两个空空的金色十字架,它们的最外侧相互交叉在一起。护栏的外沿和连接支撑柱的石头上都有绿叶装饰,其间还有一些小天使,有的生动活泼,有的恬静平和。K.走到讲坛前,从各个方向打量着它,石头的做工极其精致,点缀其间的树叶和其背后的深邃黑暗仿佛是被抓住然后固定在上面的礼物一样。K.把手伸到一个这样的缝隙里，然后仔细地摸着石头，他竟然从来不知道这个讲坛的存在。然后他偶然注意到，在离他很近的长凳后面，一位教堂杂役正站在那里，穿着一条宽松又皱巴巴的黑袍子，左手拿着一个鼻烟盒，正看着他。K.想，这个人要干什么？难道他觉得我可疑吗？还是想要一些小费？当这个教堂杂役看到K.注意到自己时，他用右手指向一个模糊的方向，他的两根手指间还夹着一撮烟草。这行为让人简直无法理解，K.又等了一会儿，但教堂杂役并没有放下手，还用力地点头确认。"他想要干什么？"K.轻声地自问，他也不敢在这里大声喧哗；随后他掏出钱包，走过最近的那些长凳，来到那个人面前。但后者立即用手做了一个回绝的动作，他耸了耸肩，一瘸一拐地走了。K.在小时候常常模仿骑马人的步态，和教堂杂役这种匆忙又跌跌撞撞的走法类似，于是K.也学着他的姿态走路。"一个幼稚的老头儿。"K.想，"他的智力也只适合在教堂做杂役了。我停下来，他就也停下来，还时不时地偷看我是不是跟着他。"K.微笑着跟着老人走过了整个侧道，几乎走到了主祭坛的位置。老人一路都在不停地指指点点，但K.故意不转身看他，他指来指去的目的，也无非是想甩开K.罢了。最后K.也没再跟着他，他不想让这个老头儿太担惊受怕，再说万一意大利人来了，这里什么人都没有也不太好。

当K.走回教堂正殿，寻找他留下画册的座位时，他注意到，在紧挨着祭坛合唱队的长凳的柱子旁，还有一个小的侧讲坛，非常简朴，是由光秃秃的浅色石头造的。它是如此之小，以至于从远处看，它就像一个仍旧空着的壁龛，似乎准备在里面供奉圣像。如果布道者站在上面，显然连从栏杆那儿后退一步的余地都没有。此外，讲坛的石拱顶也超乎寻常地低矮狭窄，虽然没有任何装饰，但以如此弯曲的方式向上砌成拱状，以至于一个中等身高的人也无法直立，只能不断地向前倚在护栏上。整个结构似乎都是为了折磨布道者；K.无法理解为什么要造这个讲坛，因为明明有一个更大的、装饰精致的讲坛就在旁边。

要不是这讲坛顶上安装着一盏灯，K.肯定不会注意到它。因为在讲道之前，这盏灯才会被点起，难道现在有人要布道了吗？在这空荡荡的教堂里？K.低头看了看通向讲坛的楼梯，它贴着柱子，而且很窄，好像不是为了供人上讲台，而只是为了装饰柱子。在讲坛的底部真的站了一位神父，手扶着栏杆，正准备踏上台阶，当他朝K.看过来，K.惊讶地笑了起来。神父微微地点了点头，K.忙在胸口画了个十字，朝他鞠了鞠躬，其实他早该这么做了。神父轻盈地跳上了台阶，然后迈着短而快的步伐登上了讲台。难道他真的要开始布道了吗？也许之前那个杂役并不是疯疯癫癫，而是有意把K.带到布道者这里来。在这空荡荡的教堂里，这么做也是极为必要的。而且，之前不知道在哪个地方，还有一个跪在圣母玛利亚的画像前的老妇人，她也应该来。如果是讲道，为什么不先演奏管风琴呢？但管风琴没有任何声响，只是高高地挂在高处，在昏暗中若隐若现地闪光。

K.考虑现在是不是应该赶紧离开这里，要是他现在不走，等布道开始，他就没机会走了，就得留下来，等到布道结束了才能走。之前在办公室已经浪费了这么多时间，他早就没有义务再等意大利人了，他看了看表，已经十一点了。但真的会有布道吗？K.一个人能代表所有信徒吗？如果他是一个只想参观教堂的陌生人，那又会怎样呢？其实本质上来说，他就是一个只想参观教堂的陌生人。这整件事情都很荒谬，现在是十一点，还是个工作日，在这最恶劣的天气下，还要布道吗？神父——毫无疑问他是个神父，一个面容圆润、肤色黝黑的小伙子——他登上了讲坛，大概只是为了熄灭那盏误点的灯。

但事实却并非如此，神父仔细地检查了一下灯光，又把它拧得更亮了一些，然后他慢慢地转向护栏，用双手抓住了护栏的边缘。就这样，他站了一段时间，看了看周围，却没有转动头。K.向后退了很远，用胳膊肘撑在最前排的长凳上。他似乎看到，在某个模模糊糊的地方，那个教堂的杂役，正弓着背，好像完成了他的任务似的，平静地蹲在那儿。此时此刻，大教堂里是多么寂静啊！但K.不得不去打乱这种宁静，他没心思再待下去了；如果神父非得在某个时间段布道，不顾及实际情况，那就随便他好了，即使没有K.的协助他也能成功布道，正如K.的存在肯定不会增加什么效果一样。于是，K.慢慢地动了起来，用脚尖在长椅边摸索着向前，然后来到了宽阔的主过道上，在那儿不受干扰地朝前走。只听见在他最轻的脚步下，石板地发出了响声，伴随着他多次、规律的前进，穹顶也传来微弱的回声，而且持续不绝。当他在神父的注视下，独自走过空荡荡的长椅时，K.感到有些被遗弃的惆怅；而且，这个教堂也太大了，似乎对他来说也正好是人类能容忍的极限。当他走回之前的座位时，他丝毫没有停留，一把抓起了留在那里的画册，拿了就走。在他几乎已经离开了长椅的区域，正走向长椅和出口之间的空旷区域时，他第一次听到了神父的声音，一个强有力的且训练有素的声音。它是多么响亮地回响在这座随时准备接纳这声音的大教堂里啊！但神父呼唤的不是教众，这很清楚，而且这呼喊声非常明确，他喊着："约瑟夫·K.！"

K.被吓得目瞪口呆，他看向面前的地面。就目前而言，他还是自由的，他仍然可以继续往前走，前面不远处有三扇小小的、黑乎乎的木门，只要打开一扇就可以离开了。这样做就意味着他没有听明白神父的话，或者说他虽然听明白了，但并不在意。但如果他回过头去，他就会被扣留在这儿，那样就相当于他已经承认他很明白，他就是神父叫的人，而且他也愿意听从他的话。如果神父再叫一次，K.肯定会继续往前走，可是K.等了很久，一切都很安静，所以他稍稍转过了头，因为他想看看神父现在正在做什么：他还像以前一样安静地站在讲台上，但很明显，他也注意到了K.回过头来了。如果K.现在不完全转过身面对他，这一切就显得像是一个幼稚的捉迷藏游戏了。于是他这样做了，神父挥了挥手，让他走近一些。由于现在一切都无法回避了，他便跑了起来——他这样做既是出于好奇，也是想缩短时间——迈着大步、飞快地奔向讲坛。走过前几排长椅，K.停了下来，但神父还是觉得他们之间距离太远了，他伸出手来，用食指指着讲坛前面的一块地方。K.也照办了，他不得不在那个地方把头弯得老长，才能看得到神父。

"你是约瑟夫·K.。"神父说,他从护栏上伸出了一只手,做了一个模糊的动作。"是的。"K.说,他想到自己以前说起自己名字的时候是多么坦然,但在过去的一段时间里,这对他来说却成了一种负担。现在很多与他第一次见面的人都知道他的名字,如果能先被介绍名字,再互相认识,这是多么好的事情啊。"你被指控了。"神父特别小声地说。"是的,"K.说,"我知道这件事。""那你就是我要找的人,"神父说,"我是监狱的神父。""我明白了。"K.说。"是我叫你来的,"神父说,"要和你谈谈。""没人告诉我这件事,"K.说,"我来这儿是为了陪一个意大利人看大教堂的。""把这个问题先放一边吧,"神父说,"你手里拿的是什么?是一本祈祷书吗?""不,"K.回答说,"这是一本城市风景画册。""放下它。"神父说。K.猛地把书扔了出去,书敞开着掉在了地上,里面的书页都被折了角,在地上滑了很长一段距离才停下。"你知道你的审判很糟糕吗?"神父问道。"我也觉得是这样,"K.说,"我已经做了一切努力,但目前为止还没有成功。而且,我的辩护书都还没写完。""你认为案子的结果会是什么样的?"神父问。"以前我觉得肯定能有个好结果,"K.说,"但现在我自己有时也会怀疑。我不知道结果会是什么样的。你知道吗?""我也不知道,"神父说,"但我担心结果可能会不好。他们认为你有罪。你的审判可能永远无法超越低级法院的审理。至少目前看来,他们认为你有罪也是很有根据的。""但我是无辜的,"K.说,"这是个误会。一个清白无辜的人怎么会有罪呢?我们都是人,彼此都一样。""这是对的，"神父说，"但这是有罪的人惯用的说话方式。""你也对我有偏见吗？"K.问。"我对你没有偏见。"神父说。"我很感谢你，"K.说，"但所有其他参与审判的人都对我有偏见。他们还向没有参与的人灌输这种观念。我的处境越来越困难了。""你误解了事实，"神父说，"审判不是一蹴而就的，诉讼程序会逐渐进入审判。"

"原来如此。"K.说着，低下了头。"你接下来打算怎么处理你的案子？"神父问道。"我还是想寻求帮助，"K.说着抬起了头，想看看神父对这句话会作何反应，"还有一些机会我还没利用呢。""你寻求的外部帮助太多了，"神父不以为然地说，"尤其是来自女性的帮助。难道你不觉得这不是真正的帮助吗？""在一些情况下，甚至通常来说吧，我会同意你的观点，"K.说，"但并非事事如此。女性有很大的力量。如果我可以说服我认识的一些女性一起为我工作，我一定能扛过这件事。尤其是在这个几乎全是好色之徒的法院。只要向预审法官指一指一个远处的女人，他就会马上冲过去。甚至还会为了及时赶到，而把法庭的桌子和被告都撞翻。"神父把头弯向了护栏，讲坛上的拱顶似乎现在才压住了他。外面的天气有多么恶劣？阴沉的白天已经过去了，现在是深沉的夜晚。大窗子上的彩色玻璃画也无法发出闪光来打破这四壁的黑暗。而就在此时，神父开始逐一熄灭高坛上的蜡烛。"你在生我的气吗？"K.问神父，"你可能不知道，你在为一个怎样的法院服务。"他没有得到回答。"这些只是我的个人经验。"K.说。神父在楼上仍旧沉默不语。"我不是有意冒犯你。"K.说。神父朝着下面的K.喊道："你就不能目光看得远些吗？"这是愤怒的喊叫，但同时又像是一个人看到有人摔倒，自己受到了惊吓，才会不由自主地惊叫。

于是两人都沉默了很久。讲坛下面一片昏暗，神父无法看清K.的神色，但K.却可以在手电筒的光亮中看清神父。为什么他不从讲坛上下来呢？毕竟他也没有布道，只是给了K.一些信息，而如果仔细注意这些信息，与其说是有用，不如说可能会给他带来更大的伤害。但在K.看来，这位神父的善意是毋庸置疑的；要是他走下讲坛，K.与他达成一致也不是不可能的；而且也不是没可能从他那里得到一些决定性的、可接受的建议。比如说，不是要让他指出如何影响审判的进程，而是如何从审判中解脱出来，如何绕过它，如何在审判之外生活。这种可能性一定存在，K.在最近一段时间里经常想到这一点。如果神父知道这种可能性，那么如果K.去求他，他也许会和盘托出，哪怕他自己也是法院中人，哪怕在K.攻击法院时，他竟压抑住了自己温和的本性，甚至对K.大吼大叫。

"你不想下来吗？"K.问，"现在也不用布道了。下到我这儿来吧。""我现在可以下来了。"神父说，也许对他的大喊大叫感到很后悔。他一边把手电筒从钩子上解了下来，一边说："跟你谈话，我必须先保持一定的距离。否则我会太容易受到影响，从而忘记我的职责。"

K.在楼梯下面等他。神父一边走下来，一边向他伸出了手。"我能占用你一点时间吗？"K.问道。"你要多少时间都行。"神父说着递给K.一盏小灯，让他拿着。即使两人挨得这么近,神父依旧不失威严。"你对我真友善。"K.说。他们并排走在昏暗的教堂侧翼建筑里,一会儿上一会儿下。"你是法院的人里的例外。在已经见过的这些人中,我最信任你。我可以和你开诚布公地交流。""别弄错了。"神父说。"我怎么会弄错呢?"K.问道。"在法院里你就搞错了。"神父说,"在关于法律的引言条款中提到了这种错觉:法之门前站着一个守门人。一个乡下来的男人来到他跟前,请求进入法之门。守门人却说他现在还不准进入。这个男人思索了一会儿问道,是否之后会允许他进入呢?'有可能,'守门人说,'但现在不行。'由于法之门开着,而守门人只站在一侧,男人于是弯下身,想要透过门看看里面。守门人意识到了他的举动,笑起来说:'如果门里面的东西真的这么吸引你,那你就罔顾我的禁令进去瞧瞧好了。但你记住,我很强大。而且我只是最低级别的守门人。你穿过每一道大厅时都会遇到守门人,他们会越来越强大。即使是我,也畏惧第三个守门人的注视。'乡下来的男人没预料到会遇到这样的麻烦,他暗暗想,法律面前应该人人平等的呀。但当他现在更仔细地去看守门人的毛皮大衣,巨大的鹰钩鼻,那细且长、黑且卷曲的鞑靼人[1]般的胡子时,他还是决定等下去,直到他得到进门的许可。守门人给了他一个小板凳,让他在门边坐下。他就在那儿日复一日、年复一年地坐着。他又尝试了很多次,想进到门里去,甚至他的请求都让守门人疲倦了。守门人时常审问他一些小问题,例如盘问他的

---

[1] 中世纪进入西亚和东欧的突厥和蒙古部落成员,后泛指凶猛的人。——编者注

家乡以及其他一些无关痛痒的问题，就像那些大老爷们的提问一样，但最后总是告诉他，他还不被准许进入。男人为了他的旅行准备了很多东西，也把它们都用掉了，它们在贿赂守门人上倒是还很有价值。守门人也一概收下，但总是说：'我收下这些，只是为了让你觉得并没有疏忽什么。'在这许多年里，男人几乎毫不间断地盯着守门人。他忘记了其他守门人，似乎这一位就是他进入法之门的唯一障碍。在头些年里，他大声咒骂着这不幸的偶然事件；但在他老了之后，他只能嘀咕着。他开始变得幼稚起来，在这些年和守门人的交往中，他甚至和守门人的毛皮领子里的跳蚤都混熟了，还请求它帮自己改变守门人的决定。最后他的视力很差了，他甚至分不清是周围真的变暗了还是眼睛看不清了。但他却能在昏暗里看到法之门内射出永不熄灭的光芒。他也将不久于人世了。临死前，这段时间里的所有经历在他脑海里凝聚成一个问题，一个他还没向守门人提过的问题。他朝守门人眨了眨眼睛，因为他逐渐僵硬的身体已经坐不直了。守门人必须深深地弯下腰，他们的身高差已经非常不利于男人现在的情况了。'你现在究竟想知道些什么呢？'守门人问道，'你总是不知满足。''所有人都追求法律，'男人问道，'但为什么这些年里，除了我以外没人要求进入这扇门呢？'守门人知道男人已走到生命的尽头，为了让他在听力消失前还能得到答案，他冲男人喊道：'这儿不会有别人通过，因为这一扇门是专门为你准备的。我现在要走了，得把门关上了。'"

"守门人就这样欺骗了那个乡下人。"K.立即说，他深深地被这个故事吸引。"先别妄下判断，"神父说，"不要不假思索地接纳别人的意见。我已经逐字逐句地给你讲了这个故事。这里面没有任何欺骗的成分。""但欺骗也很明显，"K.说，"你的第一个解释非常正确。直到乡下人已经走投无路时，守门人才把可以得到救赎的消息告诉他。""乡下人之前并没有问，"神父说，"还请记住，他只是个守门人，也履行了自己作为守门人的职责。""你为什么认为他履行了自己的职责呢？"K.问道，"他没有尽到职责。他的职责可能是将所有的陌生人拒之门外，但这扇门是为这个人开的，他应该让他进去。""你对文本不够尊重，篡改了这个故事，"神父说，"在这个故事中，关于能否进入法之门，守门人有两个重要的声明，一个在开头，一个在结尾。第一句是：他现在不能放乡下人进去。另一句是：这道门只为乡下人而开。如果这两种说法互相矛盾的话，那你就说对了，是守门人欺骗了这个乡下人。但这些话并不矛盾。相反，第一句话甚至暗示了第二句话。几乎可以说，守门人向乡下人展示了他未来有机会进入的场景，这已经超越了他的职权范围。当时，他的职责似乎只是把乡下人拒之门外，事实上，很多解释文本的人看到守门人做出了那个暗示，都觉得十分惊讶。因为他一直一丝不苟，工作认真负责。多年来，他从未离开自己的岗位，直到最后一刻才关上了门。他非常清楚自己职责的重要性，因为他说：'我很强大。'他对上级心存敬畏，因为他说：'我只是最低级别的守门人。'他也不善言辞，因为多年来他只问那人所谓的'无关痛痒的问题'。他不贪污，因为每次他收下礼物都说：

'我收下这些，只是为了让你觉得并没有疏忽什么。'在履行职责上，他既不会轻易被感动，也不会因恶语而愤怒，因为故事里提到，'乡下人的请求都让守门人疲倦了'，而且他的外表也显示出他迂腐纠结的性格：大大的鹰钩鼻，以及又长又细的、黑且卷曲的鞑靼人般的胡须。还有比他更尽责的守门人吗？然而，守门人的性格中还有其他因素，这些因素对要求进入法之门的乡下人十分有利，或者至少可以理解为，他在暗示乡下人未来的可能性时，会稍微超越他的职责。同样不可否认的是，他有些头脑简单，因此也有点自负。他对自己的权力、其他守门人的权力以及他连看他们一眼都受不了的表述，要我说的话，即使这些言论本身都是对的，但他说这些话的方式也表明，头脑简单和自负为他的观点蒙上了阴影。那些阐释者们对此的说法是：'对一件事的正确理解和对同一件事的错误理解并不完全互相排斥。'在任何情况下，我们必须承认，这种头脑简单和自负，无论多么微不足道，也确实削弱了守门人的守卫职责。这就是守门人性格上的缺陷。除此以外，守门人似乎天性友好，他并不像其他官员那样盛气凌人。一开始他就开起了玩笑，不顾他明确坚持的禁令，邀请那个人进来；之后也没有把他赶走，而是给了他一把凳子，让他在门边坐下。守门人多年来耐心地忍受着那个人的苦苦哀求，常常审问几句，接受他的礼物，还很大度，允许他坐在旁边大声咒骂命运不幸的巧合，是巧合把守门人安排在这里。这一切都展现了守门人动了恻隐之心。不是每个守门人都会这样做。最后，他还弯下身子听他说话，给了他最后一个提问的机会。其实守门人知道，一切都已经结束了。但他只在'你总是不知满足'这句话中表现出了些许不耐烦。有些人在这种阐释上更进了一步,认为'你总是不知满足'这句话表达了一种友好的赞赏,当然,也并无纡尊降贵的意味。总之,这个守门人的形象和你想象的完全不同。""你比我更了解这个故事,研究的时间也更长。"K.说,他们沉默了一小会儿。然后K.说:"所以你认为那个人没有被欺骗?""请别误解我的话,"神父说,"我只是向你展示了关于这个故事的种种观点。你不需要太过于关注这些观点。故事文本是不可改变的,而各种观点不过是困惑的表现。在这种情况下,甚至有一种观点认为,守门人才是被欺骗的。""这个观点未免有些牵强,"K.说,"背后的理由是什么呢?""理由在于,"神父回答说,"守门人头脑简单。有人说,他并不了解法的内部,只知道通往法的路。而他的任务就是守住入口,不断巡视。他对法的内部的设想十分幼稚,而且可以认为,他要使那个人害怕的东西,也正是他自己所害怕的。是的,他比那个想进去的男人更害怕,因为后者即使听说了其他可怕的守门人的存在,还是一心只想进入法之门;而守门人则不想进去,至少文本里没有提到这件事。还有人说,他肯定已经去过法的内部了,因为他是受雇于法律的人,而受雇过程只可能发生在法的内部。对此的解释是,他很可能是响应内部的召唤才被任命为守门人,他至少不可能深入法的内部,因为他一见到第三个守卫的目光就受不了。此外,在这么多年里,除了关于内部守卫的话外,他没有讲过任何其他关于法的内部的情况。他可能被禁止这样做,但文中也没提过关于禁令的事情。根据这一切可以得出结论：他对内部的情况和意义一无所知，因此处于一种错觉中。在对待那个乡下来的人时，他似乎也处于错觉里，因为他从属于那个人而不自知。他把那个人当作下等人，这一点从许多事情中可以看出，你可能还记得这一点。但守门人实际上从属于那个男人，这一点也同样明显。最重要的是，奴隶总是从属于自由人的。一方面，那个男人实际是自由的，他可以随心所欲地去想去的地方，只是被禁止进入法之门，而且，只有一个人，也就是守门人不让他进去。他坐在门边的凳子上，并在那里等了一辈子，那也是出于他的自愿才这样做的，故事中没有提到强迫。另一方面，守门人因其职务被束缚在了岗位上，他不能出去，但显然他也不被允许进去，即使他想进去也不行。此外，虽然他是为法律服务的，但他只守着这扇门，也就是只为这个男人服务，因为这扇门就是为他而开的。出于这个原因，他也是从属于那个男人的。应该说，他多年以来，付出了所有青春年华，但也只是提供了虚无缥缈的服务，因为据说一个人会来，也就是说一个成年人要来，守门人就得一直等着，才能实现他的目的，而且他必须一直等着，而来不来则看这个人的喜好，因为他的行动都是自愿的。但同时，守门人服务期的结束与否也是由这个人的寿命所决定的，所以结束前，他都是这个人的下属。而且人们一再强调，守门人对这一切似乎都一无所知。但这一点上也没什么引人注目的，因为根据这种说法，守门人还处在一个严重得多的、涉及他职责的错误中。因为最后他说到法之门时，他说'我现在要去把它关上了'，但在故事一开始，他说的却是法之门会永远敞开，如果它会永远开着，那也就是说，这道开着的门和那个人的生死毫无关系，那么即使是守门人也不能把它关上。对于守门人说这句话的动机，人们意见不一。有人说他宣布即将关上大门，只是为了回应那个人，有人说是为了强调他的职责，也有人说只是为了让这个人即使在人生的最后一刻也处于悔过和哀悼之中。然而，也有许多人一致认为他无法关上这道门。他们甚至认为，一直到了最后，他在学问上都屈居那个人之下，因为后者看到了从法之门里射出的光芒，而守门人很可能是背对着入口的，而且也没有表露出他注意到了任何变化。""这话说得很有道理，"K. 说，还暗自低声把神父解释中的一些关键点重复了几遍，"这确实有根有据，我现在也相信守门人是被骗了。但我也不会背弃我之前的观点，因为这两者有一部分是相互吻合的。实际上，守门人是弄清了状况还是被骗了，这并不重要。我曾经说这个守门人被骗了。如果守门人了解状况，人们可能会有所怀疑，但如果守门人也被骗了，那么他的错觉必然会传导那这个人。守门人虽然不是欺骗者，但却头脑简单，简单得想让人立即把他从工作岗位上赶走。当然，你必须考虑到，守门人受骗所产生的错觉对他本人没有任何伤害，但对那个人的伤害却是上千倍的。""这一点上也有反对的意见，"神父说，"有些人说，这个故事没有赋予任何人评判守门人的权利。无论他以前展露在我们面前的是什么形象，他始终是法的仆人，也就是属于法律，这样也就脱离了人们的评判。那么我们也不能相信，守门人会从属于那个人。他受职责的制约，被钉在了法之门的入口，但这也比自由地生活在这个世界上要好得多。那个人第一次来寻求法的时候，守门人已经在那里了。他是受法的指定来尽自己职责的，怀疑他的价值，也就是怀疑律法。""我不同意这种观点，"K.说着，摇了摇头，"因为如果赞同这种观点，就必须相信守门人所说的一切都是真的。但这是不可能的，你自己也充分说明了，这样做是不可能的。""不，"神父说，"不必认为所有的事情都是真，只需要把它们看成必要的即可。""真是令人沮丧的看法，"K.说，"谎言被说成是世界的秩序。"

K.总结式地说出了这句话，但这不是他的最终评判。他太累了，完全没办法去逐一评述由这个故事引发的种种推论，这些推论也把他引向了各种不同寻常的思考中，这些东西还是更适合由法庭公务员们聚集起来讨论，而不是由他来思考。这个简单的故事已经变得奇形怪状了，他恨不得把它甩在脑后。而神父则显得十分宽厚大度，他听任K.这样说，并默默地接受了K.的看法，尽管这肯定不符合他自己的观点。

他们又默默地来回走了一阵子，K.紧跟在神父后面，不知道自己身处何方。他手中的灯早已熄灭了。有一次，就在他面前，一位圣人的银色雕像突然闪烁出银色光芒，但随即消逝于黑暗。K.不想再完全依赖于神父了，于是问他："我们现在是不是已经到正门附近了？""不是，"神父说，"我们离那儿还很远。你已经想离开了吗？"虽然K.刚才没有想着要走，但他马上说："是的，我必须得走了。我是一家银行的总监，他们还在等着我呢，我来这里只是为了陪一位外国的商业伙伴参观大教堂。""好吧，"神父说着，向K.伸出了手，"那你就走吧。""但我一个人在黑暗里找不到路。"K.说。"往左走到墙边，"神父说，"然后沿着墙再往前走，不要离开墙，你就会找到一个出口。"可是神父刚走开几步，K.就大声地喊道："请再等一等！""我等着呢。"神父说。"你是还想从我这儿知道些什么吗？"K.问。"不。"神父说。"你之前对我那么好，"K.说，"而且向我解释了一切，但现在你就这样让我走开，好像你对我毫不关心似的。""你明明得走了。"神父说。

"好吧，"K.说，"你应该弄明白。""你要先知道我是谁。"神父说。"你是监狱的神父呀。"K.一边说，一边向神父靠近了些，他其实并不像他说的那样需要立刻回银行上班，他完全可以继续留在这里。"我是法院的人，"神父说，"所以我为什么要跟你提要求呢？法院对你没有任何要求；你来了，它就接纳你，你要走，它就让你走。"

审判

结局

　　K.三十一岁生日的前夕——大约是晚上九点，街道上万籁俱寂——两位先生来到了他的公寓。他们穿着礼服，脸色苍白，身材肥胖，还戴着看起来不能折叠的大礼帽。在公寓门口，他们因为谁先进去这事互相推让了一下，在K.的门前，他们更加互相谦让，推来推去。在没有被告知来访的情况下，同样身着黑衣的K.坐在靠近门口的扶手椅上，慢慢地戴上了新手套，手套在手指上绷得紧紧的，看他的样子，好像在等待客人。他马上站了起来，好奇地看着这些先生。"那么，你们是来找我的？"他问道。两位先生点了点头，其中一位用手里拿着的高帽指了指另一位。K.暗自嘀咕，他本来等的不是他们，而是别的人。他走到窗前，再次看向了黑暗的街道。在街道另一边的房子里，几乎所有的窗户也都已经黑了，其中许多窗户的窗帘都已经被放下了。在一扇亮着灯的窗子里，小孩子们在栅栏后面玩耍，他们无法离开原地，只能伸出小手互相抓。"他们派老配角演员来找我。"K.对自己说，他环顾四周，想再次证实自己的判断，"他们试图随随便便就来打发我。"K.突然转向他们，问道："你们在哪个剧院演出？""剧院？"一位先生抽动着嘴角向另一位征求意见。另一个人张着嘴，就像一个与发声器官斗争的顽强的哑巴。"他们根本没预料到会被问问题。"K.对自己说，说完便去拿了他的帽子。

一踏上楼梯，这两个人就要架着K.走，但K.说："先去巷子里再说吧，我不是病人。"可是，刚一出大门，他们就立即架住了他，K.以前从未以这种方式和别人一起走过路。他们用肩膀紧紧贴着他的后背，也没有弯起手臂，而只是用手臂把K.的整个手臂缠住，在下面用一种有条不紊、训练有素而且无法抗拒的方式抓住了K.的双手。K.走在他们中间，身体被压得笔直，他们三个人现在就这样形成了一个整体，如果其中一个被压垮，那所有的人都会倒下。几乎只有那些无生命的东西才能组合得这么严密。

在街灯下，K.一再试图把这两个同行的人看得更真切些，刚才在昏暗的房间里，他没能看清楚。"也许他们是男高音。"K.看着他们那沉甸甸的双下巴想。他对这两张过分干净的脸感到恶心。他简直好像看到了一只干净的手，擦过了这两人的眼角，又揉搓了他们的上唇，最后又用力刮掉了他们下巴上的皱纹。

当K.注意到这一点，他便停下了脚步，这两人也随之停了下来；他们站在一个空旷的、有植物装饰的广场边缘。"他们为什么派你们来！"K.与其说是在发问，倒不如说是在喊叫。这两位先生显然不知道如何回答，他们垂下空着的手臂，一动不动地等待着，好像守候在要休息的病人跟前的护工一样。"我不往前走了。"K.试探性地说。对此，这两人也用不着说什么，他们并没有松开手，把K.从地上架起来的举动就说明了一切，但K.也开始挣扎反抗。"我反正也不再需要更多力气了，我现在就用尽全力。"他想着。这时他突然想到那些挣断了小腿也要从捕蝇胶棒上挣脱的苍蝇。"要让这两位先生知道我也是不好惹的。"

这时，毕尔斯特娜小姐出现在了他们面前：她从他们面前的一条低洼的小巷子出来，走了一小段台阶，才能走进广场。K.看样子觉得很像她，但也不能确定是否就是她。但K.并不关心她是不是毕尔斯特娜小姐，他只是突然意识到，反抗是徒劳无益的。即使他再抵抗，给陪同他的两位先生制造麻烦，在反抗的同时还要享受生命的最后之光，这些也都算不上什么英雄行为。他又挪动了脚步，使这两个人大大地松了一口气，他们的轻松情绪也影响了他。现在他们默许他来决定前进的方向，他追随着前面的那个小姐所走的方向走去。并不是因为他想追上她，或者是他想尽可能长时间地看到她，而只是为了不想忘记她的出现给自己带来的警醒。"我现在唯一能做的，"K.对自己说，而且他和另外两个人的步调一致，也证实了他的想法，"我现在唯一能做到的，就是直到生命最后也要保持清醒的理智。一直以来，我恨不得有二十只手在这个世界里努力，只是为了一个没多崇高的目的。这是错误的。我现在难道要表明，即使是这长达一年的审判也无法教会我什么吗？难道我会直到死都是一个愚昧的人吗？难道我应该允许有人在我死后指指点点，说我在审判一开始的时候就想结束它，而现在到了案子结束的时候，我又想让它重新开始吗？我不希望有人这么说。我很感谢他们派了这两个半聋半痴傻的先生来陪我走过这段路，能让我告诉自己那些必须说的话。"

在此期间，那位小姐拐进了一条小巷，但K.也不再需要她了，他任凭这两个陪同的人带着他走。三个人现在已经完全步调一致了，他们在月光下走上了一座桥。K.的每一个小动作，那两位先生现在都很乐意配合，当他稍微转向栏杆时，他们也随之转向那里。河水在月光下闪闪发亮，泛起涟漪，在一个小岛前一分为二，继续向前流去，岛上面有很多树和灌木，它们的叶子堆叠环绕、郁郁葱葱。树林里——虽然现在看不到——有一些碎石子路，上面有舒适的长椅，在许多个夏天，K.都曾在那里舒展身体。"我不是故意要停下来的。"他对他的同伴们说，对他们的殷勤感到羞愧。他们中的一个人似乎在K.的背后轻轻地责备另一个人，说他理解错了，才停下了脚步，随后他们就继续往前走了。

他们穿过几条蜿蜒上升的小巷，一路上时不时地看到一些警察，有的站在这里，有的坐在那里，他们有时在远处，有时在近处。一位留着浓密胡子的警察把手放在佩刀的手柄上，似乎有意地走近了这群可疑的人。那两位先生立刻停了下来，警察似乎马上就要开口说话了，不过这时，K.突然用力把先生们拉起来，向前走。他还多次小心翼翼地转头观察，看看警察有没有跟来；等他们拐了个弯，和警察之间拉开距离时，K.就奔跑起来，而两位先生尽管跑得气喘吁吁，也还是跟着他。

这样他们很快就出了城，在这个方向上，一出城几乎都是广阔的田野，没什么过渡地带。在一座依然完全是城市式样建造的房子附近，有一个废弃荒芜的小采石场。到了那里，这两位先生停了下来，不知道这个地方是从一开始就是他们的目的地，还是他们累得不能再往前走了。现在他们放开了静静等着的K.，摘掉了高帽，在环顾采石场的时候，用手帕擦拭着额头上的汗水。月光倾泻而下，自然祥和地笼罩着采石场，这种光华使得其他任何光线都难以望其项背。

接下来的任务应该由谁来执行呢？两位先生又是互相客套、几番推让——看来他们在接受任务时并没有得到明确的分工——其中一位走到K.面前，脱下了他的外袍、马甲，然后是他的衬衫。K.不由自主地打了个寒战，于是这位先生就在他的背上轻轻地拍了一下，似乎是在安慰他。然后这位先生小心翼翼地把这些东西叠了起来，就像是之后什么时候还能用得上一样，而不是马上就用得到。为了不让K.一动不动地在这样的夜里吹冷风，这位先生伸手挽起了K.的胳膊，陪着他来回走了一会儿，而另一位则在采石场寻找着一些合适的地方。他一找到，就招手让他们过去。于是这位先生就把K.带到了那里。那地方在采石场的墙边，有一块被开采下来的碎石。他们把K.放在地上，让他靠在石头上，把他的头按在上面。可是不管他们怎么努力，也不管K.如何最大限度地配合，他的姿势仍然非常勉强，让人无法信任。因此，其中一位先生让另一位暂时放手，由他自己来安排K.怎么躺着，但即使是这样，也无济于事。最后，他们只能让K.保持在一个他所能做到的最好的姿势上。然后，一位先生解开了自己的礼服，从挂在他马甲皮带上的刀鞘里取出了一把两面都磨得很锋利的屠刀，这把刀又长又薄。他举起了它，迎着月光测试了它的锋利程度。他们又开始了那令人作呕的谦让，一个人从K.的头顶把刀递给了另一个人，后者又把刀从K.的头顶递了回去。K.现在看得很清楚，当那把刀在他头顶上传来传去时，他似乎就应该一把夺过来，直接扎进自己的胸膛。但他没有这样做，而是扭了扭还可以自由转动的脖子，四处张望。他完全无法证明自己毫无过错，也无法替代当局完成他们的工作，这最后失误的责任，应该归咎于那个拒绝给予他为此所需力量的人。他的目光落在了毗邻采石场的房子的顶层。灯光一闪，那儿的一扇窗户被拉开了窗帘，一个人猛地向前弯着腰，并把手臂伸得老远，因为距离很远，他又站得很高，看上去虚弱而单薄。这是谁呢？一个朋友？一个好人？一个参与此事的人？一个想帮忙的人？还是只是一个人？抑或是所有人？还能有人帮忙吗？是否还有被遗漏的反对意见？肯定还有这样的可能性。逻辑虽然不可动摇，但它阻止不了一个想活下去的人的幻想。那个他从未见过的法官在哪儿呢？他从没去过的高等法院又在哪儿呢？他举起双手，张开了所有的手指。

然而，其中一位先生的双手已经掐住了K.的咽喉，另一位则把刀深深地插进了他的心脏，并在里面转了两下。K.用逐渐模糊的目光看到这两位先生如何凑近他面前，他们两人脸颊都贴在了一起，仔细注视着这最后的判决。"像狗一样！"他说，仿佛他所受的耻辱在他死后还能留在人间。

残篇

毕尔斯特娜小姐的朋友[1]

在接下来的几天，K. 都没能和毕尔斯特娜小姐说上哪怕是几句话。他尝试了各种方式靠近她，但她总能知道如何避开他。他一下班就立即回家，待在房间里，也不开灯，就坐在沙发上，除了盯着前厅，什么都不做。要是女仆经过，关上了这间看上去没人的房间的门，他就会过一会儿再起身，又把门打开。每天早上，他都比平时早起一个小时，想着也许能在毕尔斯特娜小姐去办公室的路上单独见到她。但这些尝试都没成功。然后，他给她写了一封信，既投到了办公室，也投到了公寓，在信中他再次为自己的行为辩护，表示自己愿意做一切事

---

1 由于卡夫卡生前并未对此书定稿，不同版本中此篇章在书中的位置也略有不同。一些版本也把此篇章放在第三章"空荡荡的会议室—大学生—办事处"之后，作为第四章。此外，卡夫卡对篇章名称也多次修改，手稿中先用大字确定为"B's Freundin"（B的女性朋友，人名采用了缩写），后又被画掉，改成了略小字的"Die Freundin des Fräulein Bürstner"（毕尔斯特娜小姐的朋友）。

来弥补，承诺永远不逾越她给他规定的界限，只求给他一次机会，能再和她谈谈，而且要是不事先和她商量好，他也不能和格鲁巴赫太太安排其他的事。最后，他告诉她，他下周日将会待在房间里一整天，等待她的消息，希望她能答应他的请求，或者至少向他解释解释，为什么即便他已经答应了在任何事上都对她百依百顺，她还是不答应请求。这些信没被退回，也没有任何答复。但是周日却出现了一个十分明确的信号。一大早，K.就通过钥匙孔注意到了前厅里不同寻常的动静，他很快弄清了这动静的原因。是一位法语老师，顺便说一下，她是个德国人，叫蒙塔格，这是一个虚弱、苍白，还有点跛脚的女孩，之前她一直是一个人住一间房，现在却搬进了毕尔斯特娜小姐的房间。她在前厅来来回回地走了好几个小时，不是忘记一些衣服、小桌垫，就是忘拿了一本书，总得再出来一趟，拿到她自己的新房间去。

当格鲁巴赫太太给K.送来早餐时——自从她惹怒了K.之后，她就不假女仆之手，事无巨细地亲自照顾K.——K.再也无法克制自己了，五天来第一次对她说了话。"今天前厅怎么这么吵？"他边倒咖啡边问，"不能让他们停下吗？难道一定要在星期天收拾吗？"虽然K.没有抬头看格鲁巴赫太太，但他注意到，她如释重负地叹了一口气。即使是K.这些严厉的问题，她也认为是一种赦免，或者说是赦免的开始。"不会再整理了，K.先生，"她说，"蒙塔格小姐只是搬到毕尔斯特娜小姐那里去，把她的东西拿过去。"她没有再说什么，而是等着看K.会作何反应，以及他是否允许她继续讲下去。但K.没理她，只是若有所思地用勺子搅拌咖啡，并沉默着。然后他抬头看了看她，说："您已经放弃了先前对毕尔斯特娜小姐的怀疑吗？""K.先生，"格鲁巴赫太太惊呼道，她一直在等待这个问题，向K.伸出她紧握的双手，"那天您把我一句无意的话看得太严重了。我丝毫没想过要冒犯您或任何人。您认识我也很久了，K.先生，应该相信这一点。您不知道我过去这些天有多难受！我竟然诽谤了我的房客！而您，K.先生，却相信了这一点！还说我要让您退租！赶您走！"格鲁巴赫太太说出最后一句感叹时已经因为哭泣而哽咽了，她拿围裙遮住脸，大声地抽泣起来。

"您别再哭了，格鲁巴赫太太。"K.说着，看向了窗外，只想着毕尔斯特娜小姐，她竟把一个陌生女孩带进了她的房间。"别哭了，"他又说，当他转头看回房间，发现格鲁巴赫太太还在哭，"我当时也没有觉得事情那么糟糕，我们只是误解了对方。这也会发生在老朋友身上。"格鲁巴赫太太把围裙移到眼睛下方，想看看K.是否真的不生气了。"好啦，事情就是这样。"K.说。从格鲁巴赫太太现在的态度来看，她的上尉侄子并没泄露什么，于是他又尝试补充："您真的认为我会为了一个陌生女孩和您结仇吗？""这正是我所以为的，K.先生。"格鲁巴赫太太说。她一感到气氛有所松动，就会说些不合时宜的话，这是她的不幸。"我也一直问自己：为什么K.先生会这么在意毕尔斯特娜小姐呢？他既然知道他的每一句重话都会让我失眠，为什么还要因为她责骂我呢？毕竟，除了我亲眼所见，我没有说过关于这位小姐什么其他的事。"K.对此没有评论，他怕自己一开口就会把她赶出房间，而他不想这样做。他心满意足地喝着咖啡,让格鲁巴赫太太感到自己在这儿的多余。外面又传来了蒙塔格小姐拖沓的脚步声,回响在整个前厅。"您听到了吗?"K.问道,用手指着门的方向。"是的,"格鲁巴赫太太叹了口气说,"我想帮她,也让女仆帮她,但她很固执,想自己搬好所有的东西。我对毕尔斯特娜小姐的做法很吃惊。一想起来要把房子租给蒙塔格小姐,我就常常压力很大,但毕尔斯特娜小姐甚至把她带进了自己的房间。""这您就不必操心了吧,"K.说着,把杯子里剩下的方糖压碎了,"这对您有什么损害呢?""不,"格鲁巴赫太太说,"这事本来还挺让我高兴的,又有了一个空的房间,我可以让我的侄子,那个上尉住进去。我一直担心他最近打扰到您了,因为这段时间我不得不让他住在隔壁的客厅里。他并不是一个谨慎体贴的人。""这算什么!"K.说着站了起来,"这没问题。您似乎觉得我过于敏感,因为我无法忍受蒙塔格小姐这么走来走去——现在她又走回去了。"格鲁巴赫太太现在也不知所措:"K.先生,需不需要我告诉她先别搬了,等之后再说?如果您愿意,我马上就去。""但她总归要搬到毕尔斯特娜小姐那里去的!"K.说。"是的。"格鲁巴赫太太说,她不大明白K.的意思。"那么,"K.说,"她终究会把她的东西搬过来。"格鲁巴赫太太只是点了点头。这无助的沉默看起来与反抗无异,更激怒了K.。他开始在房间里来回走动,从窗户走到门口,从而使格鲁巴赫太太无法离开,否则她很可能会一走了之。

K.刚好再次走到门口时,就听到了敲门声。是那个女仆,她说，蒙塔格小姐想和K.先生说几句话，因此想请他到餐厅来，她在那里等着他。K.若有所思地听着女仆的话，然后用一种近乎嘲讽的眼神转向惊愕的格鲁巴赫太太。这个表情似乎在说，K.早就预见到了蒙塔格小姐的这一邀请，而且这也非常符合让他在这个星期天早上被迫忍受折磨的形象，这些都来自格鲁巴赫太太的房客。他让女仆过去答话，说他马上就来，然后就到衣柜前换了外套，对正在小声抱怨这个麻烦女人的格鲁巴赫太太说，他只有一个要求，那就是请她把早餐的餐具搬走。"您几乎什么都没吃呢。"格鲁巴赫太太说。"嗯，您把它搬走吧！"K.喊道，他觉得蒙塔格小姐好像在某种程度上搅和进了一切，让整件事变得令人厌恶。

当他经过前厅时，他看了看毕尔斯特娜小姐房间紧闭的门。他没被邀请到那儿去，而是被请去了餐厅，他没敲门就拉开了餐厅的门。

那是一个又长又狭窄的房间，只有一扇窗户。房间里空间不大，只能在门边的角落勉强斜着塞进两个柜子，其余的空间则完全被长长的餐桌占据了，餐桌从门边延伸到那扇窗前，几乎让人无法靠近窗户。桌子已经布置好了，而且是为很多人准备的，因为几乎所有的房客在星期天都在这里吃午饭。

K.一进去，蒙塔格小姐就从窗口那边顺着餐桌，向K.走来。他们默默地互相打了招呼。然后，蒙塔格小姐像往常一样，突兀地抬着头，说："我不知道您是否认识我。"K.眯着眼睛看着她。"当然，"他说，"您在格鲁巴赫太太这儿已经住了一段时间了。""不过，我想您并不太关心这公寓。"蒙塔格小姐说。"是的。"K.说。"您不坐下来吗?"蒙塔格小姐说。他们俩默默地在桌子的两边拉出两张椅子,面对面坐下。但蒙塔格小姐马上就站了起来,因为她把她的小手提包放在窗台上了,所以又去把它拿了回来;她拖着它在房间里到处跑。当她回来时,微微挥动着手提包,说:"我只想代表我的朋友来跟您说几句话。她原本想自己来,但她今天有些不舒服。请您原谅她,听我说说她的意思。她能跟您说的,和我将告诉您的不会不同。相反,我想我甚至可以告诉您更多,因为我毕竟没有参与你们的事情。您不这么认为吗?""您有什么要说的?"K.回应道。看到蒙塔格小姐的眼睛不断地盯着他的嘴唇,他感到十分厌倦。这个举动显得她已经有了支配她想要说什么的权利。"我请求见毕尔斯特娜小姐,和她亲自谈谈,她却不同意。""就是这样,"蒙塔格小姐说,"或者说,事情根本不是这样的,您说得太严重了。一般来说,有人想约您聊聊,您既可以同意,也可以不同意。但也有可能,当事人认为这种聊天毫无必要,这就是咱们的情况。现在,既然您已经这么说了,我也可以坦率地说了。您已经以书面或口头方式要求我的朋友跟您谈谈。但现在我的朋友知道,或者至少我认为她已经知道了,这次谈话是关于什么的。因此,出于一些我不知道的原因,她确信,如果这次谈话真的发生了,对大家都无益。顺便说一下,她昨天才告诉我这件事,而且说得很粗略;她还说,您其实也不会在乎这次谈话的,因为您只是突然有了这样一个想法,而且您也不用特别解释,即使现在没有,您之后也会意识到整件事情都毫无意义。我回应她,这可能是真的，但为了把问题完全说明白，我认为给您一个明确的答复为好。我主动请缨来完成这项任务，经过一番犹豫，我的朋友听从了我的建议。不过，我也希望能把事情处理得符合您的利益；因为即使是这些最琐碎的事情上微小的不确定因素，也会让人抓狂，如果这些小事能像咱们的情况一样，很容易就能处理的话，那最好马上解决。""谢谢您。"K.随即说道，慢慢站了起来，看了看蒙塔格小姐，然后目光越过桌子，看向了窗外——对面的房子沐浴在阳光下——然后走向门口。蒙塔格小姐跟着他走了几步，她似乎不完全相信他。但到了门前他们俩不得不退了回来，因为门开了，兰兹[1]上尉走了进来。这是K.第一次近距离看他。他是一个四十岁左右的高个子男人，宽厚的脸庞被晒得黝黑。他微微鞠了一躬，这也是对K.的鞠躬，然后走到蒙塔格小姐面前，恭敬地吻了吻她的手。他的动作非常灵巧。他对蒙塔格小姐的礼貌，与她在K.那里得到的待遇形成了鲜明对比。但蒙塔格小姐似乎并不生K.的气，她甚至想把他介绍给上尉，K.也觉察到了这一点。但K.现在不想被介绍给他，对他来说，以任何方式向上尉或蒙塔格小姐示好都不太可能。那个吻手的举动对他来说已经把他们俩绑在了一起，并在他们看似特别无害、无私的外表下，把他和毕尔斯特娜小姐隔开了。然而，K.认为他不仅认识到了这一点，他还意识到蒙塔格小姐选择了一个虽然是双刃剑但却很好用的方法。她夸大了毕尔斯特娜小姐和K.之间关系的重要性，她首先夸大了K.所要

---

[1] 和卡夫卡在"初次调查"篇章中虚构的木匠名字相同。

求的这次谈话的重要性，同时还试图扭曲真相，使得事情看起来好像是K.言过其实了。她误会了，K.不想夸大任何事情，他知道毕尔斯特娜小姐只是个打字员，不会长时间违抗他。至于从格鲁巴赫太太那里听到的关于毕尔斯特娜小姐的情况，K.故意都不考虑在内。他思考着这一切，几乎没打招呼就离开了房间。他正准备回自己的房间，但随即听到身后的餐厅内传来蒙塔格小姐的一阵笑声，这使他想到，也许他可以给上尉以及蒙塔格小姐准备个惊喜。他环顾四周，认真听了听周围的房间里是否会有什么响动，到处都很安静，只能听到餐厅里的谈话声，以及通往厨房的走廊里格鲁巴赫太太的声音。似乎是个好机会，K.走到毕尔斯特娜小姐的房门口，轻轻地敲了敲。没听到任何动静，他又敲了敲门，但仍然没有人回应。她睡着了吗？还是她真的不舒服？或者她只是在装蒜，因为她知道只有K.会这么轻声敲门。K.觉得她在装蒜，于是更加用力地敲了敲门，最后因为敲门没有得到回应，他就小心翼翼地打开了门，并不觉得自己做了什么不对或者无用的事。房间里没有人，而且和K.记得的样子也大相径庭。靠着墙一前一后摆了两张床；靠近门口的三张扶手椅上堆满了外衣和要洗的衣服；柜门敞开着。毕尔斯特娜小姐可能已经走了，也许正是蒙塔格小姐和K.在餐厅谈话的时候。K.倒并不因此而感到特别沮丧，他也没期待过会如此轻易地遇到毕尔斯特娜小姐，只是出于对蒙塔格小姐的怨恨，他才如此尝试。但是，当他再关上门时，他看到蒙塔格小姐和上尉正站在餐厅开着的门口聊天，感到万分尴尬。也许从K.打开门时，他们就一直站在那儿观察他，还努力做出好像并不在看他的样子，低声交谈，只用目光追随K.的举动，就像在聊天时，人们心不在焉地四处看看似的。但这些目光对K.来说却如芒在背，他急忙贴着墙冲回了自己的房间。

检察官

尽管K.在银行工作了很多年,已经颇为通晓人情世故,也有了一定的社会经验,但在他看来,酒馆常客桌上的那一圈人还是让他非常敬佩,他从未否认,自己为能跻身于这样的一个社交圈而感到很荣幸。这个圈子里几乎都是法官、检察官和律师,几个非常年轻的公务员和律师助理也被纳入其中,但他们只能坐在桌子末端,只有在被特别问到时,才被允许参与辩论。然而,这样的提问通常只是为了娱乐大家,尤其是检察官哈斯特尔,他通常坐在K.的旁边,非常喜欢用这种方式让年轻人感到尴尬。当他在桌子中间摊开他那双毛茸茸的大手,转向桌子末端时,所有人都会肃然起敬。而当那边有人想就他的问题做出反应时,他们要么根本无法理解这个问题,要么若有所思地盯着自己的啤酒,要么只能张张口,却说不出话来。甚至——这是最糟糕的——当他们滔滔不绝地表达了一个虚假或未经证实的观点,那群老先生就会笑起来,在座位上转动身子,好像直到这时他们才自在起来。似乎那些真正严肃的专业话题只有他们才能讨论。

K.是通过一位律师,也就是银行的法律代表进入这个圈子的。曾经有一段时间,K.因为工作不得不和这位律师在银行里长谈到晚上,随后,他就很自然地与这位律师一起去他的酒馆常客的桌子上吃了顿晚饭,K.立刻喜欢上了这个圈子。在这里,他看到的都是博学多才、受人尊敬、在某种意义上说很有权势的先生。他们的消遣就在是利用茶余饭后,试图解决一些棘手的、与普通生活联系甚远的问题，为此费尽全力。即使K.很少有机会参与其中，但他还是能学到许多东西，而这些东西迟早会对他在银行的工作有好处，而且他还能和法院建立起私人关系，这些关系总能派上用场。这个圈子里的人似乎也欣然接纳了他。他很快就被公认为商业专家，他在商业问题上的意见——这里也并非不无讽刺——被认为不可辩驳。经常发生的情况是，当两个人对某个法律问题有不同判断，他们就要求K.对案件事实发表意见，之后K.的名字就在所有的发言和争论中反复出现，并被卷入最抽象的讨论中，而K.早就跟不上他们的讨论了。然而，他也逐渐明白了许多事情，尤其是他身边有哈斯特尔检察官这个好顾问，他总是很友好地接近K.。K.甚至经常在晚上陪他回家。但他好长时间都不能习惯和这个高大的男人挽着手臂一起走，检察官甚至可以不知不觉地把K.藏在斗篷下面。

然而，随着时间的推移，他们觉得彼此非常契合，甚至所有教育、职业和年龄的差异都不复存在了。他们互相交流，就像他们一直就属于对方一样，如果在他们的关系中，表面上看起来有一个人占上风的话，那不是哈斯特尔，而是K.，因为K.的实践经验在大部分情况下都是正确的，而这些经验都是直觉性的，不可能从法院的办公桌上获得。

这段友谊自然很快就在酒馆常客的桌子上传遍了，人们多半已经不记得是谁把K.带进了这个圈子，总之现在哈斯特尔成了K.的保护伞。如果K.坐在这里的资格遭到怀疑，他就会理直气壮地求助于哈斯特尔。这也给了K.很优越的地位，因为哈斯特尔是一个既让人尊重又让人害怕的家伙。他在法律思维上的能力和灵巧性都非常令人钦佩，虽然许多人在这方面至少能和他打成平手，然而，他为自己的观点辩护时表现出的凶悍狂野却无人能及。在K.的印象中，哈斯特尔如果不能说服他的对手，那么至少也要让对方感到恐惧；许多人甚至一看见他伸出食指，就退缩了。然后这位对手就好像忘记了自己正身处熟人和同事的陪伴之下，这只是一个就理论问题的探讨，实际上什么也不会发生——但他还是沉默了，仿佛摇摇头就已经耗尽了勇气。当对手坐得很远的时候，这几乎会成为一个十分尴尬的场面，如果哈斯特尔意识到在这个距离上不可能达成任何共识，他就会把装有食物的盘子推回去，慢慢地站起来，亲自去找这个人。于是他附近的人都会仰起头，看他的神情。然而，这些都是相对罕见的情况，他只有在谈到与法律有关的问题时才会兴奋，而且主要是那些他自己办过或正在办理的案子。如果不是这样的问题，他就会很友好，很平和，他的笑声也会和蔼客气，吃吃喝喝也很尽兴。甚至可能的情况是，他根本就不去听那些内容贫乏的聊天，而是转向K.，把胳膊搭在他的椅背上，低声地询问他银行里的事，然后谈论他自己的工作，或者说说他和女人的交往，这些交往带给他的麻烦几乎和法院工作一样多。在这个圈子里，从没有人见过他这样和别人交谈，事实上，如果有人想求哈斯特尔——通常是希望他能与同事和解——往往会先来找K.，请他从中斡旋，K.总是乐意为之。在这点上，他从不拿乔，仗着自己和哈斯特尔关系好就有所怠慢，他对每个人都非常谦虚礼貌，而且，比谦虚礼貌更为重要的，是他知道如何正确区分这些先生的级别，并相应区别对待。当然，哈斯特尔在这一点上也是再三叮嘱他；这也是哈斯特尔即使在最激烈的争论中也唯一没有违反的原则。这也就是为什么他对着坐在桌边的年轻人说话时，总是很笼统，因为他们几乎都没有级别。仿佛他们不是单独的个体，而是被捏在一起的一团。但恰恰是这些人，却对他毕恭毕敬，当他十一点起身准备回家时，马上就会有一个人来帮他穿上厚重的大衣，还有一个人会恭敬地弯腰帮他开门，当然也会一直扶着门，直到K.跟在哈斯特尔身后离开房间。

最初，K.陪着哈斯特尔，或者说哈斯特尔陪着K.走一段路，但到了后来，这样的夜晚通常以哈斯特尔要求K.和他一起去他的公寓，并跟他再待一阵子而结束。他们会一起度过个把钟头，喝点杜松子酒，抽些雪茄。哈斯特尔非常喜欢这样的夜晚，甚至在他和一个叫海莲娜的女人同住的几个星期内，他都不愿意放过这样的机会。海莲娜是一个黄皮肤的、年纪有点大的胖女人，黑色的鬈发贴在额头上。起初，K.看到她时，她都在床上，她通常就躺在那儿，简直不知羞耻，她习惯性地读着一本通俗小说，对男人们的谈话毫不在意。只有当天色晚了，她才会伸个懒腰，打个哈欠，如果她不能以其他方式引来注意，就会拿起自己的书扔向哈斯特尔。哈斯特尔随后就会微笑着站起身来，K.也只好起身告辞。不过后来，当哈斯特尔开始厌倦海莲娜时，她就有些敏感，常常打扰他们会面。她总是盛装等着他们，还穿着一件她大概认为既贵气又合体的衣服，但实际上只是一条烦琐的老式舞会礼服，尤其令人厌烦的是装饰在上面的一排长长的流苏。K.其实也不知道这套衣服具体是什么样的,他在一定程度上拒绝看它。坐在那儿的几个小时里,K.总是半眯着眼睛,而她在房间里摇晃着身子走来走去,或者坐在他附近。后来,随着她的地位越来越不稳固,她苦恼的时候甚至还试图靠近K.,以让哈斯特尔感到嫉妒。她倚靠在桌子上,露出圆润肥厚的背部,还把脸靠近K.,想迫使他抬起头来,但这对她来说也只是因为无计可施,并没有什么恶意。她这样做的结果是让K.拒绝去哈斯特尔家。过了一阵子,等K.再去那儿的时候,海莲娜已经被送走了。K.认为这是理所当然的。那天晚上他们在一起待了特别长的时间,在哈斯特尔的建议下,庆祝了他们之间的兄弟情谊,因为又抽烟又喝酒,K.在回家的路上几乎有些眩晕了。

凑巧的是,就在第二天早上,在一次商业会谈中,银行经理突然提起自己昨天晚上好像看到了K.。如果他没有看错的话,K.在跟哈斯特尔检察官挽着胳膊一起走。经理似乎觉得这件事很奇怪,于是他——这也很符合他平日里仔细的风格——还提起了那座教堂,说在教堂一侧的喷水池附近遇到了他们。如果他想描述一个海市蜃楼,也不过如此详细了。K.于是向他解释说,检察官是他的朋友,他们昨晚确实从教堂那儿经过。经理惊讶地笑了笑,请K.坐下。这是K.非常喜欢经理的时刻之一,在这短暂的时刻里,这个身体虚弱、生着病、不停咳嗽、又负担着重大责任的人会流露出对K.的幸福和未来的关心。然而,要是让其他在经理那儿有类似经历的职员来看,这种关心也可以说是冷酷而流于表面。这只不过是牺牲两分钟的时间,就能将有价值的职员长年捆绑在自己身边的好手段——无论如何,在这样的时刻里,K.向经理屈服了。也许经理对K.说话的方式也与其他人有些不同,并不是说他在说话时会忘记自己比K.级别高的事实,想用这种方式来亲近K.——更确切地说,在平常的公务中他也经常这样做——而是在这些时刻,他似乎忘记了K.的地位,像对一个小孩子那样对他说话,或者像对一个无知的年轻人说话,他似乎才刚来申请一个职位,并由于一些无法解释的原因引起了经理的好感。如果不是K.觉得经理对他的关怀是真心实意,或者要不是这种时刻表现出的关心让他陶醉的话,K.肯定不会容忍这种说话方式,无论是别的什么人还是经理本人。K.意识到自己的弱点;也许这也有其原因,因为他在这方面确实还有些孩子气,他从来没有得到过英年早逝的父亲的关怀,他过早地就离开了家,而且对于母亲的温柔,他向来也是宁愿拒绝,他半盲的母亲现在仍然住在那个永久不变的小镇上,他最后一次去看望她大约是在两年前。

"我对你的这段友谊一无所知。"经理说,用一种淡淡的友好笑容缓和了这句话中的严厉。

去找艾尔莎

一天晚上，K.正要下班，有人打来了电话，让他立刻到法院办公室去，并警告他不要违抗命令。他们说K.发表的那些言论：审讯没有用，没有结果，也不可能有结果，他不会再去法院了，也不会理会电话或书面邀请，还会把信使赶出门外——所有这些话都已记录在案，而且已经给他自身带来了很大的麻烦。为什么他不愿意顺从法院的要求呢？他们不惜时间和费用，不就是为了把他这件棘手的案子弄清楚吗？难道他是想故意捣乱，非要把事情弄到需要采取暴力措施不可吗？虽然迄今人们对他还很宽容，不曾把这些措施用在他身上。今天的传唤是最后一次机会。他可以随便想怎么做就怎么做，但也得考虑到，高等法院由不得他随意戏弄。

既然这天晚上K.已经约好了要去找艾尔莎，那么出于这个原因，他就不能去法院了，他很高兴能够以此作为不出庭的理由，即使他从未这样为自己辩护过，而且即使他今晚没有其他事，也很可能不会出庭。他意识到自己的权利，在电话里问，如果他不去，会发生什么。"我们会知道如何找到你。"那人回答道。"那我会因为没有自动出庭而受到惩罚吗？"K.问道，微笑了起来，期待着会听到什么。"不会。"对方回答道。"太好了，"K.说，"要是这样，我还有什么理由接受今天的传唤呢？""人们一般不会把法庭的权力手段引到自己身上。"那个声音越来越微弱，最后逐渐消失了。"如果不这样做，也太不谨慎了，"K.边走边想，"应该试图去了解一下这些权力手段才行。"

K. 没有再犹豫，直接就搭车去找艾尔莎了。他舒服地靠在车厢的一角，双手插在大衣的口袋里——天气已经转凉——打量着热闹的街道。他带着某种满足感想到，万一法院今晚真的开庭，那他会给法院带来不小的麻烦。他没有明确表示他是否会出庭，所以法官会等他，也许甚至整个会场的人都会等他，但K. 会让他们大失所望，他不会出现。他不受法院影响，继续搭车去他想去的地方。有那么一刻，他竟不敢确定自己是否因为心不在焉而告诉了车夫法院的地址，于是他又大声说了一遍艾尔莎的地址，车夫点了点头，说明之前告诉车夫的就是这个地址。从这时起，K. 逐渐忘了法院，和银行相关的事又开始像之前一样填满了他的脑海。

与副经理的对抗

　　一天早上，K.感觉比平时清醒多了，也更精神焕发，能抵抗外部的各种压力。他几乎没想到法院的事；即使偶尔想到，也是感觉在这个相当混乱的庞大组织内部，似乎暗中隐藏着一个手柄，只要能抓住它，就能撕裂、摧毁这个组织。K.这异乎寻常的状态甚至诱使他把副经理邀请到了自己的办公室，一起讨论一项已经被催了很久的业务。在这种场合，副经理总会装模作样，好像他与K.的关系在过去几个月里没有丝毫改变。他从容地走了过来，就像之前不断和K.竞争的时候一样。他平静地听着K.的讲述，不时用亲密的、几乎是同志般的话来表明他的关注。让K.迷惑不解的是，副经理对公司的业务高度关注，没有任何事能让他分心，好像骨子里就时刻准备着接手这些事，但是又看不出他有什么意图。而在他履行职责的模范形象面前，K.的思想却立刻开始放飞，这让他几乎想毫无抵抗地把这项业务交给副经理处理。有一次，情况非常糟糕，到最后K.只注意到副经理突然站了起来，沉默地走回了他的办公室。K.不知道发生了什么，有可能是他们的谈话正常结束了，也有可能是副经理中断了谈话，因为K.不自觉地冒犯了他，或是说了什么胡话，也或者是副经理确认了K.没有在听，而在想别的事情。不过甚至有可能是K.做出了一个荒谬的决定，或者是副经理引诱他做出了这样的决定，而他现在正急着利用这个决定来算计K.。这件事之后再没有被提起，K.不愿想起它，副经理也守口如瓶；但是，这事看起来也没有什么明显的后果。无论如何，K.并没有被这件事吓到，只要有合适的机会，只要他还有精力，他就会站在副经理办公室门口，不是去找他，就是邀请他过来。他没有再像从前那样，看到副经理就躲。也不再寄希望于法院的事在一夜之间就能有决定性的成功，这反而使他突然从所有的忧虑中解脱出来，并能与副经理重修旧好。K.意识到他绝不能松懈，他一旦退缩，那么他就有可能再也无法前进。绝不能让副经理以为K.已经一蹶不振，不能让他带着这种想法平静地坐在办公室里，得让他心神不宁，得尽可能经常告诉他K.还活着，而且和其他活着的生物一样，无论自己今天看起来多么颓废，总有一天会掌握新的能力，再带来惊喜。有时K.告诉自己，他用这套方法也只是为了自己的荣誉而战。因为如果他在软弱无力的情况下，一再反对副经理，只能让对方的权力扩张，让他有机会能按照当时的情况去仔细观察形势，采取相应的措施，这对K.来说毫无益处。但K.根本无法改变自己的行为，他自我欺骗，有时会肯定地认为，他现在就可以放心地与副经理较量，但那些不幸的经历并没有让他学会吸取教训，他在十次尝试中没有成功的事情，却相信在第十一次就能成功，尽管一切情况总是一成不变地向对他不利的方向发展。当这样的会面结束后，他会疲惫不堪，满头大汗，脑袋一片空白，他并不知道是希望还是绝望迫使他去找副经理，但到了下一次，他显然又抱着希望匆匆走到副经理的门口。

今天的情况也是如此。副经理马上就走了进来，然后在门口停住了脚步，按照他最近新养成的习惯，擦了擦自己的夹鼻眼镜，先看了看K.，然后为了不让这个观察太过明显，又更仔细地看了看整个房间。看起来好像他在利用这个机会测试视力似的。K.扛住了这些目光，甚至还微微一笑，请副经理坐下。他自己一下子就坐进了扶手椅，把它挪到了离副经理尽可能近的地方，然后立即从桌上拿起必要的文件，开始了他的报告。

起初，副经理好像没怎么听进去。K.的办公桌桌面四周镶着一圈雕花的小柱子，整张桌子做工很精细，那圈小柱子也稳稳地嵌在木头里。但副经理却表现得好像他注意到那里有一处有所松动，并试图用食指去敲击那个小柱子来修补。K.随即想停止汇报，但副经理却没同意，正如他所说，他正非常仔细地听着K.的话，也都能理解。K.暂时还无法强迫副经理发表真实意见，但那些小柱子似乎需要采用特殊手段才能修理，因为副经理现在掏出了他的折叠小刀，又拿K.的尺子当反向杠杆，试图把小柱子撬起来——也可能是为了先撬出来再更容易地镶进去。K.在他的报告中加进了一个全新的建议，他希望这个建议能对副经理产生特别的影响，他谈到这个建议时，根本停不下来，完全地被自己在银行的工作所吸引，或者说，他感受到了自己在银行这里仍很有价值，而且他的思想有能力证明他的存在，这种感觉现在越来越少出现了。也许这种自我辩护的方式不仅能在银行里通行无阻，在面对审判时也是最好的，也许比他已经尝试过的或是计划去尝试的任何其他辩护都要有效得多。K.匆忙地讲着，根本没时间把副经理的注意力从那根小柱子上拉回来。在读报告的过程中，他用空闲的手安抚似的摸了两三次那些小柱子，好像在不自觉的情况下，向副经理暗示小柱子没有问题，即使发现有小问题，此时听他的报告也比修柱子更重要，也更礼貌。但就像那些平时惯于从事脑力劳动的人身上经常发生的那样，副经理对这项手工劳动十分有热情，他真的把一根小柱子撬了起来，现在的问题是如何把小柱子插回相应的孔中。这比之前的那些工作都要困难。副经理不得不站了起来，试图用两只手把小柱子压进桌面。但尽管他做了种种努力，依旧没有成功。在念报告的过程中——他更多的是边念边顺带自由发挥——K.只是隐约注意到副经理站了起来。尽管副经理在他念报告时的业余活动不曾脱离他的视线，但K.还是以为副经理的动作也许和他的报告相关，于是他也站了起来，用手指按在一个数字下方，把一份文件递给了副经理。但此刻副经理已经意识到他双手的力量还是不够，于是他当机立断，决定把所有的体重压在小柱子上。现在终于成功了，柱子被压进了洞里，但仓促中，一根小柱子被折断了，而且桌面上精致的上层边框也断成了两截。"差劲的木料。"副经理生气地说，放开桌子坐……[1]

---

[1] 这一篇章结束并没有标点符号，以一个动词"坐"突然结束，不符合德文语法。所以译者在此处补充了省略号。也许卡夫卡生前对于这一篇章还有其他计划。

那所房子

K.曾利用各种机会打听，试图找到最初检举他的法院的地址，虽然他最初这样做的时候并没有什么特定的意图。他很轻易就打听到了地址，无论是蒂托雷利还是沃尔法特，都在他第一次问起的时候就给了他确切的门牌号。后来，蒂托雷利又带着他那总是很神秘的微笑补充了一些信息，每当他有什么计划不想让K.知道时，就会这么笑。他声称这个法院毫不重要，它只能宣布被要求宣布的内容，只是大型的检察机关最外围的机构，然而，当事人是无法接触到检察机关的。因此，如果一个人对检察机关有什么愿望的话——当然，愿望总是很多，但要把他们都说出来却并非一定明智——那么就必须求助于之前那个下属机构，但这样一来，他不但无法接近那个真正的检察机关，也永远无法把自己的愿望传达到那儿。

K.很了解画家的个性，因此既没反驳他，也没有进一步询问，只是点点头，一声不吭地听他说。同样，在他看来，就折磨人这一点来说，在最近这段时间里，蒂托雷利简直是律师的完美替代。唯一不同的是，K.没有那么受制于蒂托雷利，可以随时甩开他。蒂托雷利非常健谈，甚至有些多嘴——就算他现在没有以前那么多嘴了。但K.也有能力反过来折磨蒂托雷利。

而K.在这件事上就是这么做的，他经常用一种仿佛对蒂托雷利有所隐瞒的语气谈论起那法院，好像他已经联系上了那个机构，又好像这些联系还没进展到可以毫无顾虑地公开讨论的程度，如果蒂托雷利这时还想继续问下去，K.就会突然打岔，分散他的注意力，并且在很长一段时间内不再谈及此事。这样的小成功让K.感到高兴，使得他相信现在他已经更加了解法院周边的这些人，好像他已经可以把他们玩弄于股掌，甚至自己也跻身他们的圈子了，还能不时地全面了解法院的情况。在某种程度上，因为他们处在法院的第一级台阶上，才能获得这样的了解。如果最后他失去了自己在这里的地位，又有什么关系呢？还是有获救的机会，他只需溜进这些人的行列中，如果他们因为地位低下或其他原因不能在审判中帮他，他们仍然可以接纳他，把他藏起来。没错，如果他考虑周详，秘密实施，他们便无法拒绝用这种方式来帮他，尤其是蒂托雷利，他现在已经成了他的亲密战友兼恩人。

K.并不是每天都用这种或是类似的希望来安慰自己；总的来说，他仍然仔细地区分辨别，避免忽视或略过任何一个问题，但有时候——主要是下班后的晚上，他非常疲惫的时候——他就需要从白天这些最微不足道、模糊不清的事情中获取安慰。然后他就会躺在办公室的长沙发上——他不在沙发上休息个把小时，就累得无法离开办公室——在脑海中把诸多观察叠加在一起，进行分析。他并没有谨慎地把思考局限在与法院有关的人身上；在这半梦半醒之间，他们都混杂在了一起，于是他也忘记了法院的那些伟大工作，觉得自己好像是唯一的被告，其他所有人都胡乱穿梭在法院的走廊里，有法官、律师，还有那些最愚钝的人，他们也收起下巴，嘴唇上扬，瞪着眼睛做出一副认真思考的样子。于是格鲁巴赫太太的房客总是作为一个团体，一起浮现在他眼前，他们头碰头地站在一起，张着嘴，像一个控诉合唱团。他们中有很多陌生人，因为K.已经很久没关注过公寓的事务了。然而，正是因为这些陌生人，他对接近这群人感到不安，但如果他要找毕尔斯特娜小姐的话，就不得不违心地接近他们。例如，他飞到了这群人的上空，突然有两只完全陌生的眼睛对他闪闪发光，拦住了他。他没有找到毕尔斯特娜小姐，但当他想再次寻找，以避免任何错误时，却发现她正在人群中间，胳膊架在她身边的两位先生的肩膀上。面对这一幕，K.几乎是无动于衷，尤其是这种景象也并不新鲜，他曾经在毕尔斯特娜小姐的房间里看到过一张类似的海滨照片。尽管如此，这一景象还是驱使着K.远离了这群人，尽管他还经常回到这里，但现在他却迈着大步，匆匆地在法院大楼里穿梭。他越来越熟悉这里，那些他不可能见过的走廊也显得格外熟悉，仿佛这儿一直是他的家一样：那些细节痛苦而清晰地压入他的脑海。例如，一个外国人在前厅散步，他穿得像个斗牛士，腰身紧得像被刀削过一样，他的外套很短，僵硬地裹在身上，上面还有淡黄色的粗线花边，这个人一刻不停地踱步，任由K.惊奇地注视着他。K.弯下腰，蹑手蹑脚地绕着他走，还睁大了眼睛盯着他。那花边上的所有图案，每一个有缺陷的流苏，短上衣的摇摆弧度他都认得，却还是看不够。或者更准确地说，他不是看够了，而是从来没有想过要看得这么仔细，但这副打扮却不放过他。"这是什么外国人弄的装束！"他心里想着，却更睁大了眼睛。他一直跟着这个人，直到他在沙发上转过了身，把脸埋进沙发的皮面上。

探望母亲

吃午饭的时候，K. 突然想起来，他应该回家去探望他的母亲。春天即将过去了，而他已经三年没有去看她了。当年，她曾要求他在他过生日时去看她，他虽然事情很多，还是答应了这个请求，甚至还答应每年都和她一起过生日，但现在他已经有两年没有兑现这个承诺了。他现在不想再等到自己生日的那一天了，尽管还有十四天就到他的生日了，他还是想马上驱车前往。他告诉自己，现在没有什么特别的理由去看望母亲，并且，他每两个月定期从表哥[1]那里收到的信表明，母亲的状况很让人安心。这位表哥在那个小镇上开了一家商铺，还代管着K.给他母亲寄的钱。他母亲的视力越来越差了，K.根据医生的诊断，已经在几年前就预料到了这一点。她的其他健康状况有所改善，各种老年病不增反减，至少她抱怨得少了。在表哥看来，这也许是她近年来十分虔诚的缘故——K.上次看望母亲时，已经不太情愿地隐隐发现了某些迹象。在一封信里，表哥十分形象地描述说，老太太以前只能步履蹒跚地移动，如今在星期天带她去教堂时，她已经能挽着他的手臂走得相当稳健。K.觉得可以相信这位表哥，因为他通常很谨慎，报告事情时往往夸大坏事而非夸大好事。

但无论如何，K.现在决定要回去一趟；除了其他令人不愉快的事情外，他最近又在自己身上发现了一件伤感的事，他几

---

[1] 此处虽然采用了"表哥"一词，但这个译法并不精确。原文中"Vetter"一词，既可以是表兄弟也可以是堂兄弟，根据上下文，也不能确定这个亲戚的年纪是否比K.大。

乎毫无理由地想满足自己的所有愿望——既然如此，在这种情况下，这种坏毛病至少有了一个正当目的。K.走到窗前，想稍微集中一下注意力，然后立即让人把午饭端走了，他让下属去给他取来手提包，并告知格鲁巴赫太太他的离开，还让格鲁巴赫太太帮他收拾好行李，把她认为有必要的东西都装进去，然后又给库纳先生布置了一些在他离开期间应该完成的业务。这一次，看着库纳先生习惯性地侧着脸接受命令的恶行，K.也几乎没有生气，库纳先生仿佛很清楚自己要做什么，他把这些任务的分派只当作一种仪式来容忍。最后K.去找经理，请经理批准他两天假去看望母亲，经理很自然地问道K.的母亲是否生病了。"没有。"K.回答，并没有再进一步解释。他站在房间中央，双手紧握在身后，眉头紧缩地思索着。也许对外出的事太着急了吧？留在这儿是不是更好？他要去那儿干什么呢？难道是出于多愁善感才去那儿吗？而由于这多愁善感，他可能会耽误了一些重要的事，也许是一次干预的机会，这个机会可能随时会出现。这桩官司已经搁置了好几个星期了，几乎没有任何确切的消息传到他那里。再说，他是否会把老母亲吓一跳呢？他当然无意去吓她，但也很可能事与愿违，毕竟现在很多事情都违背他的意愿发生了。而且母亲根本就没有要求他去看她。从前，表哥的信中还会一再重复母亲迫切地希望他回去，但现在已经很久没有这样的字眼了。所以他不是为了看母亲才回去的，这点很清楚。但如果他是为了自己才去的，那么他就是一个彻头彻尾的傻瓜，将在最后的绝望中为自己的愚蠢行为自食其果。然而，这些疑虑仿佛都不是他自己的，而是陌生人施加给他的，他随即清醒过来，坚持自己的决定，还是执意要去。在这期间，经理正好俯身在看一份报纸，也可能他这样做是出于对K.的体谅，现在他抬起了眼睛，站起来和K.握了握手，没有再问任何问题，只是祝K.旅途愉快。

K.在办公室里来回踱步，等着他的下属。副经理好几次进来询问K.离开的原因，他都一声不吭地挡了过去。当他终于拿到手提包后，就匆匆下楼去找已经订好的汽车。K.已经跑到了楼梯上，就在这最后一刻，银行职员库里希又出现了，手里拿着一封他刚写了个开头的信函，显然他想让K.就这封信函给些指示。K.挥手拒绝了他，但这个金发的大头鬼理解力很差，误解了K.这一手势的意思，反而挥动着那张纸，不顾生命危险，大步跟在K.后面追下楼梯。K.对此十分恼怒，当库里希在露天台阶上追上他时，K.把信从他手里夺了过来，一把撕碎了。K.随后在马车上转过头看，发现库里希还站在原地，他呆呆地凝视着离去的马车，可能还没有意识到自己的失误。而他身边的门房则摘下了帽子向K.致敬。这么看来，K.的确还是银行的高管之一；如果库里希想否认，门房就会驳斥他。而K.的母亲甚至不顾K.的反驳，坚持认为他是银行的经理，多年以来一直是这样。在她看来，无论他的声誉受到怎样的破坏，K.都不会沉沦。这也许是个好兆头，他在离开之前正好能说服自己，他的地位依然稳固，他还可以一如既往，从一个甚至跟法院有点关系的职员手里夺过信，把它撕碎，而自己却安然无恙。当然，他其实更想狠狠地扇库里希苍白圆润的脸颊两下。然而，他不能这样做。